Frewin Jones

Elfennacht

Die siebte Tochter

Frewin Jones ist Autor zahlreicher Romane und Serien für Kinder und Jugendliche. Er lebt zusammen mit seinen mystischen Katzen Merle Oberon und Siouxie Sioux in London.

Frewin Jones

Die siebte Tochter
Elfennacht

Band 1

Aus dem Englischen
von Janka Panskus

Ravensburger Buchverlag

Für Rod

Als Ravensburger Taschenbuch
Band 58360
erschienen 2010

Die Originalausgabe erschien 2007
unter dem Titel »The Faerie Path«
bei Eos, an imprint of HarperCollins Publishers

Series created by Working Partners Limited

Umschlagillustration: Eva Bender
unter Verwendung eines Fotos von George
Katsanakis (pulse) und eines Fotos von Siede
Preis (getty images)

Printed in Germany

1 2 3 4 5 14 13 12 11 10

ISBN 978-3-473-58360-7

www.ravensburger.de

Elfen wandeln Elfenpfade,
in Bernstein gefangen, doch leicht wie Licht.
Die Sterblichen in ihrer Welt,
geschlagen von Blindheit, sehen sie nicht.

Nur eine kann in beide Welten,
jüngste Tochter derer sieben,
zusammen mit dem einzig Wahren,
Hand in Hand in tiefem Lieben.

Anita

I

Anita Palmer kam aus der Dusche, schnappte sich ein Handtuch und wickelte es sich um. Dann tapste sie zum beschlagenen Spiegel, wischte einen Streifen frei und betrachtete ihr Spiegelbild.

Die langen roten Haare klebten ihr am Kopf wie Seetang an einem Fels und umrahmten ihr herzförmiges Gesicht mit dem breiten Mund und den hohen Wangenknochen. Sie beugte sich vor und musterte ihre Augen. Die Iris war rauchig grün. Keine besonderen Auffälligkeiten.

Oder doch?

Sie beugte sich weiter vor.

Da waren tief in der grünen Iris Goldtupfer – genau die hatte sie gesucht.

Wenn man nur lange genug hinschaute, könne man Goldstaub in ihren Augen sehen, hatte Evan gesagt.

Anita grinste.

Goldstaub in ihren Augen.

Manchmal, wenn sie mit Evan zusammen war, glaubte sie fast wirklich, dass sie Goldstaub in den Augen hatte.

Sie runzelte die Stirn.

Ganz schön unheimlich – die Gefühle, die Evan Thomas in ihr auslöste.

In den letzten Wochen hatte sie dauernd an Evan gedacht, fast so, als hätte ihn jemand in ihr Hirn einprogrammiert. Ständig und überall sah sie sein Gesicht vor sich, sei es in der kreisenden Oberfläche eines frisch gebrühten Kaffees, im Wechselspiel von Licht und Schatten, in den Wolken oder hinter ihren geschlossenen Augenlidern.

Sie musste an ein paar Verszeilen aus dem Theaterstück denken, das sie gerade für die Aufführung am Schuljahresende probten. Shakespeares »Romeo und Julia«.

Im Geiste hörte sie Evans Stimme: »Doch still, was schimmert durch das Fenster dort? Es ist der Ost und Julia ist meine Sonne!«

Sie hatte gesagt: »Das stimmt aber nicht ganz, Evan. Romeo sagt: ›... und Julia *die* Sonne!‹ – nicht *meine* Sonne.«

Lächelnd hatte er geantwortet: »Nein, du bist Julia und du bist ganz eindeutig *meine* Sonne.«

Dann hatte er ihr in die Augen geblickt und sie hatte das Gefühl gehabt, alles um sie herum drehe sich.

Sie lachte ihrem Spiegelbild zu und schüttelte den Kopf, um die Erinnerung zu vertreiben. Noch immer grinsend schlang sie sich das Handtuch um den Kopf und rubbelte sich das Haar trocken. Sie wollte nicht zu spät zu ihrem Treffen mit Evan kommen – nicht ausgerechnet heute!

Als sie mit dem Handtuch versehentlich die beiden schmerzenden Stellen am Rücken berührte, zuckte sie zusammen. Sie drehte sich so zum Spiegel, dass sie ihre Schulterblätter sehen konnte. Irgendetwas hatte sie dort gestochen. Gleich zweimal: Auf jedem Schulterblatt prangte ein leicht entzündeter roter Punkt. Und zwar schon seit ein paar Tagen. Sehr lästig, und noch dazu an so einer blöden Stelle, wo man kaum hinkam, um sich zu kratzen. Sie würde sich etwas anziehen müssen, was ihren Rücken bedeckte. Schließlich wollte sie auf keinen Fall, dass Evan dachte, sie hätte Flöhe.

Wieder blickte sie in den Spiegel.

Liebte sie Evan wirklich – oder brachte sie das nur mit ihrer Rolle in dem Theaterstück durcheinander? Nein, sie war sich sicher, dass da mehr war. Sie hatte gleich so ein seltsames Flattern im Bauch gespürt, als sie die Rolle der Julia bekam – und während der Probenwochen war das Kribbeln immer stärker geworden, je besser sie ihn kennenlernte.

Sie dachte an das Casting zurück. Dass Evan überhaupt dort aufgetaucht war, hatte alle überrascht. Er war erst seit sechs Monaten an der Schule und hatte eher zurückhaltend gewirkt. Jedenfalls nicht wie der Typ, der sich um die Hauptrolle in einem Theaterstück bewarb. In der Klasse war er freundlich, aber er hatte keine engen Freunde und seine Mitschüler hielten ihn eher für einen Einzelgänger. Niemand hatte ihn bis jetzt zu sich nach Hause eingeladen und an Wochenenden hatte er nicht mit ihnen herumgehangen oder war auf irgendwelchen Partys erschienen.

Anita konnte sich noch ganz genau daran erinnern, wie sie Evan zum ersten Mal gesehen hatte. Es war am Tag ihres Schulausflugs zum Hampton Court Palace in Richmond im Westen Londons gewesen.

Was für ein seltsamer Tag! Sie wusste, dass man es *Déjà-vu* nannte, wenn man lebhafte Erinnerungen an einen Ort hatte, an dem man eigentlich noch nie gewesen war. Doch genau dieses Gefühl hatte sie sofort beschlichen, als der Bus auf den Parkplatz gefahren war und sie das Schloss aus dem 16. Jahrhundert erblickt hatte – das Gefühl, dass sie schon einmal hier gewesen war. Die stämmigen Tudor-Türmchen und das Gebäude aus rotem Backstein mit seinen sandfarbenen Steinzinnen und Verzierungen sowie der kopfsteingepflasterte Innenhof und die große Gartenanlage – all das hatte auf sie merkwürdig vertraut gewirkt. Als sie jedoch später ihren Eltern davon erzählte, weil sie dachte, sie wären früher mal dort gewesen, als sie klein war, hatten diese beteuert, dass sie mit ihr noch nie dort gewesen seien.

Das Sonderbarste aber war das weltberühmte Labyrinth gewesen. Es war ein großes Dreieck mit lauter schmalen, gewundenen Gängen aus hohen, blickdichten Hecken. Natürlich wollte so ziemlich jeder Schlossbesucher sein Orientierungsvermögen testen und den Weg ins Herz des Irrgartens finden. Alle aus dem Schulbus hatten sich hineingedrängelt. Und die Jungs hatten groß getönt, dass sie als Erste im Zentrum sein würden. Es war das totale Chaos gewesen – die meisten hatten sich hoffnungslos verirrt und mussten von den Leuten, die auf den Holztribünen standen und dem Ganzen von oben zusahen, per Zuruf wieder zum Ausgang geleitet werden.

Zuerst hatte Anita sich zurückgehalten – angesichts der grünen Heckengänge überkam sie ein unerklärliches, unheimliches Gefühl. Doch dann hatte ihre beste Freundin Jade sie am Ärmel hineingezogen. Kaum war sie im Labyrinth gewesen, war etwas Merkwürdiges passiert: Irgendwie kannte sie den kürzesten Weg und lief zu der kleinen Statue im Zentrum, ohne auch nur ein einziges Mal falsch abzubiegen. »Na, wie findest du das?«, hatte sie lachend zu Jade gesagt. »Bin ich ein Genie oder was?« Aber Jade behauptete, das sei nur Glück gewesen.

Am selben Nachmittag hatte sie ihn dann zum ersten Mal gesehen: Als der Bus in den Schulhof einbog, stand der tollste Junge, den sie je zu Gesicht bekommen hatte, draußen vor dem Schultor. Evan Thomas, ein neuer Schüler, der eben erst in die Gegend gezogen war …

Sechs Monate später spielte sie nicht nur die Julia neben ihm als Romeo, sondern – und das war noch verblüffender – er war auch ihr erster richtiger Freund.

Anfangs hatte Anita bei den Proben noch Angst gehabt, sich bei den komplizierten Sätzen zu versprechen oder auf der Bühne über ihre Füße zu stolpern, aber Evan war hilfsbereit und lieb gewesen. Wie sich herausstellte, hatte er auch einen tollen Humor. In der Sterbeszene am Schluss musste sie sich über ihn werfen, wenn er auf dem Boden lag, aber er kicherte so, dass sie ebenfalls losprusten musste. Nicht selten endeten die Proben damit, dass sie beide lachten und lachten und nicht mehr damit aufhören konnten.

Da hatte es angefangen – aber auch bei den Mittagessen in der Schulmensa, wo sie über das Stück sprachen. Je öfter sie sich trafen, desto weniger redeten sie allerdings über »Romeo und Julia«. Nach ein paar Wochen war es dann vollkommen natürlich gewesen, sich nach der Schule zu verabreden und zusammen in ein Café zu gehen. Sie konnte sich noch lebhaft daran erinnern, wie sie ihm bei ihrem ersten richtigen Date gegenübergesessen hatte: Sie hatte ihm nur in die Augen gesehen und kein einziges Wort gehört, das er sagte.

Es war ihr so unglaublich leicht gefallen, ihm all ihre geheimsten Wünsche und Sehnsüchte anzuvertrauen – Sachen, die sie niemandem sonst erzählte.

Wie zum Beispiel, dass sie, wenn sie einen guten Abschluss schaffte, gern mit dem Rucksack durch Europa oder Amerika reisen wollte. Danach wollte sie auf die Universität gehen und vielleicht eine Laufbahn als Journalistin einschlagen. Und dann – na ja, das weitere Leben. In der Weltgeschichte herumgondeln. Abenteuer erleben. Aber natürlich immer mit einem Zuhause, in das sie zurückkehren konnte: ein weißes Häuschen auf einer hohen Klippe mit Blick aufs Meer. Ein Mann. Kinder.

Sie hatte auch jede Einzelheit aus seinem Leben wissen wollen. Doch er hatte nur mit den Achseln gezuckt und gesagt, es sei zu langweilig, um davon zu erzählen. Er habe Verwandte in Wales, aber mit denen verstehe er sich nicht so gut. Um von ihnen wegzukommen, war er nach London gezogen – und hatte sie gefunden! Da hatte sein Leben erst so richtig angefangen, das behauptete er zumindest.

»So ein Quatsch«, hatte sie zu ihm gesagt, aber natürlich hatte es ihr doch geschmeichelt.

Er trug immer ein breites Lederarmband am Handgelenk, in das ein kleiner, flacher schwarzer Stein eingesetzt war und das mit zwei Riemchen verknotet war. Angeblich ein Familienerbstück, von dem er sich nie trennen würde. »Wieso nicht?«, hatte sie fasziniert gefragt. »Was hat es für eine Bedeutung?« Aber er hatte nur gelächelt.

»Irgendwann erzähle ich's dir mal«, hatte er geantwortet. »Nicht jetzt – aber bald. Versprochen.« Wie geheimnisvoll! Das gefiel Anita: das Gefühl, dass es an ihm noch viel zu entdecken gab.

Natürlich hatten Jade und die anderen alles haarklein über ihr Treffen mit Evan wissen wollen: Wie es gelaufen sei? Ob er sie nach Hause gebracht und ob er sie geküsst habe? Ob sie zusammen wären?

Tania hatte geduldig alle Fragen ihrer Freundinnen beantwortete: *Wir haben uns bloß unterhalten, mehr nicht, und er hat mich zum Kaffee eingeladen. Ja, er hat mich nach Hause gebracht. Nein, wir haben uns nicht geküsst. Da auf jeden Fall noch nicht. Ob wir zusammen sind? – Ich weiß es nicht … noch nicht.*

Anita betrachtete sich wieder im Spiegel. Der erste Kuss war für sie ziemlich überraschend gekommen. Da hatte er ihr auch das mit dem Goldstaub in den Augen gesagt – und in diesem Augenblick hatte sie ihm geglaubt.

Vor ein paar Tagen hatte er ihr verraten, dass er etwas für ihren Geburtstag plane. Morgen würde sie sechzehn werden. Mittags wollte sie zu Hause eine Grillparty für all ihre Freunde geben, aber Evan meinte, er wolle am Tag davor etwas ganz Besonderes machen, nur sie beide ganz allein. Als Anita fragte, was er denn vorhabe, sagte er, das werde sie schon sehen …

Vielleicht würde er mit ihr an irgendeinen romantischen Ort fahren und ihr sagen, dass er sie liebe.

Sie musterte ihr Spiegelbild. Wie würde sie darauf reagieren? So etwas hatte noch keiner zu ihr gesagt. Der Gedanke, dass Evan ihr vielleicht eine Liebeserklärung machte, haute sie ziemlich um und war irgendwie erschreckend – aber auch total aufregend.

Sie hatte das starke Gefühl, dass sie den Satz gern erwidern würde.

Den Blick auf ihr Spiegelbild geheftet, bewegte sie stumm die Lippen: *Ich liebe dich, Evan.* Am liebsten hätte sie laut geschrien, aber sie wusste nicht, ob vor Freude oder aus Panik.

Auf einmal juckten ihre Schulterblätter wieder schmerzhaft und das riss sie aus ihren Tagträumen.

Sie öffnete das Arzneischränkchen, um nach der Antihistaminsalbe zu suchen.

Eine halbe Stunde später rannte sie durch den Flur und rief ihren Eltern durch die geöffnete Wohnzimmertür schnell ein »Tschüss!« zu.

»Du bist spät dran!«, rief ihr Vater. »Bestimmt hat Evan die Warterei schon satt. Bis du da bist, ist er längst über alle Berge.«

»Vielen Dank für dein grenzenloses Vertrauen, Dad!«, schrie Anita grinsend zurück. »Ich glaube, ein bisschen mehr Geduld bringt er schon auf.«

Sie sprang mit einem Satz die Eingangsstufen hinunter, wobei sie sich am Geländer festhielt. Dann rannte sie zur U-Bahn-Station Camden Town. Der ganze Aufwand, den sie betrieben hatte, um für Evan gut auszusehen – und jetzt war sie viel zu spät und würde verschwitzt und außer Atem ankommen.

Auf der steilsten Höh' der Tagesreise steht die Sonne jetzt … drei lange Stunden sind's – und dennoch bleibt sie aus …

Anita juchzte vor Begeisterung, als das Schnellboot übers Wasser raste und der Wind ihr die Haare ins Gesicht peitschte.

»Na, wie findest du deine Geburtstagsüberraschung?«, rief Evan, der am Steuer stand. Er hatte Mühe, den Motor und das Platschen und Spritzen des Kiels auf dem Wasser zu übertönen. »Gefällt's dir?«

»Ob's mir gefällt? Es ist genial!« Sie juchzte erneut auf, als der Bug sich kurz senkte und gleich darauf wieder hob. Er durchschnitt die sich kräuselnde Wasseroberfläche wie ein heißes Messer. Gischt prickelte auf ihrem Gesicht. »Das ist das tollste Geschenk, das ich je bekommen hab!«

Lächelnd nahm er eine Hand vom Steuer und strich ihr übers Haar. Sie zitterte ein wenig bei seiner Berührung, küsste seine Hand und drückte sie an ihre Wange. Sie war so glücklich, dass sie das Gefühl hatte, gleich zu platzen. Mit klopfendem Herzen sah sie Evan an. Sein dunkelblondes Haar flatterte wild um seinen Kopf. Seine kastanienbraunen Augen hatte er gegen den Fahrtwind zusammengekniffen. Als er ihren Blick bemerkte, lächelte er sie an.

Evan lenkte das Boot unter einem der Bögen der Westminster Bridge hindurch. Einen Herzschlag lang fuhren sie im Schatten, dann schossen sie wieder ins helle Sonnenlicht hinaus. Zur Rechten konnte Anita die gotischen Turmspitzen der *Houses of Parliament* sehen und dahinter Bürogebäude und weitere Türme, die sich schimmernd gegen den wolkenlosen knallblauen Himmel abhoben.

»Und das ist erst der Anfang«, fuhr er fort. »Wir fahren nämlich bis nach Richmond. Dort können wir was essen und ein bisschen am Fluss rumliegen. Dann bringe ich dich in die Stadt zurück und wir können in ein paar Clubs gehen.« Er lächelte sie an. »Hast du Lust?«

»Und ob!«

Evan hatte sich mit keinem Wort beschwert, als sie eine halbe Stunde zu spät an der U-Bahn-Station Monument aufgetaucht war. Er hatte ihr einen Kuss gegeben, war dann Hand in Hand mit ihr hinunter zum Fluss und über einen schwankenden Steg zu dem kleinen schnittigen Schnellboot gegangen, das er für diesen Tag gemietet hatte.

Wenige Minuten später waren sie schon die Themse entlanggebraust, dass sich hinter ihnen das Kielwasser wie ein Paar Schwanenflügel hob.

»Wo hast du Boot fahren gelernt?«, rief Anita ihm zu.

Evan grinste sie an. »Beeindruckt?«

»Schon!«

Evan lachte. »Ach, ich hab noch so einige verborgene Talente – wusstest du das denn nicht?« Ruckartig riss er das Steuerrad herum und das Boot machte einen kleinen Hüpfer.

»Nicht!«, stieß Anita hervor und packte die Metallreling. »Au!«, rief sie aus und zuckte zurück.

»Was ist denn?«, rief Evan.

Anita rieb sich die Finger. »Ich hab einen Stromschlag von der Reling bekommen.«

»Tja, das kommt eben von deiner elektrisierenden Persönlichkeit«, sagte er und bremste das Boot ab, weil sie an einem Wassertaxi vorbeikamen.

Sie sah ihn stirnrunzelnd an. »Mach dich nicht lustig über mich – das tat echt weh!« Jetzt, da sie nicht mehr so schnell fuhren, konnte sie fast wieder in normaler Lautstärke sprechen. »Das geht jetzt schon seit ein paar Wochen so. Jedes Mal, wenn ich Metall berühre, kriege ich einen Stromschlag. Dad meint, das sei die statische Aufladung.«

Evan zuckte die Achseln. »Dann fass doch einfach kein Metall mehr an.«

»Leichter gesagt als getan«, stellte Anita klar. »Wie soll ich ohne Besteck essen? Echt nervig. Wenn das so weitergeht, muss ich noch die ganze Zeit Handschuhe tragen.« Sie schüttelte den Kopf. »Das muss natürlich ausgerechnet mir passieren!«

»Passieren dir denn öfter seltsame Dinge?«, fragte Evan und warf ihr einen amüsierten Seitenblick zu.

»Nicht seltsam – nur peinlich«, sagte Anita. »Laut Mum bin ich ein Pechvogel. Und Dad meint, dass ich wahrscheinlich unter einem Unglücksstern geboren wurde.«

»Ach, das glaub ich nicht«, sagte Evan.

Vor ihnen kam rasch die Lambeth Bridge näher.

»Also, im Moment bin ich jedenfalls ganz und gar nicht unglücklich«, sagte Anita. Sie grinste.

»Gut.« Er sah wieder zu ihr hinüber, aber mit einem Mal war er ganz ernst. »Anita? Es gibt da etwas Wichtiges, was ich dir sagen muss.«

Ein nervöses Kribbeln durchfuhr sie und ihr Magen schlug Purzelbäume. Sie sah Evan halb ängstlich und halb gespannt an – welches Bekenntnis jetzt wohl kommen würde?

Nenn Liebster mich, so bin ich neu getauft …

Doch bevor Evan etwas sagen konnte, legte sich ein kalter Schatten über sie, als hätte eine dunkle Hand sich vor die Sonne geschoben. Anita blickte auf: Der Himmel war wolkenlos.

Evan drehte ruckartig den Kopf und riss die Augen auf. Etwas schien ihn zutiefst erschreckt zu haben.

Anita blickte über den Fluss, um herauszufinden, was es war. Für den Bruchteil einer Sekunde meinte sie, etwas Langes, Dunkles direkt auf der Wasseroberfläche zu sehen.

»Nein!«, knurrte Evan mit zusammengebissenen Zähnen. »Er kann uns unmöglich gefunden haben. Nicht ausgerechnet jetzt!«

Anita starrte ihn verwirrt an. Wovon sprach er?

Evan riss das Steuerrad herum.

Das Boot machte eine scharfe Kehrtwende und legte sich so schräg ins Wasser, dass Anita taumelte und gegen Evan fiel. Kaltes Wasser spritzte ihr ins Gesicht und sie rang keuchend nach Atem.

»Evan! Stopp!«, schrie sie.

»Nein«, rief er mit wilder, brüchiger Stimme. »Er weiß, dass wir hier sind. Er wird dich mir wegnehmen!«

»Was redest du denn da? Evan – bitte!«

Aus dem Augenwinkel sah sie etwas Großes, Dunkles vor sich aufragen. Als sie den Kopf drehte, füllte bereits einer der Steinpfeiler der Lambeth Bridge ihr Blickfeld komplett aus.

Dann knallte es auch schon und Anita sauste durch die Luft. Ein ohrenbetäubender Lärm folgte und der Himmel drehte sich wirbelnd wie in einem Kaleidoskop. Rote Flammen züngelten am Rand ihres Gesichtsfelds und um sie herum wurde es schwarz. Und dann war da nur noch die eisige tödliche Umarmung des tiefen Wassers.

II

Als Erstes war da eine Stimme.

Es war eine sanfte und tiefe Männerstimme: »*Die Sterblichen in ihrer Welt, geschlagen von Blindheit, sehen sie nicht.*«

»Dad?«

Nein, das war nicht ihr Vater.

Die Stimme wurde leiser und schwächer.

Dann waren da Lichter, gleißend grelle Lichter an einer strahlend weißen Zimmerdecke. Besorgte Gesichter glitten in ihr Blickfeld hinein und wieder hinaus.

Sie lag auf dem Rücken und hatte Schmerzen, aber sie fühlten sich so fern an, als hätten sie nichts mit ihr zu tun.

Irgendjemand stellte ihr seltsame Fragen:

»Weißt du, wer du bist?«

»Kannst du mir sagen, welchen Tag wir heute haben, Anita?«

»Drück meine Hand, Anita – so fest du kannst. Ja, so ist es gut. Sehr gut machst du das.«

Und dann erklang eine andere Stimme. Von weiter weg. Sie war aber trotzdem ziemlich klar zu hören.

»Sie hat großes Glück gehabt, Mrs Palmer. Wenn nicht die Hafenpolizei ganz in der Nähe gewesen wäre – na ja, es ist fraglich, ob sie den Unfall überlebt hätte.«

Sie hörte die Stimme ihrer Mutter.

»Oh, Clive, sieh sie dir an – unser armes Mädchen …«

Dann vernahm sie undeutlich ihre eigene Stimme, schwach und angestrengt.

»Evan? Ist mit Evan alles in Ordnung …? Bitte – ich muss es wissen …«

Ihr Vater: »Was sagt sie?«

»Sie fragt nach Evan.«

Schließlich verschwammen die Lichter vor ihren Augen, alles drehte sich und die Stimmen verblassten.

Wieder Helligkeit. Stimmen. Das Gefühl von Bewegung. Das entfernte Quietschen von Rädern. Eine grau geflieste Decke, die über ihrem Kopf dahinglitt. Jemand hielt ihre Hand. Die Stimme ihrer Mutter.

Kalte Bettwäsche und ein weiches Kopfkissen.

Erneut entglitt ihr alles.

Erinnerungsfetzen an das Casting für das Schultheater schoben sich in ihr Bewusstsein. Evan hatte alle in Erstaunen versetzt. Er war gut – sehr gut sogar. Bei ihm klang Shakespeare fast wie normale Alltagssprache.

Mrs Wiseman hatte die erste Leseprobe angesetzt. Anita war davon ausgegangen, dass sie bei ihrem Glück wahrscheinlich höchstens die Rolle der alten Amme bekommen würde – vor allem da es so klar auf der Hand lag, wer den Romeo spielen würde.

Trotzdem hatte sie eine lange Passage der Julia auswendig gelernt.

Oh Romeo! Warum denn Romeo?

Wieder drangen Stimmen an ihr Ohr.

»Wissen Sie, was sie sagt, Mrs Palmer?«

»Das ist ein Zitat aus dem Stück, das sie gerade in der Schule proben.«

»Kommt sie dafür noch rechtzeitig aus dem Krankenhaus raus?«

»Doch, ich glaube schon. Sie hatte zwar eine schwere Gehirnerschütterung, aber wenn sie sich ein paar Tage schont, sollte eigentlich wieder alles in Ordnung sein. Sie hat keine schlimmen Verletzungen, nur ein paar hässliche Prellungen. Sie kann von Glück sagen, dass sie rausgeschleudert wurde, als das Boot gegen den Pfeiler geprallt ist.«

»Mum?«

»Ja, Schatz. Ich bin da.« Eine warme Hand legte sich auf ihre.

»Wo ist Evan?«

Die Stimme ihres Vaters. »Er ist okay, du musst dir keine Sorgen um ihn machen.«

»Dad?«

»Wir sind beide hier. Alles wird wieder gut.«

»Meine Augen … so schwer … kann sie nicht aufmachen …«

»Du hast dir ziemlich den Kopf gestoßen, mein Liebling«, antwortete die Stimme ihrer Mutter. »Schlaf jetzt. Wir sind noch hier, wenn du später wieder aufwachst.«

»Wie geht's Evan?«

»Ihm geht's gut.«

Eine dritte Stimme: eine Frau. Freundlich und sanft. »Sie wird wahrscheinlich ein paar Stunden schlafen. Im Flur vor der Station steht ein Getränkeautomat. Da gibt es Brühe und Tee und Kaffee. Allerdings schmeckt alles ziemlich gleich. Es ist also egal, welchen Knopf man drückt.«

»Wird der Junge wieder werden?«

»In ein paar Stunden wissen die Ärzte mehr«, sagte die Frau. »Wir haben keinerlei persönliche Gegenstände bei ihm gefunden. Wissen Sie, wie wir seine Eltern kontaktieren können?«

»Nein, leider nicht«, sagte ihre Mutter. »Ich weiß, es klingt komisch, aber ich bin mir nicht mal sicher, wo er wohnt.«

»Wissen Sie denn, wie der Unfall passiert ist?«

»Er hat ein Motorboot gemietet. Als sie unter einer

Brücke durchgefahren sind, muss er die Kontrolle verloren haben und sie sind gegen einen der Pfeiler gekracht.«

Ein schwarzer Samtvorhang fiel auf Anita herab und sie wurde wieder ohnmächtig.

Als Anita das nächste Mal erwachte, herrschte auf der Krankenhausstation gedämpfte Geschäftigkeit. Sie setzte sich auf. Ihr Kopf dröhnte und ihr war leicht schwindelig. Das Licht kam ihr extrem grell vor.

Eine hübsche Krankenschwester mit gewellten, langen roten Haaren und vielen Sommersprossen kam zu ihr ans Bett. »Immer mit der Ruhe«, sagte sie mit irischer Sprachmelodie. »Keine hastigen Bewegungen.«

Anita blinzelte. »Wie spät ist es?«

»Halb fünf«, sagte die Krankenschwester. »Du hast den ganzen Nachmittag geschlafen.«

»Wie geht es Evan?« Sie hatte einen trockenen Mund und einen seltsamen, bitteren Geschmack auf der Zunge.

»Dein Freund?«, fragte die Krankenschwester. »Ihm geht's gut.« Sie drehte sich leicht und zeigte schräg hinter sich. »Er liegt da hinten.«

Anita musste sich anstrengen, um alles klar erkennen zu können. Ihr Bett stand am einen Ende des Zimmers, in dem es fünf weitere Betten gab. Auf der gegenüberliegenden Seite, jenseits einer grauen Linoleumfläche am anderen Ende des Zimmers, sah sie ein Bett mit einer flachen, reglosen Gestalt unter der Decke. Evan lag mit bleichem Gesicht und geschlossenen Augen da.

»Geht es ihm schlecht?«, flüsterte Anita.

»So schlimm ist es nicht«, sagte die Krankenschwester. »Er schläft.«

»Wird er sterben?« Anitas Stimme klang brüchig und ihr brannten Tränen in den Augen.

»Aber nein, natürlich nicht«, sagte die Krankenschwester. »Er ist nur bewusstlos, seit ihr beide hierhergebracht wurdet. Aber die Ärzte meinen, ihm fehlt nichts Ernstes.« Sie lächelte. »Es ist in etwa so, als hätte sich sein Gehirn abgekapselt, damit seine Selbstheilungskräfte in Gang kommen. Er kann jederzeit aufwachen.« Sie sah Anita an. »Hast du Durst? Kann ich dir etwas zu trinken bringen?«

»Ich habe Kopfschmerzen.«

»Das ist nicht weiter ungewöhnlich, wenn man mit dem Kopf gegen eine Brücke knallt, Anita«, sagte die Schwester lächelnd. »Was hast du denn gedacht?«

»Es war ein Geburtstagsgeschenk«, sagte Anita und stützte sich auf ihren einen Ellbogen, um Evan besser sehen zu können. »Die Bootsfahrt, meine ich.«

»Also hast du heute Geburtstag?«, fragte die Schwester. Sie lächelte schief. »Na, das ist hier natürlich der passende Ort, um Geburtstag zu feiern!«

»Nein, eigentlich erst morgen«, sagte Anita. »Ich hab morgen Geburtstag.« Sie blickte in das gutmütige Gesicht der Krankenschwester. »Ich kann mich nicht mehr wirklich erinnern, was passiert ist.«

»Das Boot ist außer Kontrolle geraten und gegen einen der Pfeiler der Lambeth Bridge geknallt, wurde mir gesagt.«

Plötzlich sah Anita wieder vor sich, wie das Mauerwerk auf sie zuraste, und sie riss die Arme hoch. »Ja, genau!«, stieß sie hervor. »Wir sind gegen die Brücke gefahren.« Sie atmete tief durch und ließ die Hände sinken. »Kann ich zu ihm und mit ihm sprechen?«

»Vielleicht später. Im Moment solltest du dich lieber noch schonen.«

»Schwester!« Die Stimme kam aus einem Bett vom anderen Ende der Station.

»Ich komme.« Die Krankenschwester drückte Anita sanft ins Kissen zurück. »Versuch, noch etwas zu schlafen«, sagte sie. Sie zeigte auf einen Knopf, der an einem Kabel vom Kopfende des Bettes herunterhing. »Wenn du etwas brauchst, musst du nur draufdrücken.«

»Ja, mach ich«, sagte Anita leise zu der Schwester, die sich schon zum Gehen gewandt hatte. »Danke.«

Sie legte sich hin und drehte den Kopf so, dass sie Evans Bett am Ende des Zimmers im Blick hatte.

Was für ein Schlamassel. Dabei hatte alles so toll angefangen.

Große Tränen liefen ihr übers Gesicht, aber tief in ihrem Inneren fühlte sie sich nur taub und leer.

Es ging auf Mitternacht zu. Um Anitas Bett waren die Vorhänge zugezogen. Ihre Mutter und ihr Vater saßen nebeneinander auf Stühlen am Bett.

Sie hatten eine Ausnahmegenehmigung erhalten, auch außerhalb der normalen Besuchszeiten bei ihrer Tochter bleiben zu dürfen, solange sie ruhig waren und keinen der anderen Patienten störten.

In genau viereinhalb Minuten würde Anita sechzehn werden.

Was für ein Geburtstag!

»Wir haben allen Bescheid gesagt«, sagte Mrs Palmer. »Die Gartenparty ist verschoben, bis du wieder zu Hause bist.«

Anita hatte sich aufgesetzt und lehnte an einem Berg Kissen. Ihr ging es schon wieder etwas besser: Sie hatte einen klareren Kopf und auch die schlimmsten Schmerzen in ihren Armen und Beinen sowie im Rücken hatten nachgelassen. Doch sie machte sich noch immer Sorgen um Evan. Er war immer noch nicht aufgewacht.

Die Krankenschwester hatte ihr gesagt, dass ihm körperlich nichts fehle. Aber warum wachte er dann nicht auf?

»Schade, dass die Party nun erst mal ins Wasser

fällt«, sagte ihr Vater und riss sie damit aus ihren Gedanken. »Ich hatte mich schon so gefreut, den ganzen Nachmittag im Garten zu tanzen.«

»Ach, dabei bist du doch gar nicht eingeladen«, witzelte Anita. »Wenn du denkst, dass ich in der Schule als das Mädchen mit dem peinlichsten Vater aller Zeiten gelten will, dann hast du dich geschnitten.«

»Aber ich habe doch schon so viel geübt! Vor allem Discofox«, sagte ihr Vater. »Soll ich's dir mal vorführen?«

»Nein, bitte nicht«, sagte Anita. »Mum, tu was!«

»Clive, setz dich. Und benimm dich.«

Ein heftiges Stechen in ihrem Kopf ließ Anita zusammenzucken.

Mr Palmer beugte sich mit sorgenvollem Blick vor. »Wie geht's dir, mein kleines Mädchen?«

Anita umklammerte seine Hand. »Mir tut's überall weh«, flüsterte sie. »Und wenn ich die Augen zumache, sehe ich immer wieder vor mir, wie die Brücke auf uns zurast.« Sie runzelte die Stirn. »Ich verstehe einfach nicht, warum Evan nicht aufwacht. Angeblich ist alles in Ordnung mit ihm, aber das kann doch nicht stimmen, wenn er nicht zu Bewusstsein kommt?«

»Sie wissen, was sie tun, mein Schatz«, sagte ihre Mutter. »Ich bin sicher, er wird aufwachen, wenn er bereit dazu ist.« Sie lächelte mitfühlend. »Ach, ich soll dir übrigens viele Grüße von Jade ausrichten.«

Anita nickte. »Lieb von ihr. Hast du eigentlich schon alle durchtelefoniert, weil die Party ja nun verschoben werden muss?«

»Ja«, sagte ihre Mutter. »Das habe ich dir doch gerade eben erzählt.«

»Ach ja? Tut mir leid. Ich bin noch ein bisschen benebelt.«

»Das kommt von der Gehirnerschütterung«, sagte ihr Vater. »Das ist auch der Grund, warum sie dich über Nacht hierbehalten wollen. Wenn jemand bewusstlos war, gehen sie gern auf Nummer sicher, damit sich nicht plötzlich irgendwas Unerwartetes im guten alten Gehirnkasten tut.« Er strich ihr übers Haar. »Dabei hätte ich ihnen gleich sagen können, dass sich in deinem nie etwas tut – gar nichts.«

Anita lächelte schwach.

»Danke schön, Dad.«

»Ach was, nicht der Rede wert. Gibt's noch irgendwas, was wir für dich tun können? Unten gibt es einen Laden. Wir könnten dir ein paar Zeitschriften, Schokolade oder etwas zu trinken kaufen! Ich glaube, sie haben dort auch Obst – hättest du gern ein paar Weintrauben?«

»So spät nachts haben die bestimmt schon zu«, sagte Anita. »Und du weißt doch, dass ich Weintrauben nicht mag.«

»Darum geht's nicht. Du liegst im Krankenhaus, also musst du Weintrauben essen.«

Anita wusste, dass er sie nur zum Lachen bringen wollte, aber es ging nicht – noch nicht. Sie lehnte den Kopf wieder zurück an die Kissen.

»Wir sollten bald gehen«, meinte Mrs Palmer sanft.

»Aber erst, nachdem wir ihr das Geschenk überreicht haben«, sagte ihr Vater. Er schaute auf seine Uhr. »Mitternacht.« Er beugte sich über sie und küsste sie auf die Stirn. »Herzlichen Glückwunsch zum Geburtstag, jetzt bist du süße sechzehn.«

»Danke, Dad.«

Früher am Abend waren ihre Eltern kurz nach Hause gefahren, um sich ein bisschen frisch zu machen und ihr einen Schlafanzug zu holen – und als sie wiederkamen, hatten sie ein Geburtstagsgeschenk dabeigehabt.

Anita wusste, dass es nicht von ihnen war: Ihre Eltern hatten gesagt, ihr Geschenk sei zu groß, um es ins Krankenhaus mitzubringen. Sie wollten jedoch nicht verraten, was es war, aber Anita hoffte, es wäre der neue Computer, den sie in den letzten Monaten ungefähr fünfzigmal erwähnt hatte.

»Wir haben dir etwas mitgebracht, was heute Morgen mit der Post gekommen ist«, sagte ihr Vater.

Mrs Palmer zog einen großen, braunen gefütterten Umschlag unter dem Stuhl hervor. »Wir dachten, dass es wahrscheinlich ein Geburtstagsgeschenk ist«, sagte sie und reichte Anita den Umschlag.

Er fühlte sich ziemlich schwer und fest an.

»Es steht kein Absender drauf, aber abgestempelt ist er in Richmond.«

Anita sah auf das dicke Päckchen. Ihr Name und die Adresse waren in einer fremden Handschrift geschrieben. Sie runzelte die Stirn. Richmond? Der Bezirk lag im Westen Londons.

»Ich kenne niemanden in Richmond«, sagte sie.

»Tja, aber anscheinend kennt jemand in Richmond dich«, sagte ihr Vater. »Los, mach es auf. Ich bin schon ganz gespannt, was du gekriegt hast.«

Verwirrt öffnete Anita den Umschlag. Das Geschenk war in blaues Seidenpapier gewickelt. Vorsichtig zog sie es heraus und packte es aus.

»Oh, wow!«, hauchte sie. Es war ein altes, in Leder gebundenes Buch mit punziertem rot-grünem Rücken und dekorativer smaragdgrüner Prägung auf dem Einband. Es war abgegriffen und ausgebleicht und ein silbergrauer Schimmer lag auf dem Leder, als hätten Generationen von Händen es poliert.

»Liegt ein Brief oder eine Karte bei?«, fragte ihr Vater.

Anita spähte in den Umschlag. »Nein, nichts.«

»Vielleicht im Buch drin?«, überlegte ihre Mutter.

Anita schlug das Buch auf. Nichts. Sie blätterte in den dicken, elfenbeinfarbenen Seiten.

Die Seiten waren leer. Anita sah ihre Eltern verwirrt an. »Es ist wunderschön«, sagte sie. »Aber ein ziemlich seltsames Geschenk, oder?«

Ein unbeschriebenes Buch? Und dann auch noch von einem anonymen Absender.

»Es ist allerdings wirklich prächtig«, sagte ihr Vater und strich mit den Fingern über den Ledereinband. »Eine ganz erstaunliche Qualität. Es sieht aus wie eine Antiquität. Wahrscheinlich ist es sogar wertvoll.«

Anita blickte ihre Eltern misstrauisch an. »Und ihr seid ganz sicher, dass ihr nicht wisst, von wem es ist?«

»Nein, Schatz«, sagte ihre Mutter. »Wir haben keine Ahnung. Kann Evan es vielleicht geschickt haben, als Überraschung?«

»Aber warum sollte er?«, sagte Anita. »Außerdem war die Bootsfahrt ja mein Geschenk.«

»Du solltest ihn darauf ansprechen, wenn er aufwacht«, sagte ihr Vater.

»Ja, mach ich.« Sie blätterte vorsichtig weiter in dem Buch.

»Du könntest es als Hausaufgabenbuch für die Schule nehmen«, sagte ihre Mutter. »Oder als Tagebuch.«

»Gute Idee«, meinte Anita. Sie schlug das Buch zu und legte die Hände auf das glatte, kühle Leder. Sie lächelte. »Erster Eintrag: Liebes Tagebuch, wer in aller Welt kann mir dieses geheimnisvolle Buch geschenkt haben?«

»Aber du darfst keinen Kuli nehmen«, ermahnte ihr Vater sie. »Dafür ist das Buch viel zu kostbar.« Er grinste. »Was du brauchst, ist ein Federkiel. Vielleicht haben die Enten im Park ja ein, zwei Federn übrig.«

»Ach, lass die armen Enten mal lieber in Ruhe«, sagte Anita. »Wenn ich hier rauskomme, werde ich mir einen richtig edlen Füllfederhalter kaufen.«

»Gute Idee«, sagte ihr Vater. »Und jetzt ist es, glaube ich, Zeit, dass wir gehen – du musst schlafen.« Er küsste sie auf die Stirn. »Pass auf dich auf.«

»Klar.«

Ihre Mutter gab ihr ebenfalls einen Kuss.

»Und mach dir keine Sorgen wegen Evan«, flüsterte sie, als ihre Wangen sich berührten. »Ich bin sicher, er wacht bald auf.«

Sie schoben den Vorhang rund um ihr Bett auf und gingen leise durch die schwach beleuchtete Station. Bevor sie endgültig durch die Flügeltüren verschwanden, drehte ihr Vater sich noch einmal um und winkte lächelnd. Anita versuchte zurückzuwinken, aber ihre Glieder waren bleischwer und die Kopfschmerzen waren zurückgekehrt.

Sie legte sich auf den Kissenberg zurück, die Hände auf dem Buch, den Blick auf Evans dunkles Bett geheftet. Sie wünschte sich so sehr, dass er aufwachte, um ihm in die Augen schauen und sich vergewissern zu können, dass alles okay war.

Warum wachte er bloß nicht auf?

Sie versuchte sich daran zu erinnern, wie es zu dem Unfall gekommen war.

Sie waren unter dem wolkenlosen blauen Himmel dahingebraust.

Er hatte etwas gesagt.

Ihr Kopf pochte.

»Es gibt da etwas Wichtiges, was ich dir sagen muss.«

Ja, genau. Das war's gewesen.

Und dann?

Dann hatte sich ein Schatten vor die Sonne geschoben.

Evan rief panisch etwas, aber ihr fiel nicht mehr ein was.

Direkt vor ihnen war etwas Dunkles und Verschwommenes im Wasser, etwas Großes. Nicht die Brücke – etwas anderes. So etwas wie ... wie ... nein! Jetzt war es weg.

Dann sauste die Brücke heran.

Und dann nichts mehr.

Nichts.

Ein heftiges Jucken am Rücken weckte sie auf. Wieder diese blöden Stiche in den Schulterblättern – nur dass sie jetzt um einiges schlimmer geworden zu sein schienen.

Es war mitten in der Nacht. Die Station war spärlich beleuchtet und still. Leise Schritte waren in der Ferne zu hören. Evans Bett lag im Dunkeln.

Anita verdrehte den Arm, um sich am Rücken zu kratzen. Durch das weiße Satinoberteil ihres Schlafanzugs konnte sie deutliche Knubbel unter den Fingerspitzen fühlen. Nein, nicht wirklich Knubbel, jedenfalls waren sie nicht rund. Eher wie lang gestreckte Grate. Zwei erhöhte Grate, die parallel zu ihren Schulterblättern verliefen.

Erschrocken setzte sie sich auf, mit einem Schlag war sie hellwach. Sie schob ihre Hand hinten unter das Schlafanzugoberteil, um einen der Wölbungen zu berühren.

Der Striemen fühlte sich empfindlich und entzündet an. An ihren Fingern spürte sie etwas Flüssiges, Warmes. Offenbar war die Haut gerissen. Sie zog die Hand zurück und hielt sich die Finger im Halbdunkel vors Gesicht. Sie hatte erwartet, Blut zu sehen, aber die Flüssigkeit war klar, dickflüssig und glitschig.

Sie ließ den Blick über die Schlafenden in den umstehenden Betten wandern. Sie wollte nicht die Krankenschwester rufen. Das Ganze erschien ihr zu absurd, geradezu irreal. Die Toilette war nicht weit weg. Dort gab es Spiegel, in denen sie sich genauer ansehen konnte, was da auf ihrem Rücken war.

Sie schlug die Decke zurück und schlüpfte aus dem Bett. Sie war ein bisschen wacklig auf den Beinen und fühlte sich ziemlich komisch. Benommen und seltsam leicht im Kopf.

Nein, nicht nur im Kopf.

Ihr ganzer Körper fühlte sich leicht an. Schwerelos – als befände sie sich in einem Traum.

Sie machte einen Schritt und hatte das Gefühl, als würde sie über dem Boden schweben.

Sie lächelte. Das seltsame Gefühl gefiel ihr.

Leicht wie eine Feder glitt sie über den Boden. Eine schwarzhaarige Krankenschwester saß in einem kleinen hellen Lichtschein an der Anmeldung. Sie blickte kurz auf, aber als Anita ihr zu verstehen gab, dass sie nur auf die Toilette wollte, nickte sie und senkte wieder den Kopf.

Anita schwebte weiter zur Toilettentür und glitt hindurch.

Hier drinnen war es viel heller. Gegenüber den Toilettenkabinen befand sich eine Reihe von Waschbecken und darüber hing jeweils ein Spiegel.

Plötzlich wurde Anita schwindlig und sie griff haltsuchend nach einem Waschbeckenrand. Ihr kam es vor, als würde ein Wirbelwind durch ihren Körper fahren. Sie schloss die Augen. Es war, als würde sie mit enormer Geschwindigkeit durch die Luft rasen, ohne anhalten zu können.

Schwer atmend öffnete sie die Augen.

Sie streckte die Hand nach dem Wasserhahn aus, um sich etwas kaltes Wasser ins Gesicht zu spritzen.

Als sie den Wasserhahn jedoch berührte, loderte blaues Feuer aus ihren Fingerspitzen und ein brennendes Kribbeln schoss ihr bis zur Schulter hinauf. Mit einem Schrei zuckte sie zurück.

Und dann, ganz plötzlich, durchflutete der Schmerz sie mit einer Wucht, die alles andere ausblendete. Wieder schrie sie auf. An zwei Stellen im Rücken fühlte sie ein heftiges Stechen. Es fühlte sich an, als würde jemand ihr die Schulterblätter mit Rasiermessern aufschlitzen.

Anita fiel auf die Knie.

Etwas drückte unangenehm hinten gegen ihr Schlafanzugoberteil.

Sie hörte etwas reißen.

Irgendetwas wuchs ihr aus dem Rücken – zwei Teile, die sich hin und herbewegten.

Jetzt glich der Schmerz nicht mehr dem von Skalpellenschnitten, sondern verwandelte sich in ein Piksen, als wenn sie zu lange im Schneidersitz gesessen hätte. Das unerträgliche Gefühl wie von Nadelstichen, wenn das Blut langsam wieder zirkuliert. Nur dass es nicht im Bein war.

Anita kauerte zusammengekrümmt am Boden, hatte den Kopf an die Knie gepresst und die Arme um den Körper geschlungen, während sie die Augen zukniff.

Sie konnte diese zwei unglaublichen Auswüchse auf ihrem Rücken spüren.

Mehrere Minuten lag Anita zusammengekauert auf dem kalten Boden; zu erschrocken, um sich zu bewegen, sogar fast zu ängstlich zum Atmen. Langsam ließen das Unbehagen und die Angst nach.

Anita hob den Kopf.

Seltsam neue Muskeln spannten sich auf ihrem Rücken an und sie spürte einen Luftzug. Sie stützte sich auf alle viere. Jetzt tat ihr nichts mehr weh. Sie hielt sich am Waschbecken fest und zog sich in den Stand hoch.

Sie schaute in den Spiegel. »Was zum …?«

Da war ihr Gesicht, ihr vertrautes Gesicht, aschfahl vor Schock. Es starrte ihr in absoluter Fassungslosigkeit entgegen. Und da – hinter ihren Schultern – ragte ein Paar schillernder, hauchdünner Flügel auf.

Anita betrachtete sie. Sie waren so schön, fein und zart wie die Flügel einer Libelle. Sie bewegte die Schultern und sofort erzitterten die Flügel, änderten je nach Lichteinfall die Farbe.

»Ich habe Flügel …«, flüsterte sie und strahlte von einem Ohr zum anderen, während die Flügel schneller schlugen und ihr die Haare ums Gesicht wehten.

Im Spiegel sah sie, wie sie höher stieg, und sie fühlte, wie der Waschbeckenrand ihr aus den Händen glitt. Sie blickte hinunter: Ihre Füße hatten vom Boden abgehoben.

So leicht wie eine Feder im Wind schwebte sie auf das Fenster zu. Es war verschlossen, aber als sie den

Riegel mit den Fingerspitzen berührte, schnappte er auf und das Fenster öffnete sich weit.

Kühle Nachtluft schlug ihr entgegen.

Ohne darüber nachzudenken, was sie tat, glitt Anita mit dem Kopf voran durch das Fenster und stieg in den klaren Nachthimmel auf.

Unter ihr funkelten und glitzerten die Lichter der Großstadt, wunderschön, aber irgendwie auch weit entfernt, als würde man aus einem Flugzeug auf die Erde hinabblicken. In den Straßenschluchten bewegten sich Autos in langen weißen und roten Schlangen. Lichterketten umrahmten zu beiden Seiten das gewundene Flussbett der Themse. Brücken, hell erleuchtet wie Partydeko, zerteilten das dunkelblaue Wasser. Schimmernde Boote warfen ihre Schatten auf den schwarzen Fluss.

Anita breitete die Arme aus, hob das Gesicht zu den Sternen und zu der schlanken Mondsichel und bog den Oberkörper nach hinten durch, um höher aufzusteigen.

»Ich fliege!«, rief sie laut.

Als Kind hatte sie oft davon geträumt, fliegen zu können und über die Baumwipfel zu sausen, Schornsteine zu streifen, kunstvolle Sturzflüge in der Luft zu vollführen, während alle ihre Freunde neidisch den Atem anhielten.

Das Seltsamste aber war, dass es sich jetzt, da es wirklich geschah, gar nicht merkwürdig anfühlte.

Während sie über den Dächern Pirouetten drehte, ließ der Nachtwind ihren Schlafanzug flattern und zerzauste ihr das Haar.

»Bestimmt sehe ich wie ein Engel aus«, sagte sie laut. Sie schlug einen Salto in der Luft und ging dann in einen Sturzflug über. Dabei blickte sie auf die näher kommenden Straßen hinunter.

Kann mich jemand sehen?

Sie winkte. »He! Hier oben!«

Doch niemand sah zum Himmel hinauf.

Sie runzelte die Stirn. »Wie soll ich Mum das nur jemals erklären?«

Plötzlich verzerrte sich die Welt unter ihr wie ein Spiegelbild, wenn man einen Stein ins dunkle Wasser wirft. Die Straßen und Gebäude der Stadt wankten und schwankten und dann gingen mit einem Schlag alle Lichter Londons aus.

Kurzzeitig war Anita so erschrocken, dass sie ganz vergaß, mit den Flügeln zu schlagen.

Sie war schon die halbe Strecke zur Erde gestürzt, bevor sie sich wieder darauf besann, ihre Flügel zu bewegen. Sie spannte ihre neuen Muskeln an und stieg langsam höher. Die Bewegung fühlte sich so natürlich an, als würde sie einen Arm oder ein Bein bewegen, und sie schien instinktiv zu wissen, wie sie ihren Körper ausrichten musste, um an Höhe zu gewinnen und das Gleichgewicht zu halten.

Die Stadt war verschwunden!

Über ihr glitzerten noch immer die Sterne, aber unter ihr lag jetzt nur noch tiefe, gähnende Dunkelheit.

Flügelschlagend schwenkte Anita herum, um den runden Vollmond anzuschauen.

Der Mond hatte sich verändert. Über London hatte eine schmale Sichel gehangen, denn es war kurz nach Neumond.

Doch jetzt herrschte Vollmond und er war so nahe, dass sie sogar die dunklen Krater sehen konnte, die die Oberfläche wie Narben überzogen.

Sie blickte wieder hinunter. Langsam gewöhnten sich ihre Augen an die Dunkelheit.

Die Themse schlängelte sich noch immer durchs Land. Doch die Glitzerlichter von London waren verschwunden. Und die Nacht wirkte nicht mehr ganz so dunkel, es war jetzt mehr ein blaugraues verschlafenes Dämmerlicht.

Am Nordufer des Flusses lag ein riesengroßer Palast mit verschiedenen Eck- und Wohntürmen, Wachhäuschen, Innenhöfen, Zinnen und Säulen, die sich weiter und weiter zu erstrecken schienen.

Über den Fluss führten Brücken und am Südufer standen dicht gedrängt viele Häuschen. Jenseits von ihnen lag ein dichter dunkler Wald.

Fasziniert glitt Anita tiefer, angezogen von den Lichtpunkten, die hier und dort glommen wie Kerzen, die in unverglasten Fenstern flackerten.

Doch als sie näher kam, sah sie, dass viele Mauern

und Gebäude eingestürzt waren. Sie ließ sich weiter herabsinken und flog dicht über den Fluss hinweg. Sie kam zu einer Brücke, aber auch die war halb zerstört, die Bögen verfallen. Mauerstücke ragten wie gezackte Zähne aus dem schwarzen Wasser.

Anita flog über den Palast hinweg.

Die Dächer über den großen Sälen waren eingefallen und löchrig, die hoch aufragenden Türme aufgerissen und ausgehöhlt.

Es war, als hätte ein Krieg im Land getobt und nur Zerstörung und Verwüstung hinterlassen.

Tränen brannten in Anitas Augen. So durfte es nicht sein.

So hatte sie es nicht in Erinnerung.

»Nein!« Sie machte eine Kehrtwende und flog wieder in den dämmrigen Himmel hinauf. »Nein!«

Da unten hätten Lichter brennen müssen, Tausende hell funkelnde Lichter, die darum wetteiferten, jeden Schatten zu vertreiben. Man hätte Musik, Gesang und Gelächter hören und Paare hätten sich im Tanze drehen müssen. Auf dem Fluss sollten eigentlich Kähne, Barkassen und Boote fahren.

Dort unten hätte Leben sein müssen!

Doch während Anita zum Himmel aufstieg, während ihr Tränen über die Wangen liefen und sie einen furchtbaren Stich im Herzen spürte, wurden ihre Flügel immer kraftloser.

Die Muskeln auf ihrem Rücken schienen zu

schrumpfen. Erschrocken warf Anita einen Blick über die Schulter: Das in allen Regenbogenfarben schillernde Gewebe ihrer Flügel war glanzlos geworden und die herrlich hauchdünnen Schwingen wurden faltig und welkten.

Vor ihren Augen zerfielen ihre Flügel.

Entsetzt versuchte sich Anita sich daran zu erinnern, welche Muskeln sie angespannen musste, um aufzusteigen.

Doch sie konnte nicht mehr fliegen. Ihre Flügel waren weg.

Wie ein Stein stürzte sie trudelnd in die Tiefe.

III

»Anita? Komm, Mädchen, steh auf!«

Sie war völlig durchgefroren. Sie lag mit dem Gesicht nach unten auf einer kalten, harten Fläche.

Sanfte, aber starke Hände halfen ihr hoch, sodass sie sich aufsetzen konnte.

Sie öffnete die Augen. Die Nachtschwester kniete neben ihr und hielt sie an den Schultern fest. Anita befand sich wieder in der Toilette des Krankenhauses.

»Was ist passiert?«, fragte sie.

»Du warst kurz ohnmächtig, Anita«, sagte die Krankenschwester. »Schaffst du es oder soll ich jemanden rufen?«

»Nein, ich glaube, ich kann allein aufstehen.« Sie rappelte sich hoch, wobei sie sich auf die Schulter der Krankenschwester stützte.

»Du hättest jemanden rufen sollen, als dir auf einmal schwindlig wurde«, sagte die Schwester und musterte sie forschend.

»Hab ich nicht«, sagte Anita. »Mich schwindlig gefühlt, meine ich. Wie lange bin ich denn schon hier drin?«

»Höchstens zehn Minuten«, sagte die Schwester. »Du hast so lange gebraucht, dass ich dachte, ich sehe besser mal nach. Musst du immer noch?«

»Was?«

Die Krankenschwester deutete mit dem Kopf auf die Toilettenkabinen.

Anita schüttelte den Kopf, dann schaute sie zum Fenster. Es war geschlossen und verriegelt.

Sie lachte überrascht auf.

Alles hatte so real gewirkt.

Sie sah sich im Spiegel an.

Keine Flügel.

Natürlich nicht! – Bist du völlig durchgedreht?

»Zurück ins Bett«, sagte die Schwester. Sie legte einen Arm um Anita. »Was ist denn das?«, rief sie da und zog den Arm zurück. »Dein Schlafanzugoberteil ist ja kaputt.«

Anita erschrak. »Was meinen Sie damit?«

»Da sind zwei lange Risse«, sagte die Krankenschwester und strich mit dem Finger über den zerfetzten Stoff. »Wie dumm. Das muss passiert sein, als du hingefallen bist.«

Anita warf einen Blick auf die Krankenschwester. »Da haben sich meine Flügel durchgebohrt«, sagte sie.

Erstaunen stand der Krankenschwester ins Gesicht geschrieben. »Na, das erklärt natürlich alles«, sagte sie. »Sollen wir zurück ins Bett?«

»Ist da denn irgendwas auf meinem Rücken?«

Die Schwester lächelte. »Du hast keine Flügel, wenn du das meinst.«

»Nein. Irgendwas. Rote Schrammen?«

Die Krankenschwester untersuchte Anitas Rücken durch die Risse im Oberteil. »Nein, nichts«, berichtete sie. »So glatt wie ein Babypopo.«

Anita drehte sich zu ihr und sah ihr direkt in die Augen. »Woran merkt man eigentlich, dass man verrückt wird?«, fragte sie leise.

Die Krankenschwester musterte sie eine ganze Weile. »Du hast einen anstrengenden Tag hinter dir«, sagte sie. »Komm, wir bringen dich jetzt zurück in dein Bett.« Sie führte Anita aus der Toilette und durch die Station zu ihrem Bett.

Anita suchte den Blick der Krankenschwester. »Wollen Sie mir nicht die Wahrheit sagen?«

»Natürlich – wenn ich kann«, sagte die Schwester.

»Kommt Evan wieder in Ordnung?«

Die Krankenschwester betrachtete sie nachdenklich. »Die Ärzte wundern sich ein bisschen, dass er noch nicht aufgewacht ist«, gab sie schließlich zu. »Man hat eine CT bei ihm gemacht, und soweit man sehen kann, fehlt ihm nichts.«

»Eine CT?«

»Eine Computertomografie, das heißt, dass sie sich sein Gehirn ganz genau angeschaut haben. Und damit ist so weit alles in bester Ordnung, aber er scheint einfach noch nicht aufwachen zu wollen.«

Anita schluckte. »Ich habe mal irgendwo gehört, je länger jemand im Koma liegt, desto größer ist die Wahrscheinlichkeit, dass irgendwas in seinem Kopf nicht mehr funktioniert.«

»Das ist grundsätzlich richtig«, sagte die Schwester. »Aber dein Freund liegt nicht im Koma. Er schläft nur tief und fest.« Sie lächelte. »Er kann jede Minute aufwachen.«

»Wirklich?«

Die Krankenschwester nickte. »Wirklich.« Sie schlug die Decke zurück, damit Anita ins Bett klettern konnte. »Heute ist dein Geburtstag, nicht? Wir haben bei Evans Sachen etwas gefunden, was dich vielleicht interessiert. Warte kurz.«

Wenige Minuten später kam sie mit einem kleinen Päckchen zurück. Sie zog den Vorhang um Anitas Bett zu und schaltete das Lämpchen über dem Bett an.

Das Päckchen war in rotes Papier gewickelt und ein kleines Geschenkkärtchen hing daran.

Für Anita. Ich wünsche dir den glücklichsten aller Geburtstage. Alles Liebe, Evan.

»Das wollte er mir bestimmt gestern geben«, sagte Anita leise. Sie drehte und wendete das Päckchen in den Händen. »Vielleicht sollte ich mit dem Auspacken warten, bis er aufgewacht ist.«

»Ach, ich glaube nicht, dass er etwas dagegen hätte«, sagte die Krankenschwester. »Na komm, mach auf!«

Vorsichtig pulte Anita das Klebeband ab und schlug das scharlachrote Einwickelpapier auseinander. Innen lag ein schwarzes Schächtelchen. Sie nahm den Deckel ab. Darunter kamen erst mal nur weißer Stoff zum Vorschein.

Unter mehreren Schichten Seidenpapier entdeckt sie schließlich einen Anhänger, der an einer filigranen Kette hing. Der Anhänger hatte die Form einer lang gezogenen Träne, war bernsteinfarben und schimmerte im Licht.

Anita biss sich auf die Lippe. Sie nahm die Kette aus der Schachtel, sodass der Anhänger hell schimmernd in der Luft hing.

»Der ist aber schön!«, sagte die Krankenschwester.

»Ja«, flüsterte Anita, »zauberhaft.«

Sie hielt sich den Anhänger vors Gesicht. Tief im Herzen des bernsteinfarbenen Tränentropfens konnte sie dunkles Licht sehen, das wie eine eingeschlossene Flamme zuckte.

»Könnten Sie mir bitte helfen?«

Sie beugte sich vor und die Krankenschwester machte hinten den Verschluss zu. Der Anhänger lag warm auf Anitas Haut. Ein starker Drang überkam sie, bei Evan zu sein – und sei es nur für ein paar Sekunden.

»Ich muss mich unbedingt bei ihm bedanken, auch wenn er mich nicht hören kann«, bat sie. »Kann ich zu ihm, mich zu ihm setzen? Nur für ein oder zwei Minuten.«

»Morgen Früh gern«, sagte die Krankenschwester. »Vielleicht ist er dann sogar wieder auf den Beinen.« Sie lächelte auf Anita hinunter. »Aber jetzt versuch zu schlafen.«

Anita ließ sich in die Kissen sinken und umschloss den Anhänger mit ihrer Hand. Die Krankenschwester deckte sie zu und schlüpfte durch den Vorhang hinaus.

Anita fielen die Augen zu, ihre Lider waren bleischwer.

Nun gute Nacht! So süß ist Trennungswehe,
ich rief' wohl gute Nacht, bis ich den Morgen sähe.

Als Anita aufwachte, war es noch immer still und dunkel. Sie hielt den Bernsteinanhänger immer noch fest umklammert und lächelte, als es ihr auffiel. Evans tolles Geschenk. Sie tastete nach der Uhr auf dem Nachtkästchen. Das Leuchtziffernblatt zeigte, dass es erst halb sechs Uhr früh war, aber sie war merkwürdigerweise munter.

Sie richtete sich auf und schaltete die Lampe über dem Bett an. Ein heller Lichtschein flutete auf sie herab.

Sie wusste nicht recht, was sie von den Abenteuern

der vergangenen Nacht halten sollte. Das war alles ganz schön verrückt gewesen: Flügel und ihre Flug über die nächtliche Stadt. Allerdings fühlte sie sich nicht so, als würde sie verrückt werden. So etwas merkte man doch, oder?

Sie nahm ihr neues Buch vom Nachttisch, legte es vor sich hin und streichelte das weiche Leder. Sobald sie sich einen guten Füller zugelegt hätte, würde sie alles aufschreiben, woran sie sich von dem Flug erinnern konnte. Ob das wirklich geschehen war oder nicht, spielte dabei eigentlich keine Rolle – es war einfach total irre gewesen.

Sie schlug die erste Seite auf. Die elfenbeinfarbenen Blätter waren dick und sahen aus als wären sie aus handgeschöpftem Papier.

Sie blätterte die erste Seite um.

Das letzte Mal, als sie nachgesehen hatte, waren das Buch leer gewesen, da war sie sich absolut sicher. Doch waren die Seiten gefüllt: schwarz auf weiß hoben sich die Buchstaben, die in einer altertümlichen Schnörkelschrift gedruckt waren, vom Papier ab.

Elfen wandeln Elfenpfade,
in Bernstein gefangen, doch leicht wie Licht.
Die Sterblichen in ihrer Welt,
geschlagen von Blindheit, sehen sie nicht.

Nur eine kann in beide Welten,
jüngste Tochter derer sieben,
zusammen mit dem einzig Wahren,
Hand in Hand in tiefem Lieben.

Anita hatte keine Ahnung, was die Worte bedeuten sollten, aber sie erinnerten sie an Shakespeare.

Sie fühlte sich seltsam entrückt und fern der Realität. »Bestimmt träume ich schon wieder«, murmelte sie. »Genau wie heute Nacht.«

Lächelnd blätterte sie um.

Da stand noch mehr. Viel mehr.

An diesem Tage ward Prinzessin Tania geboren, als siebente Tochter unseres ruhmreichen Königs Oberon und unserer viel gepriesenen Königin Titania. Im ganzen Königreich läuteten überall die Glocken angesichts der frohen Kunde.

Das klang fast wie ein Märchen, aber die Sprache war so altertümlich und blumig, dass ein Kind sie wohl nur schwer verstand. Vielleicht ein Märchen für Erwachsene?

Stirnrunzelnd las Anita weiter. Es folgten ausführliche Beschreibungen von den Feierlichkeiten und den Besuchen wichtiger Persönlichkeiten sowie endlose Einzelheiten über die ersten Tage im Leben der Neugeborenen. Allmählich verschwamm die Schrift vor Anitas Augen. Sie gähnte und ihr fiel das Buch aus den Händen. Doch mit einem Schlag war sie wieder hellwach, als die Seiten sich plötzlich wie von selbst umblätterten. Mit weit aufgerissenen Augen sah sie zu. Erst ein paar Dutzend Seiten später hörte das Buch wieder auf. Es war der Anfang eines neuen Kapitels.

Am Tag vor ihrem sechzehnten Geburtstag traf Prinzessin Tania alle Vorbereitungen für ihre anstehende Vermählung mit dem jungen Lord Gabriel Drake von Castle Weir. Sie war froh und glücklich, denn er stammte aus einer vornehmen Familie, sah gut aus und hatte vollendete Manieren.

Ah, das klang schon spannender. Anita machte es sich wieder gemütlich und las weiter.

Am Abend vor ihrem Hochzeitstag streute man Rosenblütenblätter und versprühte den Duft von Sandelholz und Nachtkerze auf Prinzessin Tanias Bett, auf dass ihre Träume gesegnet seien. Dann ließ man sie allein, damit sie ein letztes Mal in ihrem Schlafgemach aus Kindertagen schlafen konnte.

Lächelnd las Anita, wie Tania mit einer roten Rose in der Hand, die ihr Verlobter ihr geschenkt hatte, auf ihrem großen Himmelbett saß und glücklich aus dem Flügelfenster hinaus auf den Vollmond schaute.

In der stillen Stunde vor Mitternacht klopfte es leise an Prinzessin Tanias Tür. Es war ihre Schwester Prinzessin Rathina, die gekommen war, um ihr in den letzten Augenblicken Gesellschaft zu leisten. Sie redeten miteinander, waren gar lustig und vergnügt, aber ihr

Glück ward zerstört, als Prinzessin Tania mit einem Mal spurlos aus ihrem Gemach verschwand.

Anita blinzelte überrascht. Sie las die Passage ein zweites Mal, um sicherzugehen, dass sie nichts missverstanden hatte.

Nein – Prinzessin Tania war tatsächlich verschwunden.

Prinzessin Rathina war zutiefst bestürzt ob des Verschwindens ihrer geliebten Schwester und sie lief von Raum zu Raum und weckte alle mit ihrem Rufen auf. Bald war der ganze Palast auf den Beinen und die schreckliche Kunde von Prinzessin Tanias Verschwinden ward von Gemach zu Gemach, von Zinne zu Zinne und Turm zu Turm weitergetragen, bis sie selbst in die abgelegensten Ecken des Großen Palastes gedrungen war.

Anita blätterte weiter.

Als der Tag anbrach – jener Tag, an dem eigentlich seine Vermählung hätte stattfinden sollen – kniete der junge Lord Drake vor König Oberon nieder und schwor, dass er nicht rasten noch ruhen würde, ehe er seine verlorene Liebe gefunden hätte, auch wenn seine Suche sieben mal siebzig Jahre dauern sollte.

Und das war's. Damit endete die Geschichte unvermittelt auf der Hälfte der Seite. Anita schlug die nächste Seite auf und die übernächste und die überübernächste, aber mehr kam nicht. Das restliche Buch war leer. Sie las den letzten Absatz noch einmal und fragte sich, ob sie irgendetwas nicht mitbekommen hatte.

Plötzlich sprach eine leise, sanfte Männerstimme die Worte laut mit, die sie las. Überrascht blickte Anita auf. Die Stimme schien ganz in ihrer Nähe zu sein. Doch da war niemand.

»Wer bist du?«, flüsterte sie.

Keine Antwort.

»Was passiert hier?«

Stille.

»Ich habe keine Angst«, sprach Anita in die Luft. »Ich möchte nur wissen, was hier vorgeht.«

Da schien eine andere Stimme ihre Worte fast wie ein Echo zu wiederholen. »Was geht hier vor?«

Doch das war nicht mehr die Männerstimme, sondern eine forsche, gedämpfte Frauenstimme.

»Keine Ahnung, Schwester. Gerade eben war er noch hier.« Diese zweite Stimme erkannte Anita: Es war die Krankenschwester, die ihr vom Boden der Toilette aufgeholfen hatte.

»Ich sehe mal in der Männertoilette nach«, sagte die erste Frauenstimme. »Weit kann er nicht gekommen sein.«

Anita hörte, wie sich Schritte aus dem Zimmer entfernten. Sie legte ihr Buch beiseite, schlüpfte aus dem Bett und zog den Vorhang auf. Die Nachtschwester stand am Fuß von Evans Bett. Die Decke war zurückgeschlagen. Das Bett war leer.

Anita durchfuhr jähe Freude. Evan war aufgewacht! Ihm ging es also gut. Vor Erleichterung wurde ihr ganz schwindelig.

Sie tapste zur Krankenschwester.

»Wo ist er?«, fragte sie.

Die Schwester sah sie an. »Pst, wir wollen doch nicht alle aufwecken«, sagte sie. »Und du solltest um diese Zeit eigentlich im Bett liegen.«

»Ich will Evan sehen«, sagte Anita. Sie schaute sich um. Bestimmt war er irgendwo ganz in der Nähe. »Wo ist er?«

Bevor die Krankenschwester antworten konnte, hörte man das Klappern von Absätzen auf dem Fußboden. Die Stationsschwester kam auf sie zu. »In der Toilette ist er nicht«, berichtete sie. »Ich bleibe hier auf der Station. Versuchen Sie ihn zu finden – Beeilung, bitte. Es geht schließlich nicht, dass Patienten unbeaufsichtigt im Krankenhaus herumwandern.«

Die Schwester nickte und verschwand im dämmrigen Korridor.

Anita starrte die Stationsschwester an. Wo war Evan?

»Wir werden ihn finden, keine Sorge«, sagte die Stationsschwester. »Und in der Zwischenzeit solltest du wieder ins Bett gehen.«

Bereitwillig ließ sich Anita zurückführen, aber sie war zu aufgeregt, um schlafen zu können.

Sie lehnte sich gegen die Kissen, umklammerte den

Bernsteinanhänger und wartete darauf, dass Evan an ihrem Bett auftauchen und alles wieder in Ordnung sein würde.

Drei Stunden später saß Anita noch immer aufrecht im Bett und starrte mit dem Anhänger in der Hand auf die gegenüberliegende Wand.

Evan hatte man noch immer nicht gefunden.

Die irische Krankenschwester setzte sich auf ihre Bettkante und ergriff Anitas freie Hand.

»Wo ist er?«, murmelte Anita. Verwundert sah sie die Krankenschwester an. »Wo kann er nur stecken?«

»Keine Sorge«, sagte die Schwester. »Weit kann er nicht sein. Keines seiner Kleidungsstücke fehlt.«

»Vielleicht liegt er ja irgendwo bewusstlos«, sagte Anita. »Er könnte sich verletzt haben.«

»Mal nicht den Teufel an die Wand«, rügte die Schwester sie. »Ich vermute, dass er beim Aufwachen erst mal etwas orientierungslos war und halb benommen losgeschlurft ist. Die Polizei ist informiert, damit sie Ausschau nach ihm hält, falls er wider Erwarten das Gebäude verlassen haben sollte. Wenn er in der Krankenhauskleidung auf den Straßen herumirrt, wird man ihn bald finden und zurückbringen.«

Anita biss sich auf die Lippen. »Hoffentlich.«

Die Krankenschwester stand auf. Sie lächelte. »Sie

werden ihn finden, mach dir keine Sorgen.« Damit ging sie.

Anita blickte ihr nach und versuchte, sich nicht vorzustellen, wie Evan verwirrt und mit Schmerzen im Krankenhaus herumlief, vielleicht mit so heftigem Kopfweh, dass er nicht mehr klar denken konnte.

Sie schaute zum Fenster auf der gegenüberliegenden Seite des Zimmers.

Draußen schien die Sonne.

Aber Anita konnte sich nicht ablenken, solange Evan da draußen nach einem schweren Unfall in der Gegend herumstolperte. Er könnte hinfallen und sich was tun oder vor ein Auto laufen.

Anita schüttelte den Kopf. Sie musste nur fest daran glauben, dass man Evan sicher und wohlbehalten finden würde – dass er zu ihr zurückgebracht und alles wieder gut werden würde.

Sie lehnte sich zurück und schloss die Augen. Plötzlich bemerkte sie jedoch einen wandernden schwarzen Fleck hinter ihren geschlossenen Augenlidern.

Sie runzelte die Stirn. Statt zu verwischen und weiter zu verblassen, schien der verschwommene Lichtfleck kleiner zu werden, sich zu verändern und Gestalt anzunehmen.

Der Fleck wurde zu der schwarzen Silhouette einer

Person, die hinter Anitas Augenlidern stand. Zwar konnte man ihre Gesichtszüge nicht erkennen und sie war nur zweidimensional, aber es handelte sich ganz eindeutig um den Umriss eines Menschen – eines Mannes.

Evan?

Die Gestalt kam näher und streckte die Hand nach ihr aus.

Mit angehaltenem Atem öffnete Anita die Augen.

Nein, es war nicht Evan.

Der Mann stand ungefähr zwanzig Meter von ihr entfernt und trug die Art Kleidung, die sie im Schultheater verwendeten, Kleidung aus der Zeit von Elisabeth I.: einen langen schwarzen, pelzbesetzten Umhang, ein Wams und eine Kniehose aus dunkelrotem Stoff sowie kniehohe Lederstiefel. Lächelnd machte er eine Verbeugung. Er sah gut aus, mit hohen Wangenknochen, tief liegenden Augen und dunklen Haaren, die er sich aus dem Gesicht gekämmt hatte. Anita konnte sehen, dass er nur ein paar Jahre älter war als sie selbst.

Doch seltsamerweise war das Bild körnig und leicht verschwommen wie auf einem schlechten Video und Anita konnte durch den Mann hindurch die Wand sehen.

»Kommt zu mir.«

Das war dieselbe tiefe, melodische Stimme, die laut aus dem Buch vorgelesen hatte. Außerdem sprach er seltsam altmodisch.

»Wer sind Sie?«, flüsterte sie kaum hörbar.

»Kommt zu mir und alles wird offenbart.« Das Bild des jungen Mannes flackerte und verschwand kurz ganz. Ein drängender Ton schlich sich in seine Stimme. »Wir haben nur wenig Zeit, Mylady – kommt her zu mir.«

Überzeugt, dass sie wieder träumte, stieg Anita aus dem Bett.

Sie ging auf ihn zu, aber obwohl sich seine Beine nicht bewegten, glitt er von ihr weg.

Jetzt streckte er beide Hände nach ihr aus.

Sie tapste über den kalten Fußboden, doch erneut wich er zurück.

Sie folgte ihm zum Ende der Station und bis zu einer Tür, hinter der das Fernsehzimmer lag. Der Mann schwebte geradewegs durch die geschlossene Tür hindurch.

»Kommt zu mir.«

»Ich versuch's ja.«

Sie öffnete die Tür zum Aufenthaltsraum. Bei ihrem Eintreten schauten ein paar Leute desinteressiert auf. Den Mann jedoch würdigte niemand auch nur eines Blickes, obwohl er direkt vor dem Fernseher stand.

Er glitt jetzt rückwärts zu einer Tür, die auf einen kleinen Balkon führte.

Anita öffnete die Tür und trat in den Sonnenschein hinaus. Ein paar Stühle standen um kleine Plastiktischchen herum, aber es waren keine anderen Patienten draußen.

Die seltsame Gestalt war jetzt noch schwerer zu erkennen.

»Schenkt mir all Eure Aufmerksamkeit, Mylady.« Seine Stimme war nur noch ein leises Murmeln. »Ihr habt die Kraft dazu – Ihr müsst nach mir greifen. Verbannt alle anderen Gedanken aus Eurem Kopf. Nehmt meine Hand. Denkt an nichts anderes.«

Anita konzentrierte sich auf seine ausgestreckte Hand, ging auf ihn zu und diesmal glitt er nicht weg. Sie kam näher, den Blick auf seine Hand geheftet.

Das passiert alles nicht wirklich, sagte sie sich.

Das war zwar nicht so aufregend wie ihr Traum vom Fliegen, aber trotzdem ging etwas Faszinierendes von dem gut aussehenden jungen Mann aus, und sie war neugierig, wohin er sie brachte.

Nur ein paar Meter trennten sie noch.

»Kommt, Mylady«, drängte er sie wieder. Er beugte sich zu ihr, streckte seinen Arm aus und griff mit den Fingern nach ihr.

Mit letzter Anstrengung machte sie einen Satz nach vorn. Ihre Hände berührten sich.

Triumphierend schrie er auf, packte ihr Handgelenk und zog sie so ruckartig zu sich heran, dass Anita beinahe von den Füßen gerissen wurde und einen leisen Schmerzensschrei ausstieß.

Während sie vorwärtsstolperte, löste sich vor ihren Augen der Klinikbalkon und der Rest des Krankenhauses auf. Tiefe Dunkelheit hüllte sie ein.

»Wo bin ich?« Anitas Stimme hallte in ihren Ohren wider.

»Zu Hause, Mylady«, sagte der Mann und hängte ihr seinen Umhang um die Schultern, um ihren Schlafanzug zu bedecken. »Euer langes Exil hat ein Ende.«

Anita wandte sich ihm zu. »Tut mir leid«, sagte sie. »Für wen genau halten Sie mich eigentlich?«

»Ihr seid Prinzessin Tania, die siebte Tochter von König Oberon und Königin Titania«, verkündete er.

Sie lächelte schief. Entweder war das der lebhafteste Traum, den sie jemals hatte – oder sie wurde nun doch komplett verrückt.

»Verstehe«, sagte sie. »Und Sie sind …?«

Er machte eine tiefe Verbeugung. »Ich bin Gabriel Drake, Herzog von Weir.«

Das Buch mit dem Ledereinband! Sie befand sich mitten in dem Märchen! Gabriel Drake war der Mann, der die verschollene Prinzessin heiraten sollte.

»Das ist ja cool«, sagte Anita. »Echt schade, dass ich jeden Moment wieder im Krankenhaus aufwachen werde.«

»Ihr schlaft nicht.« Er drehte sie sanft am Ellbogen herum. »Hier, seht Euren Geburtsort: den Königspalast des Elfenreiches.«

Sie standen auf einem hölzernen Kai, der auf einen

breiten Fluss hinausging. Auf der anderen Uferseite lag unter blaugrauem Himmel mit filigranem Sternenmuster ein riesengroßer Palast, der sich nach links und rechts so weit erstreckte, wie sie nur sehen konnte. Jeder Raum, jeder Turm, jede Mauer war mit Tausenden von Lichtern geschmückt, die sich im glitzernden Fluss spiegelten.

Auf dem Fluss schaukelten mit Laternen behängte Boote auf und ab.

Musik wehte über das Wasser: der Klang von Harfen, Flöten und Tamburinen, dazu Gesang und Gelächter.

Zu ihrer Linken ragte eine kunstvolle, schmale, weiße Steinbrücke mit schön geschwungenem Bogen aus dem Wasser, an beiden Seiten stand je ein hoher Turm. Die Brücke war auf der ganzen Länge mit flackernden Fackeln erleuchtet, sodass der Bogen sich im kräuselnden Wasser spiegelte.

Augenblicklich wusste Anita, wo sie war: Das waren derselbe Fluss und dasselbe Schloss, die sie vergangene Nacht auf ihrem Flug gesehen hatte. Nur dass jetzt alles unzerstört und voller Leben war.

Genau, wie sie es in Erinnerung hatte.

»Ja!«, hauchte sie. »So muss alles aussehen.«

»Erlaubt mir, dass ich Euch geleite, Mylady.« Gabriel Drake reichte ihr seine Hand und Anita ließ sich von ihm zur Brücke führen.

Dort stieg sie die wenigen Steinstufen hinauf und ging Hand in Hand mit dem jungen Lord über den Fluss. Der Duft der Blumen, die in Körben an der Brücke hingen, stieg ihr in die Nase. Einige Gerüche kannte sie: Ihre Mutter war eine leidenschaftliche Gärtnerin und dekorierte das Haus oft mit frischen Schnittblumen. Unter einigen fremden Düften konnte Anita Gemshorn, Nachtkerze und Mondblume ausmachen.

Sie warf einen Seitenblick auf Gabriel Drake. Er sah sehr gut aus, auch wenn die tief liegenden silbrigen Augen ein bisschen beunruhigend waren. Flüchtig ging ihr die Frage durch den Kopf, warum er so glücklich wirkte. Dann fiel ihr ein, dass es bestimmt daran lag, dass er seine lang verschollene Braut gefunden hatte.

Sie überlegte, wohin dieser erstaunliche Traum sie wohl als Nächstes führen würde. Hoffentlich nicht zum Altar. Sie war nicht allzu scharf darauf, einen Wildfremden zu heiraten – auch wenn der ziemlich attraktiv und alles nur ein Traum war.

»Wie soll ich Sie ansprechen?«, fragte sie ihn. »Herzog? Eure Lordschaft? Mr Drake?«

Er hob kaum merklich eine Augenbraue. »Nennt mich Euren ergebensten Diener.«

»So kann ich Sie doch wohl kaum die ganze Zeit anreden.«

»Einst nanntet Ihr mich einfach Euren Geliebten«, sagte er.

Sie rümpfte die Nase. »Ich glaube nicht, dass ich Sie so nennen kann, wenn du nichts dagegen hast. – Ich bin doch eine Prinzessin, oder?«

»Fürwahr.«

»Äh, das nehme ich mal als ein Ja«, sagte Anita. »In diesem Fall werde ich Gabriel sagen.« Sie runzelte die Stirn. »Das ist alles echt unfassbar«, sagte sie. »Ich meine: Man muss sich hier nur mal umsehen! Wer hätte gedacht, dass ich so eine lebhafte Fantasie habe und mir so was ausdenken kann?«

»Das Königreich und Herrschaftsgebiet Eures gnädigen Vaters besteht bereits seit ewigen Zeiten, Mylady«, sagte Gabriel.

»Tja, wenn du das sagst.«

Auf der anderen Seite der Brücke führte ein Weg aus weißen Steinplatten zu einer hohen Mauer mit einem Torbogen, hinter dem ein quadratischer Innenhof lag. Als sie ihn durchquerten, fiel aus hundert Fenstern Licht auf sie. Gabriels Stiefel hallten auf dem Kopfsteinpflaster. Er führte Anita eine kurze Treppe hinauf und durch einen weiteren Torbogen.

Nun gingen sie einen von Kerzen erleuchteten Gang mit Eichenvertäfelung und hohen Fenstern entlang.

An den Wänden hingen lauter Gemälde: Porträts von schönen Leuten in prächtigen Kleidern. Anita fiel auf, dass die Kinder auf den Bildern feine, glänzende Flügel hatten, genau wie sie in ihrem anderen Traum. Die Erwachsenen dagegen waren flügellos.

Durch geschlossene Türen konnte sie Musik und Stimmen hören, aber der Korridor selbst war leer.

Sie kamen an einer Reihe von Zimmern vorbei, die

von Kronleuchtern erhellt und mit solch exquisiten Möbeln, eleganten Statuen, edlen Teppichen und Kunstwerken ausgestattet waren, dass Anita das Gefühl hatte, sie ginge durch ein Museum.

»Also, wenn ich gewusst hätte, dass ich so was träumen kann, hätte ich echt mehr Zeit im Bett verbracht«, sagte Anita, dann fügte sie, an Gabriel gewandt, hinzu: »Wohin gehen wir eigentlich?«

»Zur Großen Halle, Mylady.«

Er ging mit ihr durch eine niedrige Tür, hinter der eine schmale Wendeltreppe lag. Oben befand sich eine weitere Tür, durch die man Gelächter und fröhliche helle Musik von Saiteninstrumenten hörte.

»Klingt so, als würde jemand eine Party feiern«, sagte Anita.

»Das ist das Fest des Weißen Hirsches.«

Gabriel stieß die Tür auf und schlagartig wurde es lauter. Dann geleitete er Anita zu einer hohen Empore, von der aus man auf einen großen Saal mit einem weiten, kunstvoll gewölbten Holzdach und dunkel getäfelten Wänden mit Wandteppichen blicken konnte. Flackernde Kerzen steckten zwischen den Wandteppichen in Haltern und zwei Kronleuchter, ebenfalls mit Kerzen bestückt, hingen an der Decke. Anita betrachtete das Treiben unter sich. Der Saal war voller Leute, alle in wunderschöner elisabethanischer Kleidung. An der entfernten Seite des Saals stand ein langer, breiter Tisch mit Tabletts, Schüsseln und Schalen voller Speisen. Es roch nach Braten. In der Ecke sah Anita eine kleine Musikkapelle, die auf sonderbaren, altmodischen Instrumenten spielte. In der Mitte des Tisches standen zwei Throne unter einer scharlachroten Markise. Ein Mann und eine Frau saßen nebeneinander darauf.

Der Mann trug ein pelzbesetztes schwarzes Wams mit weißer Stickerei und Puffärmeln mit Schlitzen, unter denen das weiße Hemd hervorschaute. Um den Hals hatte er eine weiße Krause und auf dem goldenen Haar saß eine schlichte weiße Krone mit schwarzen Juwelen. Er hatte einen kurz geschnittenen Vollbart, hohe schräge Wangenknochen und kluge, durchdringende blaue Augen.

Die Frau trug ein hellblaues Kleid mit weiß bestickter Spitze auf dem Mieder und langen geschlitzten Ärmeln. Die hohe Halskrause ihres Kleides funkelte, als wären weiße Juwelen eingenäht. Sie war unglaublich schön, hatte strahlend grüne Augen, schneeweiße Haut und leuchtend rote Lippen. Auf den Locken ihrer hochgesteckten roten Haare saß eine Krone aus weißem Kristall, ebenfalls mit schwarzen Steinen besetzt, die im Kerzenschein silbrig blitzten.

Während Anita so von oben auf sie hinunterschaute, hatte sie das Gefühl, als würde sie am Rand eines großen dunklen Ozeans der Erinnerungen taumeln.

Am Tisch saßen noch ein paar weitere Leute, aber

die meisten tanzten. Die Schritte waren langsam und kompliziert: Die Männer und Frauen bewegten sich in einem raffinierten Muster aufeinander zu und wieder voneinander weg, ohne jemals zu stocken.

Außerdem gab es dort unten einen großen Steinkamin, aber darin brannte kein Feuer, sondern die Feuerstelle war mit Vasen voller Blumen gefüllt.

»Wie schön«, flüsterte sie.

Da erregte eine einsame, reglose Gestalt ihre Aufmerksamkeit. Es war ein Mann.

Er saß seitlich vom Kamin auf einem Schemel. Die Ellbogen hatte er auf die Knie gestützt und den Kopf in den Händen, als würde er die Festlichkeiten um sich herum gar nicht wahrnehmen. Er hatte langes goldenes Haar und trug ein grünes Wams sowie grüne Kniehosen, die mit gelber Stickerei verziert waren. Doch irgendetwas war an ihm – etwas an der Art, wie sich seine Haare lockten, oder an seiner Haltung –, was Anita zu kennen meinte.

»Wer ist das?«, fragte sie und beugte sich weit über das Geländer, sodass sie Gabriel ihre Hand entziehen musste. »Der kommt mir so bekannt vor.«

Kaum hatte sie Gabriel ganz losgelassen, änderte sich schlagartig alles.

Im Saal herrschte jetzt nur noch ein trübes Dämmerlicht. Die Tänzer hatten sich in Luft aufgelöst, die Musik stoppte abrupt. Der Bratenduft war verschwunden, der lange Tisch leer, genau wie die Stühle und die zwei Throne. Es wehte kalt von unten hoch, die Luft roch nach feuchtem Moder und Verwesung.

Das einzig verbleibende Licht kam von ein paar gelben Kerzen auf dem Kaminsims.

Und die einzige Person, die sich noch im Saal befand, war der Mann in Grün.

Während Anita ihn von oben anstarrte, hob er den Kopf und blickte zu ihr hoch. Im flackernden Licht sah sie sein Gesicht.

Es war Evan.

IV

Einige Sekunden starrte Anita ihn völlig überrascht an. Dann strahlte sie erleichtert.

Sie hatte Evan gefunden – und er war gesund und wohlbehalten!

»Evan!«, rief sie. »Wo bist du gewesen?«

Er blickte kurz mit vollkommen ausdrucksloser Miene zu ihr hoch, dann sah er wieder weg.

Verwirrt wandte sich Anita an Gabriel, der neben ihr stand, eine Hand auf dem glänzend polierten Holzgeländer ruhend. Er schaute mit verhaltenem Lächeln auf Evan hinunter.

Evans Stimme drang von unten zu ihnen hoch. »Seid gegrüßt, Mylord.«

»Unser Unterfangen war von Erfolg gekrönt, Edric«, sagte Gabriel. »Die Verschollene ward gefunden – was zu keinem geringen Teil deinen Anstrengungen zu verdanken ist.«

Edric? Wer war Edric? Moment mal, das ergab doch alles überhaupt keinen Sinn.

Evan neigte den Kopf. »Stets zu Euren Diensten, Mylord«, sagte er.

»Evan?«, rief Anita. »Was soll das alles? Und wieso redest du so komisch?«

»Mylady.« Gabriel berührte sie am Arm. »Der Mann, den Ihr als Evan kennt, ist mein treuer Diener, Edric Chanticleer. Ich schickte ihn in die Welt der Sterblichen, um Euch zu finden und an Euren rechtmäßigen Platz zurückzubringen.«

Anita lachte angespannt. »Nein, das muss ein Missverständnis sein«, sagte sie. »Er ist mein Freund.«

Gabriel starrte sie mit seinen silbrigen Augen an und ihr lief ein Schauder über den Rücken. Was ging hier vor? Ihr Traum geriet außer Kontrolle – so war das nicht gedacht.

Sie fasste sich mit einer Hand an den Kopf und versuchte klar zu denken. »Also, hör mal gut zu«, sagte sie. »Ich bin keine Prinzessin. Das hier ist nicht real. Dieser Junge da unten ist mein Freund und heißt Evan Thomas.« Sie sah Gabriel eindringlich an. »Und jetzt würde ich wirklich gern aufwachen, bitte, bevor das Ganze noch schräger wird.«

Gabriel lächelte sie an. In seinen grauen Augen lag Mitgefühl. »Mylady, zu lange habt Ihr in der albtraumhaften Welt der Sterblichen gelebt – es ist an der Zeit, dass Ihr erwacht und Euch entsinnt, wer Ihr wirklich seid.«

Anita schüttelte den Kopf. »Nein«, sagte sie mit Nachdruck. »Evan und ich hatten einen Unfall und ich glaube, dabei muss mein Kopf was abgekriegt haben. Es könnte aber auch an den Schmerzmitteln liegen, die man mir gegeben hat – deshalb habe ich möglicherweise diese verrückten Träume.« Sie sah Gabriel direkt in die Augen. »Aber wie man's auch dreht und wendet: Das hier passiert nicht wirklich. Evan ist mein Freund und kurz bevor wir mit dem Boot gegen die Brücke geknallt sind, wollte er mir sagen, dass er mich liebt.«

Gabriel schüttelte den Kopf. »Dem ist nicht so«, sagte er sanft. »Er wollte Euch mitteilen, wer Ihr in Wahrheit seid: Prinzessin Tania, die siebte Tochter von König Oberon und Königin Titania – und dass er ausgesandt wurde, Euch nach Hause zu bringen.«

Anita beugte sich über das Geländer. »Sag ihm die Wahrheit, Evan!«, bat sie.

Der Mann in Grün hob den Kopf und sah sie an. *Mit Evans Augen.* »Die Wahrheit verhält sich so, wie Lord Drake soeben sagte«, meinte er. »Ich bin lediglich Diener Seiner Lordschaft, ausgesandt, Euch heimzubringen.«

»Nein!«, rief Anita. »Du liebst mich und ich liebe dich. Bitte, Evan, tu mir das nicht an!«

Sie hatte das Gefühl, der Traum wurde allmählich zum Albtraum. Was trieb ihr Gehirn nur für ein Spiel?

Evan wandte sich an Gabriel. »Gestattet Ihr, dass ich mich empfehle, Mylord?«

»Ja, du kannst gehen«, sagte Gabriel. »Du hast deine Sache gut gemacht.«

Evan stand auf, verneigte sich und ging durch den Saal zu einer breiten, offen stehenden Flügeltür. Anita sah ihm nach, zu unglücklich und verwirrt, um etwas zu sagen. An der Tür drehte sich Evan noch einmal um und verbeugte sich ein letztes Mal, bevor er zurücktrat und die Türen hinter sich schloss.

Der Nachhall vom Zuschlagen der Türen traf Anita wie eine Faust in den Magen. Sie war gekränkt und verletzt und diese Gefühle übermannten sie fast. Passierte das wirklich? Bedeutete das etwa, dass Evan sie nie geliebt hatte – hatte er es bloß vorgetäuscht?

Irgendwo in einer dunklen Ecke ihres Hinterkopfs schrie eine leise Stimme, dass nichts von alldem wahr war. Doch es kam ihr nur allzu wirklich vor – und die Gefühle, die in ihr tobten, waren so intensiv wie nur wenig sonst in ihrem Leben.

»Warum bin ich hier?«, flüsterte sie. »Warum passiert mir das?« Sie schloss die Augen und stützte sich auf die Holzbalustrade.

Die samtene Stimme Gabriel Drakes riss sie aus ihren Gedanken. »Mit Verlaub, Mylady, ich würde Euch nun gern zu Eurem Vater geleiten.«

Anita öffnete die Augen und starrte ihn überrascht an. »Zu meinem Vater? Er ist hier?«

»Er hat lange auf Eure Rückkehr gewartet, Mylady.«

»Na ja, sooo lange nun auch wieder nicht«, sagte sie. »Das letzte Mal hab ich ihn gestern Nacht gesehen.«

»Fünfhundert Jahre lang habt Ihr das Antlitz Eures Vaters nicht mehr erblickt, des Hochwürdigsten Königs Oberon«, sagte Gabriel.

»Ach so, *der*«, sagte Anita. »Ich dachte, du meinst – na, auch egal.« Sie richtete sich auf. »Okay, Gabriel, da ich ja nun mal bis auf Weiteres in diesem Traum festzustecken scheine, kann ich genauso gut mitspielen. Bring mich also zum König.«

Gabriel nahm eine Kerze aus einer Wandhalterung und öffnete die kleine Tür, die von der Empore in den Saal hinunterführte. »Nach Euch, Mylady.«

Sie zog eine Augenbraue hoch. »Ach natürlich, nach mir«, sagte sie. »Wer ist hier schließlich die Prinzessin …«

Als Gabriel sie diesmal durch den Palast führte, sah alles wie verwandelt aus.

Die Räume und Flure waren dunkel und totenstill. Die hellen Lichter und die fröhlichen Stimmen waren verschwunden und alles wirkte verlassen. Ein muffiger Geruch hing in der Luft. Die Teppiche und Gemälde lagen in tiefer, schwerer Dunkelheit. Hinter den staubigen, von Spinnweben bedeckten Fenstern erstreckte sich ein dunkler, düsterer, sternenloser Himmel.

Stumm gingen Anita und Gabriel im flackernden

Kerzenschein vor sich hin. Die Dunkelheit öffnete sich widerwillig vor ihnen und schloss sich sofort hinter ihrem Rücken wieder.

Anita fröstelte. »Wo sind denn alle hin? Als wir hier angekommen sind, war doch alles noch ganz anders.«

»Was Ihr gesehen habt, war eine Sinnestäuschung«, sagte Gabriel. »Ich wollte Euch den Königspalast so zeigen, wie Ihr ihn kennt.« Tiefe Traurigkeit lag in seinem Blick. »Jetzt leben nur noch wenige im Palast und niemand ist mehr glücklich.«

»Aber warum?«, wollte Anita wissen.

»Im Elfenreich ist die Zeit stehen geblieben, als Euer Vater vom Tode Eurer Mutter, Königin Titania, erfuhr«, sagte Gabriel. »Sie starb auf tragische Weise, kurz nach Eurem Verschwinden.« Er ging zum Fenster und riss es auf. Kalte Luft schlug ihnen aus dem Zwielicht entgegen. »Seit fünfhundert Jahren herrscht hier die Große Dämmerung. Das ganze Elfenreich trauert mit Oberon.« Er sah sie an und kurz leuchteten seine Augen auf. »Doch hege ich große Hoffnung, dass die Freude über Eure Rückkehr die lang währende Verzweiflung des Königs beenden wird.« Er lächelte. »Vielleicht erleben wir schon bald einen fantastischen Sonnenaufgang. Und dann werdet Ihr die ganze Pracht und Herrlichkeit hier sehen, Mylady!«

Anita lächelte zurück. »Das wäre toll«, sagte sie. »Die Königin ist also tot, sagtest du?«

»Wohl wahr. Eure Mutter ist ertrunken, Mylady.«

»Wie traurig«, sagte Anita. »Aber sie war nicht meine Mutter. Meine Mum kann schwimmen wie ein Fisch. Als kleines Mädchen hat sie sogar Medaillen gewonnen: Brustschwimmen, Schmetterling, Freistil.« Sie sah Gabriel an. »Du hast keine Ahnung, wovon ich rede, oder?«

»Eure Sprechweise dünkt mir manchmal etwas seltsam, Mylady«, sagte Gabriel.

»*Meine* Sprechweise?«, sagte Anita. »Das soll wohl ein Witz sein?«

Gabriel neigte lächelnd den Kopf.

Sie waren an einer großen Bogentür angelangt. Gabriel machte sie auf, dann trat er zur Seite, um Anita den Vortritt zu lassen.

Sie kamen in einen Innenhof mit hohen, dicht stehenden dunkelroten Backsteingebäuden auf allen vier Seiten. Viereckige Zinnen hoben sich finster vor dem Himmel ab. Auf der anderen Seite des Hofes lag ein weiterer Torbogen, an den sich eine Rasenfläche mit kopfsteingepflasterten Wegen anschloss. Kaum war Anita raus aus dem Modergeruch und der traurigen Stille des leeren Palasts, ging es ihr schon wieder etwas besser. Sie lief neben Gabriel unter dem dämmrigen Himmel her und fühlte ein leichtes Kribbeln.

Dies alles war nur ein Traum und nun wurde sie zum Elfenkönig gebracht – wie cool war das?

Der Weg fiel sanft ab und Anita vernahm leises

Wasserplätschern – anscheinend näherten sie sich einem Fluss. Zu ihrer Rechten standen in der Ferne die strahlend weißen Türme der Brücke, über die sie und Gabriel anfangs gekommen waren.

Der Fluss strömte träge zwischen den Ufern dahin. Anita sah einen Steg, der auf das Wasser hinausragte.

Sie wandte sich an Gabriel. Hinter ihm hob sich der eckige Umriss des Palastes mit seinen verschiedenen Eck- und Wohntürmen und Zinnen dunkel gegen das fortwährende Halbdunkel des Elfenreichs vom Horizont ab.

Auf der anderen Flussseite verliefen Kais und Stege und Anita konnte einige Gebäude mit niedrigen Dächern, die an einen kleinen Wald grenzten, erkennen. Kein Blatt regte sich. Kein Vogel zwitscherte.

An der Spitze des Stegs vor ihnen bemerkte Anita eine große Holzbarkasse im Wasser. Die Strömung des Flusses brach sich leise plätschernd am Boot. Eine einzelne Laterne hing an der Bugspitze, die jedoch nur einen schwachen Lichtschein verbreitete. Um den Bug herum befanden sich ein paar Fackeln, aber keine war angezündet.

Gabriel machte einen Schritt aufs Boot, reichte Anita die Hand und sie folgte ihm. Überrascht sah sie sich um.

Das Holzboot war mit komplizierten Schnitzereien übersät: stilisierte Abbildungen von ineinander verschlungenen Blättern, Ästen und Blumen. Den hinteren Teil des Boots bedeckte eine Markise aus schwerem schwarzem Stoff, in den Bilder von Menschen und Tieren gewebt waren. Anita konnte die Gebilde im flackernden Laternenlicht nicht sehr gut erkennen, aber sie glaubte, ein Einhorn und vielleicht sogar einen Löwen mit Flügeln erblickt zu haben.

»Der König ist hier?«, flüsterte Anita.

Gabriel nickte. Er zog einen dichten Stoffvorhang zur Seite. Dahinter brannten Kerzen, die jedoch nur wenig Licht spendeten..

»Dann wollen wir mal.« Sie holte tief Luft und duckte sich unter die Markise.

An der Spitze des Bootes saß ein Mann im Dunkeln. Anita hielt den Atem an – die Luft flirrte in ihrer Lunge, als stünde diese unter Strom.

Der Elfenkönig saß auf einem kunstvoll geschnitzten Sessel mit hoher geschwungener Lehne und gepolsterten Armlehnen. Er war ähnlich gekleidet wie Gabriel, nur dass sein Wams und seine Kniehose schwarz, pelzbesetzt und mit weißer Seide gesäumt waren. Sein Wams war außerdem weiß bestickt und mit Edelsteinen besetzt.

Sein Kopf ruhte auf leicht abgewetzten Samtkissen. Das goldene Haar hing ihm ums hagere Gesicht.

Dieses Gesicht hatte Anita schon einmal gesehen, und zwar erst vor ein paar Minuten, als sie auf der Empore über dem großen Saal gestanden hatte. Es war der Mann auf dem Thron – mit dem gepflegten Bart, den markanten, schräg laufenden Wangenknochen und den leuchtend blauen Augen. Allerdings starrte er jetzt geistesabwesend vor sich hin und wirkte sehr niedergeschlagen.

»Euer Gnaden.« Gabriels Stimme schreckte Anita auf. Sie war ganz in den Anblick des traurigen, edlen Gesichts versunken gewesen.

Der König schaute auf.

Als seine hellen Augen an ihrem Gesicht hängen blieben, durchfuhr Anita gleichermaßen ein Schauder der Besorgnis wie der Freude. Die Augen des Königs weiteten sich und ein Ausdruck der Überraschung breitete sich auf seinem Gesicht aus.

»Hallo«, sagte Anita zögernd.

Der König beugte sich jäh vor und krallte sich in die Armlehnen. »Das kann nicht sein!«, murmelte er. Er erhob sich langsam und starrte sie an. Sein Gesichtsausdruck wechselte zwischen Ungläubigkeit und glückstrahlende Seligkeit.

»Tania!«

»Na ja, nicht ganz …«, begann Anita, aber weiter kam sie nicht. Denn schon war der König vom Thron aufgesprungen und umfing sie mit seinen Armen. Er drückte sie in einer heftigen Umarmung an sich, die ihr fast den Atem raubte.

Anita erduldete seine Liebkosungen, obwohl ihr das Ganze ganz schön peinlich war. Doch da sie seinen Pelzkragen direkt im Gesicht hatte, presste sich ihr das Fell in Mund und Nase.

»Äh, Entschuldigung«, keuchte sie. »Ich kriege keine Luft mehr!«

Der Griff lockerte sich und der König legte ihr nun seine Hände auf die Wangen. Ihr wurde noch unbehaglicher zumute, als er sie so überglücklich ansah, dass sie nichts anderes tun konnte, als dazustehen und ihn unsicher anzulächeln.

»Meine Tochter«, sagte er mit erstaunter Stimme. »Tania. Liebster Schatz. Bist du es wahrhaftig oder handelt es sich bloß um eine Sinnestäuschung?«

»Doch, ich bin's«, sagte Anita. »Also, irgendwie jedenfalls schon.«

»Ich muss dich unbedingt genauer ansehen«, sagte der König. Anita ließ sich willig ins Freie führen. Wieder musterte er ihr Gesicht verzückt. »Du bist es, wirklich und wahrhaftig«, sagte er. »Und du bist noch genauso, wie ich dich in Erinnerung habe – das Ebenbild deiner Mutter.«

Darüber musste Anita schmunzeln. Ihr ganzes Leben lang war ihr immer wieder gesagt worden, dass sie ihren Eltern überhaupt nicht ähnlich sehe. Jetzt verstand sie, warum: Ihre echten Eltern waren Elfen! Wieso war sie nicht schon früher darauf gekommen?

Weil du noch nie in so einem verrückten Traum gesteckt hast, deshalb!

Oberon trat einen Schritt zurück. Er legte den Kopf

in den Nacken und stieß einen Freudenschrei aus. Dann hob er die Arme zum Himmel und ließ seine Stimme wie Glockengeläut erklingen.

Eine Lichtkugel erschien in seinen hohlen Händen. Verblüfft sah Anita zu, wie das Licht immer größer wurde und zwischen seinen Fingern hindurchstrahlte, hell und durchdringend, funkelnd wie ein Saphir, lodernd wie eine blaue Flamme.

Während Oberons Stimme noch von den Mauern und Zinnen widerhallte, breitete er langsam die Arme aus und die Helligkeit schoss in einer strahlend blauen Feuerfontäne hinauf. Die Lichtsäule stieg höher und höher, fächerte sich auf und breitete sich rasch über den dunklen Himmel aus. Das Licht überflutete alles, vertrieb die Dunkelheit und badete die ganze Welt in herrliches Tageslicht.

Anita taumelte rückwärts und hielt sich schützend die Arme vor die Augen.

Ein Laut, der wie Gelächter klang, erhob sich um sie herum. Zunächst erscholl ein tiefes, polterndes Lachen, als würden Berge lachen, dann ein hohes, schrilles Lachen, das dem Schrei von Möwen glich. Daraufhin ertönte ein silbriges, vibrierendes Lachen wie Wassergeplätscher und anschließend ein rauschendes Lachen, dass klang wie der Wind in den Bäumen.

Während das Gelächter noch nachklang, schaute Anita sich um.

Die tristgraue Dämmerwelt hatte sich verwandelt: Nun stand die Sonne hoch oben am wolkenlosen blauen Himmel. Der Fluss strömte schnell dahin. Das Sonnenlicht brachte den roten Backstein des Palastes zum Glänzen. Im Wald glitzerten die smaragdgrünen, sanft raschelnden Blätter und man hörte Vogelgezwitscher. Die Sonne wärmte Anitas Gesicht und eine laue Brise zerzauste ihr das Haar.

Im Zentrum dieses neu erwachten Universums stand der Elfenkönig und lächelte Anita an, als wäre sie die Ursache dieses Strahlens.

»Wie hast du das gemacht?«, fragte sie überrascht.

»Ich bin Oberon«, sagte er, als würde das alles erklären.

Sie drehte sich langsam um die eigene Achse. Es war unglaublich. Jetzt glaubte sie bald selbst, dass sie sich im Elfenreich befand.

Gabriel stand hinter ihr. »Nicht nur der König hat das Licht wiedererweckt«, sagte er sanft. »Ihr, Mylady, seid das Herzstück dieses Wunders.«

»Und Ihr, Lord Drake, wart es, der meine Tochter zu mir zurückbrachtet«, sagte Oberon. »Dafür möchte ich Euch die größtmögliche Belohnung gewähren.«

Gabriel kniete vor ihm nieder. »Ich erbitte nur eines: Euer ergebenster Diener zu sein«, sagte er mit gesenktem Haupt. »Was ich getan habe, geschah nur Euch und dem ewigen Elfenreich zuliebe.«

Oberon trat vor und legte Gabriel die Hand auf

den Kopf. »Das glaube ich Euch wohl«, sagte er, dann wurde sein Ton etwas schärfer. »Und aus Dankbarkeit werde ich nicht fragen, durch welche dunklen Künste Ihr meine Tochter zu mir zurückgebracht habt.«

Gabriel blickte den König an und Anita sah flüchtig Besorgnis in seinen silbergrauen Augen aufblitzen.

»Erhebt Euch, Lord Drake«, sagte Oberon. »In Anerkennung Eurer Dienste mir und dem Elfenreich gegenüber schenke ich Euch die Grafschaft Sinadon. Fortan seid ihr Großkanzler und sitzt im Rat zu meiner Rechten.«

»Eure Gnade ehrt mich und übertrifft meine kühnsten Träume«, sagte Gabriel leise, während er wieder aufstand.

»Und nun«, sagte Oberon an Anita gewandt, »beliebt es mir, mit meiner Tochter zu sprechen.« Laut rief er: »Wachen, schlagt die Tücher zurück und bringt Essen und Wein.«

Männer in taubenblauen Uniformen tauchten aus dem Schatten auf. Die schweren Vorhänge wurden aufgerollt und festgeschnürt, sodass das Sonnenlicht in die Kajüte hinten auf der Barkasse fluten konnte.

Oberon legte den Arm um Anitas Schultern und
steuerte auf die Stühle unter die Markise zu. Er setzte sich auf den geschnitzten Holzsessel und bedeutete

ihr, sich auf einen gepolsterten Hocker zu seinen Füßen zu setzen.

Gabriel folgte ihnen und stellte sich stumm hinter den Stuhl des Königs.

Anita kam es vor, als sehe der König sie eine Ewigkeit lang nur an. Langsam ließ die Aufregung über das, was da gerade geschehen war, nach und sie fühlte sich zunehmend unwohler. Sie warf einen Blick zu Gabriel hinauf, der sie beruhigend anlächelte.

Ein Diener stellte etwas Obst auf ein niedriges Tischchen neben sie. Ein anderer Diener brachte einen Krug mit dunkelrotem Fruchtwein und drei Kristallgläser. Auf ein Handzeichen des Königs hin schenkte der Diener ein, bevor er leise wieder davonschlich.

Oberon hob zwei Gläser und reichte eines davon Gabriel. »Auf deine Rückkehr, Prinzessin Tania«, sagte er. »Und auf das wiedergeborene Elfenreich.«

Anita nahm ihr Glas und die drei prosteten sich mit einem leisen Klirren zu.

Der Duft des Weins stieg ihr in die Nase. Er roch sehr fruchtig. Sie nippte. Der Wein schmeckte köstlich und lief ihr angenehm wärmend die Kehle hinunter.

Sie sah zum König hoch. »Und was kommt jetzt?«, fragte sie.

»Der Rest der Ewigkeit«, entgegnete er lächelnd. »Erinnerst du dich an das Lied, das wir früher immer zusammen gesungen haben?« Er begann mit tiefer, volltönender Stimme zu singen:

»Weide hell, Weide bleich, Weide traurig und sorgenreich,
schüttle dein gelbes Haar, oh du süße, trauernde Weide,
ich komm zu reden jetzt, Morgentau dich benetzt,
dich badet neu zuletzt, oh du süße, trauernde Weide …«

Er hielt inne und sah sie erwartungsvoll an.

»Tut mir leid«, sagte Anita. »Das kenne ich leider nicht.«

Er runzelte die Stirn. »Aber wir haben es viele Male gemeinsam gesungen«, sagte er. Er klang verwirrt und sogar etwas gekränkt. »Und Zara hat dazu auf dem Spinett gespielt.« Er musterte sie forschend. »Erinnerst du dich wirklich nicht mehr?«

Sie schüttelte den Kopf. »Tut mir leid. Ich würde ja gern, aber ich kann mich an nichts erinnern.« Sie lächelte ihn bedauernd an. Dies schien nicht der richtige Moment zu sein, ihn darauf hinzuweisen, dass das alles nur ein Traum war. »Ich weiß ja nicht mal, was ein Spinett ist.«

Der König lehnte sich zurück und wandte sich fragend zu Gabriel um.

»Sie weilte fünfhundert Jahre in der Welt der Sterblichen, Euer Gnaden«, sagte Gabriel. »Alles Wissen von früher schlummert in ihr. Ich zweifle jedoch nicht daran, dass ihre Erinnerungen mit der Zeit wiederkommen werden.«

Oberon nickte. »Mit der Zeit und dank der Gesellschaft all derer, die dich lieben«, sagte er und lächelte wieder Anita an. »Lord Drake, wollt Ihr meine Tochter nun in ihr Gemach geleiten?« Er berührte Anitas Wange. »Dort wirst du Gewänder finden und anderes, was dir möglicherweise helfen wird, dich daran zu erinnern, wer du wahrhaft bist.«

Sie runzelte die Stirn. »Gewänder?«

»Kleider«, erklärte Gabriel, kam hinter dem Stuhl des Königs hervor und reichte ihr die Hand.

Sie stand auf.

»Nun geh, Tania«, sagte der König. »Und heute Abend wollen wir feiern und vergnügt sein, wie seit einem halben Jahrtausend nicht mehr!« Er stand auf und küsste sie auf die Stirn. »Mein Segen sei mit dir, mein Kind«, murmelte er.

Sie lächelte ihn an. »Danke. Gleichfalls.«

Gabriel half ihr zurück auf den Steg. Dort drehte sie sich noch einmal um und winkte. Oberon, der ihr nachschaute, hob grüßend die Hand.

»Ach, ich mag ihn«, vertraute sie Gabriel an, während sie den Steg entlanggingen. »Wenn ich nicht schon einen echt tollen Dad zu Hause hätte, stünde er eindeutig ganz oben auf meiner Wunschliste.«

Da rief der König etwas hinter ihnen her. »Sobald die Prinzessin bereit ist, bringt sie zu ihren Schwestern. Sie haben so sehnlichst auf ihre Rückkehr gewartet – und ihre Gegenwart wird ihr helfen, schneller ihr wahres Selbst zu finden.«

»Das werde ich tun, Euer Gnaden!«, rief Gabriel zurück.

Sie folgten einem der Steinpfade über den Rasen zum Palast.

»Ich habe also Schwestern?«, fragte Anita ihn. Dann machte etwas Klick in ihrem Kopf. »Ach ja, stimmt, in der Geschichte bin ich ja die siebte Tochter von Oberon und Titania, nicht?«, sagte sie. Sie riss die Augen auf. »Das heißt also, dass ich sechs Schwestern habe?«

»Fürwahr, Mylady.«

Anita grinste. »Das Schlangestehen morgens vorm Bad muss ja ein echter Albtraum sein!«

Gabriel lächelte sie an und neigte den Kopf. Ihr wurde bewusst, dass er das immer tat, wenn er sie nicht verstand.

»Das war ein Witz«, erklärte sie. »Mach dir keine Sorgen deswegen. Habe ich auch Brüder?«

»Nein, Mylady.«

Sie sah ihn nachdenklich an. »Besteht eigentlich die leiseste Chance, dass du mich Anita nennst? Dieses ganze Mylady-Getue ist ein bisschen sehr förmlich, wenn wir befreundet sein wollen.«

Gabriel blieb stehen. »Ihr selbst kennt Euch seit sechzehn Jahren als Anita«, sagte er. »Aber in meiner Erinnerung und in meinem Herzen wart ihr fünfhundert Jahre lang Prinzessin Tania. Vergebt mir, aber bevor Ihr Euch nicht wahrhaft an Euch erinnert, möchte ich Euch, mit Verlaub, gern weiter Mylady nennen.« Seine Stimme wurde sanfter. »Wenn jedoch Prinzessin Tania sowohl geistig als auch körperlich zurückkehrt, dann wird sich unsere Freundschaft vielleicht noch vertiefen und Ihr werdet mir gestatten, einen anderen, süßeren Namen für Euch zu verwenden.«

Als er Anita mit seinen dunkelgrauen Augen ansah, spürte sie, wie ihr ein seltsamer Schauder das Rückgrat hinunterlief. »Äh … okay«, sagte sie. »Damit kann ich leben.« Ihr fiel plötzlich ein, dass Prinzessin Tania in dieser Geschichte genau an dem Tag verschwunden war, da sie und Gabriel vermählt werden sollten. Hieß das, dass Gabriel sie noch immer als seine lang verschollene Braut betrachtete? Das wäre ziemlich seltsam, aber Anita beschloss, ihn lieber nicht darauf anzusprechen.

Sie setzten ihren Weg fort, der durch den Torbogen hindurch führte und dann quer über den gepflasterten Hof.

»Und«, durchbrach sie das Schweigen, das ihr langsam doch ziemlich unangenehm wurde, »wohin bringst du mich?«

»In Euer Gemach«, sagte Gabriel. »In die königlichen Privatgemächer. Es ist nicht mehr weit.«

»Königliche Privatgemächer, ja?« Anita freute sich darauf, mehr über Prinzessin Tania herauszufinden, und ihr Schlafzimmer schien ein guter Ausgangspunkt dafür zu sein. »Cool!«

Anita blickte sich voller Begeisterung in dem Schlafgemach um. Gabriel war gerade gegangen, um ihren Schwestern mitzuteilen, dass sie zurück war. Zum ersten Mal seit Beginn des Traums war sie ganz allein.

Sie sah zur Decke hinauf: Ein dekoratives filigranes Muster überzog den elfenbeinfarbenen Putz wie ein kunstvolles Spinnennetz. Wandteppiche in lebendigen, strahlenden Farben hingen an den glänzenden, dunkel getäfelten Wänden. Anita musterte die Behänge und entdeckte hügelige grüne Landschaften mit nebelverhüllten blauen Berggipfeln in der Ferne sowie fein gestickte Meeresansichten mit hoch aufragenden Schiffen, die mit vollen Segeln dem Horizont entgegenfuhren. An der dritten Wand schienen sich endlos weite goldene Kornfelder unter dem saphirblauen Himmel zu erstrecken. Und an der vierten Wand sah man große Klippen aus Eis und Schnee und deren Spiegelbilder im indigoblauen Wasser.

In Anitas Hinterkopf regte sich leise eine Erinnerung. Da lag ein Gefühl der Sehnsucht in den Wandteppichen, ein wehmütiges Verlangen nach fernen Orten, das sie dunkel an etwas erinnerte. Aber nein – je mehr sie versuchte es zu fassen zu bekommen, desto mehr entglitt es ihr. Blitzten wirklich kurze Bilder aus einem anderen Leben auf oder spielte ihr bloß ihr träumendes Gehirn Streiche?

Der Raum wurde von einem prachtvollen Himmelbett mit dunkelroten Vorhängen beherrscht, das mindestens doppelt so hoch aufragte, wie Anita groß war, und fast bis an die Decke reichte. An einer Wand befanden sich lauter zweiflüglige Fenster, die auf einen gepflegten, kunstvoll angelegten Garten hinausgingen. An einer anderen Wand stand ein großer Schrank, in einer Ecke eine Waschschüssel aus weißem Porzellan und ein hoher Wasserkrug. Alle Möbel waren wuchtig und Stühle und Sessel waren mit dunkelrotem Samt gepolstert. Auf der Kommode lagen ein paar persönliche Gegenstände.

Neugierig lief sie über den glänzenden Holzboden zur Kommode. Gefäße mit Deckeln und zerbrechliche Glasflaschen standen dicht an dicht. In einem offenen Holzkästchen lag glitzernder Schmuck, der auch die danebenliegenden Handspiegel und Schildpattbürsten bedeckte.

Anita nahm aus dem Kästchen einen Rubinohrring, der von weißen Kristallen eingefasst war. Sie hielt ihn sich ans Ohr und betrachtete sich im Handspiegel. Kopfschüttelnd legte sie den Ohrring zurück. Das machte die verschwommenen Erinnerungen auch nicht klarer.

Sie ging quer durch den Raum zum Schrank, in dem lauter wundervolle Kleider mit bauschigen Röcken in den verschiedensten Farben hingen.

»Wow!«, hauchte sie und strich mit den Fingern über die verzierten Mieder und Reifröcke. Einige Kleider waren mit feiner weißer Spitze besetzt. Andere waren bestickt oder mit Perlen und Pailletten verziert. Die Gewänder sahen aus wie die Kleider, die Anita für ihre Rolle als Julia anprobiert hatte.

Eines war schon mal sicher: Prinzessin Tania hatte einen ziemlich guten Geschmack.

Auf der einen Seite des Schranks fand Anita ein einfaches Unterkleid aus weißem Leinen. Schnell schlüpfte sie aus ihrem Schlafanzug und zog sich das Unterkleid über den Kopf. Es reichte ihr bis zu den Knien, hatte einen tiefen, viereckigen Ausschnitt und lange Ärmel. Dann wählte sie ein herrliches aquamarinblaues Kleid. Sie stieg hinein und zog es sich vorsichtig über die Hüften, schlüpfte in die Ärmel und zupfte an sich herum, bis es gut saß.

Sie drehte sich und die bodenlangen Samtröcke wirbelten um sie herum. Der schwere, bestickte Stoff trug sich ein wenig ungewohnt, aber das Kleid saß wie angegossen. Anita fand langsam Gefallen an der Sache. Eine Elfenprinzessin zu sein, hatte eindeutig auch seine guten Seiten.

Sie hatte gerade das Mieder zugeschnürt, als sich plötzlich alles um sie zu drehen begann. Sie hatte das Gefühl, gleich ohnmächtig zu werden, denn der Boden schwankte unter ihren Füßen. Dann bogen sich zu ihrem Schrecken Bett, Möbel und sogar die Wände und schienen vor ihren Augen zu schmelzen. Geschockt suchte Anita am Schrank Halt. Wind kam auf, pfiff ihr um die Ohren und helle bunte Lichtblitze loderten vor ihr auf. Sie zuckte zusammen und kniff die Augen zusammen.

Dann war das Gefühl, dass die Welt um sie herum flüssig geworden war, so plötzlich wieder verschwunden, wie es gekommen war, und sie blieb zitternd und verwirrt zurück.

Sie schlug die Augen auf.

Die prächtigen Kleider im Schrank waren plötzlich verschwunden.

Dicht hinter sich hörte sie Kindergeplapper und kurz darauf eine Frauenstimme, die die Kids ermahnte, leise zu sein.

Anita wirbelte herum.

Der Raum hatte sich verändert. Zwar stand das Bett noch an Ort und Stelle, aber der Großteil der übrigen Möbel war weg. Die Wandteppiche hingen noch, aber sie zeigten nun andere Szenen. Jetzt sah man Männer und Frauen in Kleidern, die für Anita eher aus biblischen Zeiten zu stammen schienen. Die Farben waren fahl und verblasst.

Am Fuß des Bettes stand eine Frau. Sie hatte den Kopf von Anita abgewandt und war von einer Schar Mädchen umringt, die vielleicht acht oder neun Jahre alt waren. Sie trugen Jeans, T-Shirts und Pullis mit Kapuzen und hatten knallbunte Rucksäcke auf dem Rücken.

Binnen weniger verrückter Sekunden war Anita also aus ihrem Traum in die wirkliche Welt zurückgekehrt. Ob sie zu guter Letzt doch noch aufgewacht war?

Aber sie lag nicht in ihrem Krankenhausbett.

V

»Hier befinden wir uns in den Privatgemächern, und zwar im Schlafzimmer der Queen«, verkündete die Frau, die Anita noch nicht bemerkt hatte. »Das ist das originale Bettgestell, allerdings sind die Vorhänge und Bettwäsche moderne Reproduktionen, die auf einem Muster aus dem 16. Jahrhundert basieren.«

Anita starrte die Kinder an. Wo um alles in der Welt war sie?

Das erinnerte sie an irgendeinen Ort, an dem sie schon einmal gewesen war.

Aber wo – und wann?

Hampton Court Palace.

Auf ihrem Schulausflug waren sie während der Schlossführung auch in diesen Raum gewesen. Sie erkannte die Wandteppiche.

Eines der Mädchen, das hinten in der Gruppe stand, wandte sich plötzlich um und sah Anita. Ein Strahlen ging über das sommersprossige Gesicht des Mädchens. »Dein Kleid ist ja cool«, sagte sie. »Wen stellst du denn dar?«

Anita wollte etwas erwidern, aber bevor die Worte

über ihre Lippen dringen konnten, wurde sie erneut von einem Wirbelsturm erfasst. Die bunten Lichter blendeten sie und der Boden brodelte und wogte erneut unter ihr, als wäre alles flüssig geworden. Anita ließ sich zu Boden sinken.

»Stopp!«, schrie sie. »Aufhören!«

Plötzlich wurde alles still.

Sie kauerte schwer atmend auf dem Boden. Im Schrank hinter ihr hingen wieder lauter Kleider und die farbigen Wandteppiche zeigten Landschaften und Meeresansichten.

Anita zog sich an der Schranktür hoch. Ihre Beine waren wie aus Gummi.

»Was war denn das?«, flüsterte sie. »Was ist da gerade passiert?«

Ein Traum im Traum?

Sie atmete ein paarmal tief durch, bis das Schwindelgefühl nachließ. Sie wollte nicht mehr allein in diesem Raum sein. Auf keinen Fall wollte sie riskieren, dass ihr das noch mal passierte. Deshalb ging sie schnell zur Tür.

Überrascht stieß sie einen Schrei aus, als eine junge Frau direkt vor ihr in der Tür erschien. Anita hatte gerade noch Zeit zu sehen, dass sie ein ähnliches Kleid trug wie sie und dass sie lange goldene Haare und strahlend blaue Augen hatte, bevor die junge Frau sich mit einem lauten Freudenschrei Anita an den Hals warf.

»Tania! Du bist es wirklich!«, rief sie, das Gesicht in Anitas Haaren vergraben. »Gabriel erzählte uns, dass er dich gefunden hat – nach all diesen Jahren, in denen wir gehofft und gebangt haben!«

»Hallo«, sagte Anita atemlos. »Es ist auch schön, dich zu sehen – wer immer du bist.« So sanft sie konnte, löste sie die Arme der Frau von ihrem Nacken und musterte sie. »Ich nehme mal an, wir sollten uns kennen«, sagte sie.

»Oh ja, wohl wahr, mein armes Schwesterherz«, sagte die junge Frau lächelnd. »Gabriel sagte, du könntest dich an nichts mehr aus deinem wahren Leben erinnern.« Sie trat ein paar Schritte zurück und blickte hoffnungsvoll in Anitas Gesicht. »Ich bin Zara«, sagte sie.

Anita betrachtete sie. Sie war klein und schlank, mit einem blassen, filigranen Gesicht, großen Augen und einem breiten Lächeln. Ihre goldenen Locken fielen über die Schultern auf ihr gelbes Kleid.

»Hallo, Zara«, sagte sie.

»Erinnerst du dich an mich?«, fragte Zara.

Anita schüttelte den Kopf. »Nein, nicht wirklich«, sagte sie. »Tut mir leid.«

»Das macht nichts«, sagte Zara fröhlich. »Die Zeit heilt alle Wunden. Ich bringe dich jetzt zu unseren Schwestern.« Sie hakte Anita unter und zog sie durch den Korridor. »Sie werden sich so freuen, dich wiederzusehen«, sagte sie.

Anita lächelte sie an. »Zu Hause bin ich ein Einzelkind«, sagte sie. »Ich war gern allein. Ich kann mich nicht erinnern, mir jemals Geschwister gewünscht zu haben. Warum habe ich mir dann also sechs ältere Schwestern erträumt? Das ist doch irgendwie komisch, nicht? Oder liegt es daran, dass es in der Geschichte sieben Schwestern waren?«

Zara sah sie verwirrt an und lachte dann. »Gabriel erzählte, dass du manchmal ganz seltsame Sachen sagst.«

Anita zog eine Augenbraue hoch. »Was hat er denn noch erzählt?«

»Dass heute Abend ein großer Ball stattfindet«, sagte Zara aufgeregt. »Zur Feier deiner Rückkehr.« Sie riss sich von Anita los und machte eine elegante Pirouette. Sie drehte sich so schnell im Kreis, dass ihr Kleid sich glockenartig aufbauschte und ihre Haare fächerförmig vom Gesicht wegflogen. »Es gab schon seit fünfhundert Jahren keinen Ball mehr! Stell dir das vor, Tania – denk daran, wie gern wir getanzt haben, wie uns die Lords umwarben, an die Musik, die Lichter, die Festgelage und die Feuerwerke über dem Fluss!«

Anita blieb stumm.

Abrupt hielt Zara inne und sah Anita mit einer Mischung aus Mitgefühl und Trauer an. »Kannst du dich denn an gar nichts mehr erinnern?«

»Ich erinnere mich ja nicht mal daran, Tania zu

sein«, sagte Anita. »Ich wünschte, ich könnte es. Klingt nach ziemlich viel Spaß.« Sie schaute Zara stirnrunzelnd an. »Bist du wirklich über fünfhundert Jahre alt?«

»Nein, ich bin erst siebzehn«, sagte Zara. »Auf dieser Altersstufe bin ich stehen geblieben, seit die Zeit aufhörte zu vergehen. Aber jetzt werde ich auf meine Volljährigkeit zugehen, dessen bin ich sicher.«

Anita schluckte. »Also werden jetzt alle hier alt und sterben – und das alles nur, weil ich zurückgekommen bin?«

»Weißt du das denn nicht mehr, Tania?«, sagte Zara. »Wir Elfen sterben nicht.«

»Nie?«

Zara schüttelte den Kopf. »Jedenfalls nicht am Alter – wir sterben höchstens durch einen unglücklichen Zufall oder ein Missgeschick.«

»Wir sind also alle … unsterblich?«

»Wohl wahr!« Zara nickte, lief wieder zu Anita und hakte sie unter. »Komm«, sagte sie. »Wir gehen in die Bibliothek – zu Sancha.«

Anita beschloss, ein andermal weiter über die Unsterblichkeit nachzudenken. Das war alles ein bisschen viel auf einmal.

»Ich vermute mal, Sancha ist auch eine Schwester von mir, ja?«, sagte sie.

Zara nickts und zog Anita durch den Gang hinter sich her. »Und dann – nichts wie zur Schneiderin«, sagte sie aufgeregt. »Für den Hofball brauchen wir schließlich alle neue Kleider.«

Lächelnd ließ sich Anita von Zaras Begeisterung anstecken.

Sie folgte ihrer Schwester durch hohe, elegant möblierte Räume, holzgetäfelte Gänge und breite Treppen abwärts. Überall um sie herum erwachte der Palast zum Leben.

Bedienstete in himmelblauen Livreen schwärmten aus, schwangen Besen, Bürsten und Putzlumpen. Fenster wurden aufgerissen und graue Stoffbezüge von den verhüllten Möbeln gezogen. Durch die Korridore hallte fröhliches Stimmengewirr.

Immer wenn die beiden vorübergingen, verbeugten sich die Diener und die Mägde knicksten mit gesenkten Köpfen. Einmal blickte ein junger Diener, fast noch ein Junge, zu Anita auf – in seinem Blick lag scheue Neugier. Anita schielte ihn grinsend an. Er erschrak so sehr, dass Anita laut lachen musste.

Zara blieb vor einer hohen verzierten Flügeltür stehen und schob eine der Türen auf, die langsam nach innen schwang. Mit glitzernden Augen warf Zara einen Blick hinter sich auf Anita.

»Seit deinem Verschwinden war Sancha sogar noch fleißiger«, sagte sie und legte einen Finger an die Lippen. »Sie besteht darauf, dass beim Betreten ihrer Bibliothek alle mucksmäuschenstill sind.«

Anita folgte Zara durch die halb geöffnete Tür in

einen großen runden Saal mit hoher Kuppeldecke. Sonnenstrahlen fielen durch große schmale Fenster und erhellten den luftigen Raum. Am Boden waren schwarz-weiße Fliesen mit spiralförmiger Musterung ausgelegt und auf mehreren Ebenen gab es kunstvolle Holzgalerien, zu denen hohe Wendeltreppen hinaufführten.

Anita schaute sich verblüfft um: Die leicht gebogenen Wände auf jeder Ebene des Saals waren mit Regalen ausgekleidet, auf denen Tausende von Büchern standen. Außerdem herrschte eine Stille im Saal, die Anita an eine Kathedrale erinnerte. Sie schlich auf Zehenspitzen durch die Bibliothek.

In der Mitte des Raums saß eine einzelne Gestalt mit dem Rücken zu ihnen an einem runden Tisch.

Zara ging lautlos auf die Person zu, Anita folgte ihr.

Es war eine junge Frau mit langen kastanienbraunen Haaren, die sie zu einem Zopf zusammengebunden hatte, sodass sie ihr auf das schlichte schwarze Kleid fielen. Sie schien vollkommen in die Lektüre eines großen Buches vertieft zu sein, das aufgeschlagen vor ihr auf dem Tisch lag.

Zara pirschte sich von hinten an sie heran und beugte sich über sie.

»Sancha!«

Die junge Frau schrak hoch und fuhr sich mit der Hand an die Brust. »Oh! Sonne, Mond und Sterne!«, stieß sie hervor. Dann wandte sie sich stirnrunzelnd zu ihrer Schwester um und Anita sah, dass sie ein schmales Gesicht hatte und dunkelbraune, intelligente Augen. »Zara! Wie gemein von dir, du törichtes Kind!«

Zara deutete auf Anita und Sancha folgte ihrem Blick.

»Oh!« Sie stand auf und ging mit großen Augen und ausgestreckten Händen auf Anita zu. »Willkommen zu Hause, Tania. Es ist lange her – zu lange.«

»Danke«, sagte Anita und ergriff Sanchas Hände. »Du musst mir verzeihen, aber ich kann mich an nichts mehr erinnern.«

»Das bezweifle ich nicht«, sagte Sancha. »Es ist überhaupt ein Wunder, dass du zu uns zurückgebracht wurdest. Das tiefe dunkle Wasser der Lethe liegt zwischen uns, aber die Zeit wird sicherlich einen Fährmann bringen, der dich übersetzt.«

Anita blinzelte sie an. »Äh ... ja ... da bin ich mir ganz sicher.«

»Sie redet oft solchen Unsinn«, sagte Zara lächelnd zu Anita. »Sie liest zu viel. Ich gebe es ganz offen zu, dass ich meistens nicht einmal die Hälfte von dem verstehe, was sie sagt.«

»Das liegt daran, dass du ein geschwätziges, dummes Ding mit dem Gehirn einer Eintagsfliege bist«, entgegnete Sancha.

»Und du bist ein kleiner grauer Maulwurf mit tintenbekleckstem Fingern und melancholischem Gemüt«, hielt Zara zärtlich dagegen.

Anita grinste. Ja, die beiden waren eindeutig Schwestern. Kein Zweifel.

»Ich gehe jetzt mit Tania zur Schneiderin«, sagte Zara. »Du musst auch mitkommen, sofern du es ertragen kannst, kurz von deinen Büchern getrennt zu sein. Vater hat einen großen Ball angesetzt und dazu brauchen wir alle neue Kleider.«

»Ich werde mit euch kommen«, sagte Sancha. »Obgleich das Kleid, das ich trage, meinen Bedürfnissen vollauf genügt.«

»Schwarz?«, sagte Zara spöttisch. »Wohl kaum! Komm, ich werde dir eine fröhlichere Farbe aussuchen. Hast du eine Lieblingsfarbe, Tania?« Als Anita kurz überlegte, plapperte Zara schon munter weiter: »Sei's drum, Mistress Mirrlees wird schon etwas finden, was dir gefällt.« Und damit tänzelte sie zur Tür. »Auf, Schwestern! Wir haben nicht ewig Zeit!«

Das Schneideratelier war ein lang gestreckter, sonnendurchfluteter Raum, in dem ein reges geschäftiges Treiben herrschte. An den Wänden standen Regale, in denen bunte Stoffballen lagen. Aus offenen Schubladen quoll Spitze wie schäumende Gischt, Seidenstoffe flossen wie schlängelnde Flüsse von Tischen herab und überall lagen Ballen mit Baumwollstoffen in allen

Farben des Regenbogens. Der Großteil des Raumes war mit langen Tischen vollgestellt, an denen Frauen in schlichten blauen Kleidern Stoffe abmaßen und zuschnitten.

»Seht! Das verlorene Lamm ist zurückgekehrt!«, rief Zara aus, als die drei in den Raum kamen.

Schlagartig verstummte das Stimmengewirr, alle hielten mitten in der Bewegung inne und wandten sich ihnen zu. Wenig später war Anita von einer aufgeregten Schar Frauen umringt, die ehrfürchtig knicksten und sie anstarrten.

Anita lachte, völlig verdutzt über die Wirkung, die sie auf diese Frauen auszuüben schien. Sie kam sich vor wie ein Filmstar auf einer Premiere.

Dann kamen drei weitere Frauen auf sie zu. Die Menge der blau gekleideten Bediensteten teilte sich ehrerbietig, um sie durchzulassen, und Anita nahm an, dass es sich um drei weitere ihrer Schwestern handeln musste.

»Cordelia«, flüsterte Zara ihr ins Ohr, als die erste sich ihr näherte.

Cordelia trug ein rotbraunes Kleid mit einem rötlichen Pelzkragen. Ihr rotgoldenes Haar war schulterlang und ihr Gesicht voller Sommersprossen. Sie hatte dieselben strahlend blauen Augen wie Zara, aber trotz ihres freundlichen Lächelns wirkte sie scheu.

Cordelias Umarmung war unvermittelt und heftig. »Willkommen zu Hause«, sagte sie.

»Danke.« Der Pelzkragen von Cordelias Kleid drückte an Anitas Wange. Er fühlte sich seltsam warm an. Noch bevor sie es richtig merkte, bewegte sich der Pelz und Anita starrte in zwei glitzernde schwarze Knopfaugen.

Sie erschrak und befreite sich hastig aus Cordelias Umarmung.

Es war ein rötliches Eichhörnchen. Es sauste um Cordelias Hals herum, ließ sich auf ihrer Schulter nieder und blickte Anita wachsam an.

»Oh! Hallo«, sagte Anita und streckte zögernd die Hand aus. »Hast du mich aber erschreckt! Na, du bist ja hübsch!«

Das Eichhörnchen stieß ein hohes Fiepen aus und huschte Cordelias Rücken hinunter. Den Bruchteil einer Sekunde später sah Anita, wie ein verschwommenes rotes Etwas über den Fußboden rannte und über einige Regale auf den Sims eines offenen Fensters flitzte.

»Hab keine Furcht, Kleines!«, rief Cordelia dem zitternden Tier zu. »Das ist doch nur unsere Schwester!«

Das Eichhörnchen fiepte noch einmal und verschwand dann durch das Fenster.

Cordelia lächelte Anita an.

»Es hört einfach nicht auf mich«, sagte sie mit einem leisen Lachen. »Ich werde später mit ihm sprechen und es beruhigen.«

Anita sah sie an. »Ich wollte es nicht erschrecken.«

»Nicht so schlimm«, sagte Cordelia. »Nach dem langen Dämmerlicht ist die Sonne jetzt erst mal ungewohnt für alle Tiere. Das vergeht wieder.«

Jetzt kam die zweite Frau näher. Sie war sehr groß und schlank. Sie hatte ein braunes Kleid an, das über und über mit Ranken, Blättern und dunklen Blumen bestickt war. Ihre dunkelbraunen Haare trug sie offen und sie reichten ihr bis zur Taille. Sie hatte dieselben edlen Gesichtszüge, denselben ernsten Ausdruck und dieselben blauen Augen wie Oberon.

»Das ist Hopie«, zischte Zara in Anitas Ohr. »Sie ist Heilerin. Es interessiert sie nicht, was sie anhat – du wirst sehen, es wird schwer werden, sie dazu zu überreden, eine andere Farbe als Braun zu tragen.«

Hopie nahm Anitas Gesicht in die Hände und blickte sie ruhig an. »Du warst viel zu lange weg«, sagte sie. Ihre Stimme war beinahe so tief und klangvoll wie die des Königs.

»Ja, das sagen alle«, entgegnete Anita. »Aber jetzt bin ich ja zurück.« Sie senkte die Stimme zu einem Flüstern. »Für wer weiß wie lange.«

Hopie runzelte die Stirn.

Anita schüttelte lächelnd den Kopf. »Mach dir keine Sorgen«, sagte sie. »Was ich gerade gesagt habe, hat keine Bedeutung.«

»Rathina?«, rief Zara der dritten Frau zu. »Möchtest du nicht auch kommen und unsere Schwester begrüßen?«

»Doch, fürwahr, das möchte ich«, sagte die Frau.

Anita hatte nur halb mitbekommen, dass die dritte der neu hinzugekommenen Schwestern sich im Hintergrund gehalten hatte, doch jetzt trat sie vor und umarmte Anita.

»Willkommen, Tania«, sagte sie.

Anita blickte sie an.

Sie trug ein scharlachrotes Kleid mit Spitzenbesatz und rubinroten Edelsteinen. Ihr Haar war schwarz, lang und glänzend und sie hatte das schönste Gesicht, das Anita jemals gesehen hatte: herzförmig, mit großen haselnussfarbenen Augen, hohen, schrägen Wangenknochen und vollen roten Lippen.

Doch da war etwas in Rathinas Augen und in ihrer Stimme, was in Anita leichtes Unbehagen auslöste. Sie wirkte reserviert oder misstrauisch und Anita fragt sich, ob sie sich früher nahegestanden hatten.

Noch während sie darüber nachdachte, wandte sich Hopie an eine untersetzte Frau. »Mistress Mirrlees«, sagte sie. »Ich habe alle Hände voll zu tun, ich kann meine Zeit nicht mit Kleidern verschwenden. Such mir etwas Passendes aus, in Braun.«

»Ja, Mylady«, entgegnete die Frau und machte einen Knicks.

Hopie berührte kurz Anitas Wange. »Wir werden uns bald wiedersehen«, sagte sie.

»Gern«, antwortete Anita. Hopie nickte und eilte aus dem Raum.

»Ich muss jetzt gehen und das Eichhörnchen beruhigen«, sagte Cordelia zu der Frau. »Nähe mir ein Kleid in Frühlingsgrün mit olivenfarbenen und jadegrünen Verzierungen.« Sie lächelte Anita an. »Wir sehen uns auf dem Ball wieder.«

»Ich hoffe es«, sagte Anita.

Zara warf die Arme um Mistress Mirrlees Hals. »Ich möchte ein Kleid in einem so leuchtenden Blau, dass ich heute Abend alle Blicke auf mich ziehe«, bat sie. »Ich würde Rathina gern in den Schatten stellen, wenn das möglich wäre.«

»Da habe ich genau das Richtige«, sagte Mistress Mirrlees. »Blaue Seide, so leuchtend wie der Sommerhimmel.«

»Zeig sie mir«, rief Zara begeistert und folgte der Schneiderin an einen der Tische.

Anita lächelte Rathina an.

»Ich weiß echt nicht, was ich mir aussuchen soll«, gestand sie. »Ich habe mich noch nicht so richtig an diese Kleider gewöhnt.«

Rathina sah sie nachdenklich an. Dann machte sie eine Handbewegung und sofort näherte sich ihnen eine der Bediensteten. »Da ist ein Ballen fliederfarbener Seide«, sagte sie, ohne die Frau anzusehen. »Den bringst du Prinzessin Tania. Ein Kleid aus diesem Stoff wird ihr wunderbar stehen.«

Die Frau trippelte davon.

»Danke«, sagte Anita.

Rathina warf ihr ein flüchtiges Lächeln zu. »Dorothy, Kat, Martha«, rief sie. »Ich möchte mir gern den dunkelroten Taft ansehen.« Und damit rauschte sie davon, gefolgt von den drei Frauen.

»Ach, dieses ganze Getue und Aufhebens«, sagte Sancha und schaute sich stirnrunzelnd im Raum um. »Ich werde Schwarz tragen, ganz einerlei, was Zara dazu sagen mag.« Sie lächelte Anita spitzbübisch an. »Doch vielleicht erlaube ich etwas weiße Spitze und eine perlenbesetzte Halskrause.«

»Das klingt toll«, sagte Anita abwesend. Sie beobachtete noch immer Rathina. »Sancha, ist irgendetwas mit Rathina?«, fragte sie. »Ich habe den Eindruck, dass sie mich nicht besonders mag.«

»Da irrst du dich«, sagte Sancha. »Du und Rathina, ihr wart immer die besten Freundinnen.«

»Echt? Aber warum ist sie dann so ... ich weiß nicht ... kühl mir gegenüber?«

»Rathina war am Vorabend deiner Vermählung bei dir, in deinem Schlafgemach«, sagte Sancha.

»Oh. Du meinst, als ich verschwunden bin?« Sie sah zu Rathina hinüber. »Ja, du hast Recht – sie war bei mir.«

 »In der Tat, und diese Bürde lastet schwer auf ihr«, entgegnete Sancha.

»Ja, da würde wohl jeder dran knabbern«, sagte

Anita. »Wenn die eigene Schwester direkt vor einem verschwindet und die nächsten fünfhundert Jahre nicht mehr auftaucht.«

Zara kam, mit stahlblauer Seide behängt, auf sie zugerannt. »Wie findet ihr diesen Stoff?«, fragte sie und drehte sich vor ihnen hin und her. »Steht mir diese Farbe? Soll Mistress Mirrlees mir ein Kleid daraus nähen?«

»Es ist genial«, sagte Anita.

Eine Bedienstete kam mit einem Ballen lilafarbenen Stoffs auf den Armen zu ihnen. »Für Euch, Prinzessin Tania«, sagte sie knicksend.

»Eine exzellente Wahl!«, rief Zara und befühlte die feine Seide. »Perfekt.« Sie lächelte die Frau an. »Prinzessin Tanias Kleid sollte rosafarbene Stickereien und geschlitzte Ärmel haben und ein Futter aus purpurrot changierender Seide.«

Die Frau knickste wieder und trippelte davon.

Anita zog die Augenbrauen hoch. »Das war's? Brauchen die nicht meine Maße?«

»Mistress Mirrlees wird die Arbeit beaufsichtigen«, sagte Zara. »Hab keine Angst, das Kleid wird wie angegossen sitzen. Und jetzt komm, lass uns etwas für Sancha finden.«

»Schwarz«, beharrte Sancha.

»Nein!«, sagte Zara. »Mitternachtsblau, mit vielen Sternen bestickt und mit Kometen und Monden besetzt.«

Sancha zögerte kurz, dann lächelte sie. »Ja«, sagte sie. »Einverstanden.« Sie sah Anita mit leuchtenden Augen an. »Manchmal muss die Zurückhaltung dem Vergnügen weichen, vor allem an einem solchen Abend.«

»Absolut!« Anita ging mit ihnen die Stoffreihen entlang, damit Zara für ihre kluge Schwester das Passende heraussuchen konnte.

Rathina stand am anderen Ende des Raums auf einem Fußschemel und betrachtete sich in dem großen Spiegel, der von zwei Dienerinnen gehalten wurde. Eine dritte Frau hielt Rathina verschiedene Stoffe an den Körper, damit sie unter ihnen wählen konnte.

Sechs Schwestern, dachte Anita. Rathina, Zara, Sancha, Hopie und Cordelia – das waren nur fünf.

Sie schaute Zara an. »Eine fehlt«, sagte sie. »Wir müssten doch sieben sein.«

Zara und Sancha tauschten einen vielsagenden Blick.

»Eden wird nicht kommen«, vertraute Sancha Anita mit leiser Stimme an. »Sie ist die Älteste von uns, aber sie lebt völlig zurückgezogen.«

Zara zog Anita am Arm zur anderen Seite des Raums hinüber, wo sie das Fenster öffnete und über die Dächer zeigte.

»Dort drüben, siehst du?«, fragte sie und deutete auf einen viereckigen, efeubewachsenen Turm mit hohen Zinnen und einem spitz zulaufenden Schieferdach. »In diesem Turm wohnt Eden. Sie kommt selten heraus. Sie verbringt ihre Zeit allein und hängt düsteren Gedanken nach.«

Sancha stellte sich zu ihnen ans Fenster. »Eine Zeit lang ist sie nachts immer allein oben die Zinnen entlanggegangen, wenn wir im Bett waren«, murmelte sie. »Doch seit vielen Jahren schon ward sie dort nicht mehr gesehen. Sie bekommt die Mahlzeiten gebracht und stellt die leeren Teller und Becher vor die Tür. Nur daran merken wir, dass sie noch lebt.«

»Manchmal kann man ihre Silhouette am Fenster sehen«, fügte Zara hinzu und zeigte auf ein kleines Fenster hoch oben in dem finsteren Turm. »Sie beobachtet die Welt, nimmt aber nicht daran teil.«

»Warum?«, fragte Anita.

»Früher einmal war sie eine große Gelehrte der Mystischen Künste«, erklärte Sancha ihr. »Sie war beinahe so gut darin wie unser Vater. Aber sie hat ihrem Wissen abgeschworen – seit die Große Dämmerung über uns kam, hat sie nicht mehr praktiziert.«

Anita starrte auf das dunkle Turmfenster und dachte daran, wie Oberon mit einer einzigen Bewegung seines Armes die Nacht in Tag verwandelt hatte. Sie nahm an, dass Sancha das mit Mystischen Künsten meinte. »Warum hat sie aufgehört?«

Sancha legte eine Hand auf Anitas Arm.

»Eden war dabei, als unsere Mutter starb«, sagte sie. »Sie machten gemeinsam zum Vergnügen eine

Bootsfahrt auf dem Fluss. Doch das Boot kenterte. Eden schwamm ans Ufer, aber unsere Mutter blieb verschwunden.«

»Ihre Leiche ward nie gefunden«, flüsterte Zara. »Unser Vater war durch dein Verschwinden schon zutiefst verzweifelt. Als er vom Tode seiner geliebten Königin erfuhr, ließ seine Trauer das gesamte Reich in Dunkelheit versinken.«

»Zu Ehren unserer Mutter ließ er ein Mausoleum aus weißem Stein erbauen«, seufzte Sancha. »Natürlich ist es leer. Er geht auch nie hin.«

Anita fühlte mit ihnen und wünschte sich, es gäbe etwas, was sie sagen könnte, um ihre Trauer zu lindern. Gott sei Dank war ihre eigene Mutter wohlbehalten zu Hause – sobald dieser Traum zu Ende war, würden sie sich wiedersehen.

… sobald der Traum zu Ende war.

Aber noch nicht gleich, dachte Anita. *Erst nach dem Ball. Den will ich nicht verpassen.* Sie lächelte. *Vor allem, da er mir zu Ehren stattfindet.*

Nachdem sie in Mistress Mirrlees Atelier alles geklärt hatten, kehrte Sancha in die Bibliothek zurück und Zara nahm Anita mit hinauf in einen gemütlichen

Raum, der direkt unter einem Dachvorsprung lag.

»Das ist unser ganz besonderes Gemach«, erzählte Zara ihr. »Außer uns Schwestern kommt hier niemand her.« Sie sah Anita hoffnungsvoll an. »Kannst du dich wenigstens dunkel daran erinnern?«

Anita schüttelte den Kopf. Der Raum glich einer lang gestreckten Galerie mit Giebelfenstern in der Dachschräge. Er war mit Teppichen ausgelegt und die Möbel, bestickten Sofas und samtbezogenen Armsessel wirkten sehr prächtig.

Anita fiel ein Stickrahmen mit einem angefangenen Stickmuster auf. Daneben stand ein kleiner Tisch mit einem Schachbrett, auf dem offenbar gerade ein Spiel im Gang war. Auf der einen Seite des Zimmers gab es ein niedriges Podest, auf dem einige Musikinstrumente standen.

Zara zog Anita durch den Raum. »Komm, komm«, drängte sie die Schwester. »Vielleicht hilft dir Musik, dich zu erinnern.«

Anita betrat das kleine Podest. Verschiedene seltsam geformte Holzblasinstrumente standen aufgereiht an den Wänden, neben ein paar sonderbar aussehenden Saiteninstrumenten. Davor stand etwas, was wie ein altertümliches Klavier aussah, nur mit einer viel kleineren Tastatur und ohne Deckel. Außerdem verliefen die Saiten schräg statt gerade.

»Das ist ein Spinett, oder?«, sagte Anita. Als Oberon es erwähnte, hatte sie keine genaue Vorstellung gehabt, aber plötzlich wusste sie mit absoluter Sicherheit, dass dieses Instrument gemeint war.

Zara klatschte in die Hände. »Fürwahr, das ist ein

Spinett«, sagte sie. »Erinnerst du dich an die Duette, die wir immer gespielt haben?« Sie raffte die Röcke, setzte sich an das Instrument und ließ die Finger über die Tasten gleiten. Wie der Klang silberner Glöckchen sprudelten die Töne daraus hervor und Zara begann dazu zu singen.

»Komm mit mir in den Rosengarten, in die Juniblüte,
denn bald schon welkt die ganze Pracht,
wenn der Winterodem wütet.
Und ich muss bleib'n und du gehst fort,
die Fanfaren blasen zur Schlacht.
Komm mit mir in den Rosengarten,
dort dämmert's schon ganz sacht.«

Anita runzelte die Stirn. Text und Melodie kamen ihr bekannt vor, dabei hatte das Lied nicht in dem ledergebundenen Buch gestanden. Wo hatte sie es schon mal gehört?

Zara drehte sich zu ihr und nahm eines der Saiteninstrumente in die Hand. »Du erinnerst dich sicher besser, wenn du zusammen mit mir spielst«, sagte sie, als könnte sie Anitas Gedanken lesen. »Ich habe deine Laute häufig nachgestimmt, seit du zum letzten Mal auf ihr gespielt hast.« Sie lächelte. »Siehst du? Ich habe immer fest daran geglaubt, dass du eines Tages zu uns zurückkehren würdest.«

Anita nahm das schwere Instrument in die Hand. Es hatte einen birnenförmigen Körper und Bünde verliefen über den langen Hals, der spitzwinklig nach hinten gebogen war.

»Setz dich«, sagte Zara.

Anita nahm auf der Kante des kleinen Podiums Platz und legte sich die Laute in den Schoß. Sie starrte auf die Saiten: Da gab es eine dicke Saite, gefolgt von fünf dünneren Saitenpaaren. Zu Hause hatte sie mal einige ungeschickte Versuche unternommen, Gitarre zu spielen, aber dieses Instrument hier sah viel komplizierter aus.

Sie blickte zu Zara auf. »Ich weiß ja nicht mal, ob ich darauf blasen oder trommeln soll«, sagte sie. »In solchen Sachen bin ich gar nicht gut.«

»Unsinn«, sagte Zara. »Ich werde langsam spielen – und du machst einfach mit.«

Wieder klimperte sie eine hübsche Melodie auf dem Spinett.

»Na, das kann ja nur schiefgehen«, sagte Anita kaum hörbar, beugte sich über die Laute und legte die Finger auf die Bünde. Dann strich sie mit dem Daumen der anderen Hand über die Saiten.

Ein schöner Akkord erklang.

Überrascht lachte Anita auf. Wieder strich sie einen Akkord. »Hey, ich kann's echt!«

»Jetzt sing mit mir«, wies Zara sie an. »Ich werde die Oberstimme übernehmen.«

Anita holte tief Luft und öffnete den Mund und zu ihrem Erstaunen erinnerte sie sich plötzlich an Text und Melodie.

»Im Dämmerlicht die Liebe lebt, die Seelen sind vereint.
Und du musst fort in ferne Städt', du kämpfst dort gegen den Feind.
Dein Liebesschwur übertönt vom Trommeln und du wirst stumm und schweigst.
Im Dämmerlicht die Liebe lebt, zum Abschied du dich verneigst …«

Sie konnte hören, wie harmonisch Zaras Sopran und ihre eigene Stimme klangen, und in diesem Moment in dem sie die Worte sang, die sie nicht kennen konnte, und die geheimnisvollen Akkorde auf der Laute spielte, war ihr diese Traumwelt so vertraut, dass ihr Freudentränen in die Augen stiegen.

Doch ihr Glück war nur von kurzer Dauer. Plötzlich kam Wind auf, der brausend über sie hinweg fuhr, und Schmerz und Übelkeit übermannten sie. Anita krümmte sich wie von einem unsichtbaren Schlag getroffen, ihre Finger gerieten auf den Saiten ins Stocken und ihr Gesang wurde zu einem Stöhnen.

Die Welt um sie herum drehte sich und schien zu beben – doch plötzlich war alles vorbei.

Die lang gestreckte Kammer sah jetzt wie ein Ausstellungsraum aus, in dem Leute in hellbraunen Shorts und Turnschuhen herumliefen und in die unterschiedlichen Glasvitrinen spähten. Die Besucher hatten Fotoapparate um den Hals hängen und einige von ihnen hatten Kopfhörer auf und lauschten gebannt, als würden sie gerade einer Audioführung folgen.

Am Fenster stand ein Mann mit einem Klemmbrett.

Anita konnte noch immer das unmelodische Dröhnen der Laute hören – und der Mann offenbar auch. Mit hochrotem Gesicht wandte er ihr den Kopf zu. Er machte einen Schritt auf sie zu und öffnete den Mund.

»Hey, Sie da! Was erlauben Sie sich …«

Doch seine Worte gingen im Heulen des Windes unter und sein Gesicht verschwand hinter grell explodierenden bunten Lichtern.

Das Nächste, was Anita hörte, war Zara, die sich beschwerte.

»Was für ein entsetzlicher Missklang!«, rief sie aus. »Dabei hast du so schön angefangen. Ich glaube, du musst mehr üben.« Besorgnis schlich sich in ihre Stimme. »Tania? Fühlst du dich nicht wohl? Du bist ja ganz blass.«

Langsam ließen die Übelkeit und die Verwirrung nach und Anita warf Zara ein schwaches Lächeln zu. »Tut mir leid«, sagte sie. »Ich bin mir nicht sicher, was passiert ist.« Sie hielt kurz inne. »Hast du etwas gesehen?«

Zara runzelte die Stirn. »Was meinst du? Was war denn zu sehen?«

»Hier waren gerade Leute«, antwortete Anita. »Viele Menschen.«

»Hier drin?«, sagte Zara. »Oh nein, hier war niemand. Wir sind ganz allein.« Sie klimperte weiter auf dem Spinett. »Sollen wir fortfahren?«

»Lieber nicht«, entschuldigte sich Anita. »Mir ist ein bisschen flau.«

»Soll ich Hopie holen?«, erbot sich Zara. »Sie wird dir einen Trank zubereiten.«

»Nein, mach dir keine Sorgen«, sagte Anita. Sie fühlte sich mit einem Mal furchtbar müde. Sie deutete auf ein nahe stehendes Sofa. »Ich lege mich kurz hin. Du kannst ja gerne weiterspielen, wenn du magst.«

Sie legte die Laute aus der Hand und ging auf wackligen Beinen zum Sofa hinüber, wo sie sich ausstreckte und den Kopf auf die gepolsterte Seitenlehne legte. Während sie dort mit geschlossenen Augen lag, lauschte sie Zaras heiteren Melodien.

Das war nun schon das zweite Mal gewesen – einmal in ihrem Schlafgemach und einmal hier. Zweimal war sie auf schmerzhafte Weise aus dieser Welt heraus- und in eine andere hineingezerrt worden.

Wieder hatte es sie an den heutigen Hampton Court Palace erinnert, wieder hatten alle Leute, die sie gesehen hatte, moderne Kleidung angehabt, und es war alles binnen weniger Augenblicke geschehen.

Fast schien es so, als würde sie immer nur für wenige Sekunden aufwachen, bevor der Traum erneut Besitz von ihr ergriff. Aber das konnte doch nicht sein? Wenn der Traum enden würde, müsste sie doch in ihrem Krankenhausbett aufwachen, nicht an diesem seltsamen, halb vertrauten Ort?

Lag sie etwa im Koma? Wie schwer war sie bei dem Unfall wirklich verletzt worden?

Was passierte hier mit ihr?

VI

Als Anita mit Zara in ihr Zimmer zurückkam, lag ihr Ballkleid bereits auf dem Bett und die fliederfarbene Seide schimmerte im Sonnenlicht, das durch das Fenster fiel.

Als Anita das Kleid vorsichtig hochhob, war sie überrascht, wie leicht es sich trotz der weiten Röcke anfühlte. Es hatte Puffärmel, die so geschlitzt waren, dass darunter der purpurne Futterstoff hervorschaute. Der Halsausschnitt, die Ärmelenden und der Rocksaum waren ebenfalls mit purpurrotem Garn verziert. Lavendelblaue Stickerei bildete ein filigranes Muster auf dem Mieder und auch der Oberrock war üppig bestickt.

Anita hielt sich das Kleid an. »Wie sieht es aus?«

»Es ist atemberaubend«, erklärte Zara. »Mistress Mirrlees hat sich selbst übertroffen!«

»Aber wie hat sie das so schnell hinbekommen?«, wunderte sich Anita und blickte auf die komplizierte Stickerei. »Das sieht nach mehrwöchiger Arbeit aus, dabei waren wir doch erst vor einer Stunde dort.«

Zara schüttelte den Kopf. »Arme Tania«, sagte sie. »Du erinnerst dich wohl an gar nichts mehr, das du früher hier gelernt hast?«

»Nein, wie du merkst, nicht«, sagte Anita. Sie sah Zara an. »Ist etwa Magie im Spiel?«

»Das Wort kenne ich nicht«, sagte Zara verwirrt. »Was heißt das?«

»Magie?«, fragte Anita. »Oh, du weißt schon: Hokuspokus. Sesam, öffne dich. Ein Kaninchen aus dem Hut ziehen. So was in der Art.«

Zara sah sie verständnislos an.

»Die Art und Weise, wie der König das Tageslicht zurückgeholt hat«, erklärte Anita. »Das meine ich. Und wie Gabriel mich hierher zurückgebracht hat. Das alles scheint wohl Magie zu sein.«

»Ich weiß nicht, welche Kräfte Gabriel benutzt hat, um dich zurückzubringen«, sagte Zara. »Mit solchen Dingen habe ich mich nie beschäftigt. Das tun die wenigsten von uns. Das ist nämlich harte Arbeit! Wenn ich nur daran denke, wird mir schon schwindelig.«

Sie lächelte.

»Mistress Mirrlees kennt sich etwas mit den Mystischen Künsten aus und unser Vater ist ein großer Meister darin. Komm, lass uns nicht bei solch ernsten Themen verweilen – du bist hier bei uns, die Zeit der Großen Dämmerung ist vorbei und heute Nacht tanzen wir bis zum Sonnenaufgang!«

Zara half Anita in ihr Kleid und dann rannten die beiden durch die Gänge zu Zaras Privatgemach.

Zara riss eine Tür auf und Anita betrachtete das Schlafzimmer ihrer Schwester fasziniert. Die Wände und die Decke waren in verschiedenen Blauschattierungen gestrichen, sodass das Himmelbett mit seinen marineblauen Decken und Vorhängen inmitten eines riesengroßen Meeres dahinzusegeln schien.

»Wie schön!«, rief Anita. Sie blickte zu Boden: Die Dielen zu ihren Füßen waren so bemalt, dass sie kleinen glatten Kieseln ähnelten. An einer Wand befanden sich Fenster mit blaugetönten Scheiben und das hereinströmende Sonnenlicht bekam dadurch einen saphirblauen Schimmer.

Anita betrachtete die Wände – und hielt den Atem an: Die Gemälde waren lebendig! Wellen mit Schaumkronen wogten um sie herum und Schiffe fuhren mit geblähten Segeln im Wind. Meerjungfrauen und Seeschlangen erhoben sich aus dem weißen Schaum und tauchten dann wieder unter die Oberfläche, sodass Gischt aufspritzte. Schneeweiße Wolken jagten auf dem oberen Teil der Wände über den azurblauen Himmel. Seemöwen flogen unter der Zimmerdecke, sodass ihre Flügel schwache Schatten warfen.

Anita strich zögernd mit der Hand über die Wand. Sie fühlte sich kalt und massiv an, wie bemalter Stein. Ein fernes Schiff glitt unter ihre Finger – ein Schiff aus farbigen Pinselstrichen.

Es sah wie eine computeranimierte Fotografie aus, als das Schiff lautlos in dieser verzauberten Welt der Farben und der Pigmente davonsegelte.

Anita trat zurück und sah Zara an. »Wie funktioniert das?«, fragte sie. Angesichts dieses Schauspiels hatte es ihr schier die Sprache versprachen.

Zara lächelte sie an. »Vielleicht Magie?«, sagte sie. »Das ist nicht so ungewöhnlich. Wir alle haben ein Schlafgemach, das uns am Tagesende Freude beschert. Auf Sanchas Wänden tummeln sich zahllose Worte, die ihr nie enden wollende Geschichten und Märchen erzählen. Rathina hat einen Ballsaal voll unermüdlicher Tänzer. Hopies Schlafgemach ist ein Wald voller Kräuter und Heilpflanzen. Und in Cordelias Raum wimmelt es von den Tieren, die sie so liebt.«

»Aber bei mir ist es ganz anders«, sagte Anita. Auf ihren Wandteppichen waren kunstvoll ausgearbeitete Szenen zu sehen, aber sie waren leblos und zweidimensional, nicht lebendig wie diese bemalten Wände.

Zara sah traurig aus. »Doch, bei dir war es einst auch so«, sagte sie. »Vielleicht wird auch dein Zimmer wieder zum Leben erwachen – du musst Geduld haben.« Sie wandte sich um. »Aber sieh mal, was Mistress Mirrlees für mich hinterlassen hat!« Sie rannte zum Bett, wo ihr Ballkleid lag. Die hellblaue Seide glänzte auf der dunkelblauen Bettwäsche. »Komm, hilf mir beim Anziehen.«

Anita zwang sich ihren Blick von den wundersamen Wänden abzuwenden und kümmerte sich um Zara: Sie half ihr ins Kleid und schnürte ihr das Mieder zu.

Ihr Gewand war ebenso prächtig und fein gearbeitet wie das von Anita. Der blaue schimmernde Stoff war mit weißen und hellen Saphiren besetzt, die im nachmittäglichen Sonnenlicht verführerisch glitzerten und funkelten.

Anita kletterte auf Zaras Bett und sah zu, wie ihre Schwester vor dem seltsamen Meer tanzte. Die Schritte sahen ziemlich kompliziert aus. »Ich habe keine Ahnung, wie man das tanzt«, sagte Anita.

»Es wird dir sicher wieder einfallen«, sagte Zara lachend, während sie an ihr vorbeiwirbelte. »Deine Finger haben sich an die Laute erinnert – deine Füße werden sich an den Tanz erinnern.« Plötzlich hielt sie inne und blickte Anita aufgeregt an. »Erinnerst du dich an die Schritte zu *All in a Garden Green*?«, fragte sie. »Oder *The Chirping of the Nightingale*? Oder *Jenny Pluck Pears*? Aber an *Fine Companion* musst du dich erinnern – das war doch immer dein Lieblingstanz.«

Anita schüttelte den Kopf. »Vielleicht sollten wir vorher noch üben?«

Da ertönte in der Ferne eine Trompetenfanfare.

Zaras Lächeln wurde breiter. »Keine Zeit mehr«, sagte sie, beugte sich übers Bett und zog Anita hoch. »Der große Ball beginnt!«

Anita rutschte vom Bett. »Na gut«, murmelte sie, während Zara sie zur Tür zerrte. »Was habe ich schon zu verlieren? Das passiert ja sowieso alles nur in meinem Kopf. Also macht es auch nichts, wenn ich mich zum totalen Idioten mache.«

Anita hatte erwartet, dass alle Schlossbewohner zum Ball eilen würden, aber in den Korridoren und auf den Treppen war alles leer und still. Während die beiden die kerzenerleuchteten Gänge entlangschritten, spürte sie, wie Zaras Aufregung auf sie übersprang. Aber wo waren bloß alle anderen?

Sie gelangten in eine Vorhalle, die nur spärlich erleuchtet war und vollkommen verlassen war. Vor ihnen befand sich eine Flügeltür aus dunklem Holz.

»Öffne die Türen«, sagte Zara.

Verwirrt gehorchte Anita und die Türen schwangen auf.

Anita blickte sich über die Schulter Hilfe suchend nach Zara um. Was ging hier vor? Spielte ihr Zara etwa einen Streich?

»Na, los«, drängte Zara. »Du musst hineingehen.«

Achselzuckend trat Anita über die Schwelle in den pechschwarzen Raum. Dort blieb sie stehen und spähte angestrengt in die Dunkelheit.

»Hallo?«, rief sie. »Ist da jemand?«

Sie vernahm jetzt gedämpfte Musik, leise Cello- und Flötenklänge und sanftes Tamburintrommeln. Und plötzlich glomm in der kohlrabenschwarzen Dunkelheit ein kleines Licht auf.

»Willkommen, meine über alles geliebte Tochter.« Das war Oberons Stimme. »Tausendmal willkommen!«

Die Musik schwoll an und der Lichtschein wuchs, vergrößerte sich zu einem goldenen Leuchten, das sich schließlich bis in jede Ecke des riesigen Raums ausbreitete.

Anita bemerkte, dass sie sich in der Großen Halle befand, die sie zum ersten Mal gesehen hatte, als sie mit Gabriel im Palast gewesen war. Nur war sie diesmal durch die Türen unterhalb der Empore eingetreten.

In dem goldenen Licht sah man nun auch den König, der vor den beiden Thronen stand. Anita sah jetzt außerdem, dass eine Schar farbenprächtig gekleideter Leute den Saal füllte, die sie alle fröhlich anlächelten.

Anita durchfuhr ein aufgeregtes Prickeln, als ihr auffiel, dass der goldenen Schein die Wände emporstieg, die Kerzen in den Haltern entzündete und weiterkletterte bis zu den Kronleuchtern an der Decke, die dann ebenfalls zu brennen begannen.

Noch während Anita versuchte, das alles in sich aufzunehmen, ertöntem Jubelrufe und die Musik schwoll zu einem lauten Crescendo an.

Ergriffen traten ihr Tränen in die Augen. War das wirklich nur ein Traum? Es fühlte sich alles so wirklich an.

Oberon kam lächelnd auf sie zu.

Ihr Mund war ausgetrocknet und ihr Kopf wie Watte, als er liebevoll ihren Arm ergriff. Dann schritten sie unter neuerlichem Jubel gemeinsam durch die Menge.

»Möge der erste Tanz *Greenwood* sein!«, rief Oberon über den Tumult hinweg. »Ich werde ihn mit meiner Tochter tanzen.«

Wieder ertönte Applaus und das Orchester, das auf der Empore saß, spielte nun eine dynamische, muntere Melodie. Anita blickte den König erschrocken an. »Den Tanz kenne ich nicht«, sagte sie.

»Ah, keine Sorge«, versprach der König. »Komm, ich führe dich.«

Die Menge wich zurück, sodass sich in der Mitte eine freie Fläche zum Tanzen bildete. Mit Herzklopfen folgte Anita Oberon in den Kreis hinein. Der König trat einen Schritt zurück und machte eine tiefe Verbeugung.

Ehe Anita sichs versah, merkte sie, dass sie einen Knicks machte. Der König trat auf sie zu und sie legte instinktiv ihre Handflächen auf seine. Nun ging Oberon einen Schritt zurück und sie stand still, während er eine Drehung nach rechts machte und einmal um sie herum tanzte. Dann blieb er vor ihr stehen und sie setzte ihre Füße auf den Boden, als hätte sie diesen Tanz schon ihr Leben lang getanzt.

Die Zuschauer jubelten. Oberon lachte und fiel in das Klatschen ein.

»Seht ihr? Meine Tochter ist immer noch die graziöseste Tänzerin im ganzen Reich!«, rief er. »Tretet näher ihr Lords und Ladys! Reiht euch ein in den Tanz und lasst uns fröhlich sein!«

Plötzlich war Anita von lauter tanzenden Leuten umgeben und sie wirbelte ausgelassen über das Parkett, bis keine Anita Palmer mehr existierte, sondern nur noch Prinzessin Tania aus dem Elfenreich, die zu ihrem Vater Oberon und ihren königlichen Schwestern zurückgekehrt war.

Im weiteren Verlauf der Nacht tanzte und tanzte Anita, bis ihr schwindelig wurde.

Sie kannte die Schritte aller Tänze!

Da gab es die ruhige *Sarabande*, in der sich die Lords und Ladys in langen Reihen gegenüberstanden. Die Männer verbeugten sich, die Damen knicksten. Dann bewegten Anita und die anderen Frauen sich auf ihre Partner zu, verschränkten die Hände mit ihnen, gingen anmutig um sie herum, und schließlich hakten sich die Männer und Frauen unter, um sich zu anderen Paarformationen zusammenzufinden.

Dann gab es Tänze wie *Rose is White and Rose is Red*, wo die Tänzer kleine und größere Kreise bildeten – manchmal zu viert, manchmal zu acht, die sich – einer im anderen – im und gegen den Uhrzeigersinn drehten, während die beschwingte Musik sie alle antrieb.

Anitas Füße schienen jeden Tanz zu kennen und sie machte keinen einzigen Fehler. Manchmal fand sie sich Gabriel gegenüber, andere Male war Oberon oder einer der anderen Elfenlords ihr Partner, aber sie hatte kaum Zeit, zu Atem zu kommen oder sich zu unterhalten.

Sie hatte keine Ahnung, wie viele Stunden vergangen waren, als sie zu guter Letzt die Tanzfläche verließ und sich in eine Ecke setzte, um zu verschnaufen. Die Adligen des Elfenreichs saßen oder standen in kleinen Grüppchen beisammen, redeten und lachten und sahen zu, wie die Tänzer über das Parkett wirbelten.

Sancha und Cordelia setzten sich zu Anita und gemeinsam beobachteten sie, wie Zara einen besonders komplizierten Tanz namens *Voltaira* anführte.

»Sie ist echt unermüdlich, was?«, stellte Anita fest. Die Tänzer vollführten gerade eine spektakuläre Hebefigur – die Männer fassten die Frauen um die Taille und wirbelten sie in die Luft. »Woher hat sie nur die Energie?«

»Fünfhundert Jahre Sehnsucht«, sagte Sancha ernst.

»Das ist eine lange Zeit, um auf ein bisschen Spaß zu warten«, murmelte Anita.

Sie blickte durch den Saal.

Oberon saß auf dem Thron und sprach mit ein paar Adligen. Der Elfenkönig. Es erfüllte sie mit seltsamem Stolz, als sie sah, wie die Lords und Ladys des Hofes sich vor ihm verneigten – fast, als wäre er wirklich ihr Vater und sie Prinzessin Tania.

»Du Volltrottel!«, sagte sie zu sich selbst. »Das hier ist nicht echt. Vergiss das nicht!«

Hopie stand mit einem großen dunkelhaarigen, bärtigen Mann Arm in Arm beim Thron und unterhielt sich mit dem König.

»Wer ist das da bei Hopie?«, fragte Anita.

»Ihr Ehemann – Lord Brython von Cantus«, sagte Sancha. »Ein weiser und gelehrter Mann. Er hat eine hohe Position im Rat des Königs inne.«

Anita sah Sancha an. »Bist du verheiratet?«

Sancha lachte leise. »Nein«, sagte sie. »Ich werde vollkommen von meinen Studien in Anspruch genommen und brauche keine Ablenkung.«

Anita wandte sich an Cordelia. »Und was ist mit dir? Bist du mit jemandem zusammen?«

Cordelia schüttelte stirnrunzelnd den Kopf. »Ich finde kein Vergnügen an der Gesellschaft von Männern«, sagte sie.

»Auch nicht an der Gesellschaft von Frauen, um genau zu sein«, fügte Sancha hinzu. »Cordelia lebt ausschließlich für ihre Tiere.«

Cordelia hob eine Augenbraue. »Das sind nicht

meine Tiere«, korrigierte sie. »Sie gehören nur sich selbst.« Sie sah Anita an. »Du bist jederzeit herzlich willkommen, dir die Menagerie anzusehen, wenn du möchtest.«

»Eine Menagerie?«, sagte Anita. »Was ist das?«

Cordelia blickte sie überrascht an. »Der königliche Tierpark.«

»Klingt toll. Ich liebe Tiere.« Sie musste lächeln, als ihr der Vorfall in Mistress Mirrlees' Atelier wieder einfiel. »Sogar Eichhörnchen, auch wenn ich sie manchmal fast zu Tode erschrecke.«

»Mach dir keine Sorgen, es hat keine Angst mehr vor dir«, sagte Cordelia. »Ich habe mit ihm gesprochen – es weiß jetzt, dass du eine Freundin bist.«

»Ah ... das ist gut«, sagte Anita. Insgeheim fragte sie sich, was Cordelia genau damit meinte: mit ihm gesprochen?

Sie sah zu Rathina hinüber, die von einer Schar aufmerksamer, gut aussehender junger Lords umringt war. Bis jetzt war Rathina die einzige ihrer Schwestern, die an diesem Abend noch kein Wort mit ihr gewechselt hatte, aber andererseits schien die wunderschöne Elfenprinzessin von ihren Verehrern vollkommen in Beschlag genommen zu sein.

»Habe ich denn noch irgendwelche anderen Schwäger, von denen ich wissen sollte?«, fragte Anita.

»Eden hat einen Mann«, antwortete Sancha. »Graf Valentyne, doch er hat den Hof vor langer Zeit verlassen, kurz nachdem das Dämmerlicht über uns kam und Eden sich im Turm einschloss. Wir wissen nicht, wohin er ging, vielleicht zurück zu seinen Verwandten nach Mynwy Clun, viele Wegstunden von hier entfernt im gebirgigen Westen.« Sie folgte Anitas Blick. »Wie du sehen kannst, mangelt es Rathina nicht an Bewerbern, aber bisher hat keiner von ihnen ihr Herz erobert. Und was Zara betrifft: Ich habe Mitleid mit dem Mann, der versucht ihr Herz zu erobern – es ist so leicht und flatterhaft wie ein Schmetterling!«

Anita bemerkte Gabriel am anderen Ende des Saals, der mit Edric sprach. Sie hatte Edric vorher noch gar nicht bemerkt und der Anblick des eigentlich vertrauten Gesichts versetzte ihr einen Stich.

Sie verdrängte ihre verletzten Gefühle. Warum schmerzte Edrics Verrat sie so sehr? Schließlich war dies nur ein Traum. Wieso ging es ihr bei Edrics Anblick so schlecht?

»Und dann gibt's da noch Gabriel«, murmelte sie kaum hörbar. An Sancha gewandt sagte sie lauter: »Damals, bevor ich verschwunden bin ... hatte Gabriel da mein Herz erobert? Das muss er getan haben, wenn ich ihn heiraten wollte, aber ich kann mich überhaupt nicht erinnern.«

Sancha sah nachdenklich aus. »Du schienst zufrieden, ihn zu heiraten«, sagte sie schließlich. »Aber ich weiß nicht, ob du ihn wirklich geliebt hast.«

Anita starrte sie an. »Wirklich? Warum sagst du das?«

»Die Vermählung hätte zwei große Häuser des Elfenreichs verbunden«, erklärte Sancha. »Unser eigenes mit dem der Weir. Du wusstest, dass unser Vater sich ein Bündnis mit dem mächtigen Herzogtum des Nordens wünschte. Als Gabriel um deine Hand anhielt, hast du vielleicht auch deshalb Ja gesagt, um unserem Vater eine Freude zu bereiten.«

»Mir kam es so vor, als wärst du geblendet gewesen von all dem Glanz und der ganzen Aufregung«, ergänzte Cordelia, die zugehört hatte. »Aber du mochtest Gabriel durchaus, glaube ich.«

Sie musterte ihn nachdenklich über die Entfernung der Halle hinweg.

»Er ist ein gut aussehender Mann, das kann man mit Fug und Recht behaupten, wenn man Wert auf so etwas legt.«

Plötzlich tauchte Zara auf. »Was ist denn das?«, rief sie aus und griff nach Anitas Hand. »Bist du schon müde? Die Nacht ist noch jung – komm, ich habe um deinen Lieblingstanz gebeten: einen *Companion*. Der wird alle Spinnweben wegfegen! Auf die Füße, ihr Faulpelze, bis Sonnenaufgang sind noch viele Tänze zu tanzen!«

Anita warf Sancha und Cordelia einen amüsierten Blick zu, während sie von ihrer vollkommen unermüdlichen Schwester zur Tanzfläche gezogen wurde.

Erst nach drei weiteren Tänzen war es Anita möglich, Zara zu entkommen. Ihr war etwas schwindelig von den vielen Drehungen, daher bahnte sie sich einen Weg durch die Schar der Höflinge, um nach einem Platz Ausschau zu halten, wo sie sich eine Weile hinsetzen und ausruhen konnte.

Plötzlich berührte sie etwas am Handgelenk und jemand zischte ihr ins Ohr: »Wir müssen reden.«

Als sie aufblickte, sah sie Edrics Gesicht vor sich.

Den Bruchteil einer Sekunde erinnerte sie sich lebhaft an ein anderes Mal, als ein Junge, den sie als Evan Thomas kannte, ihre Hand ergriffen hatte.

Ein Konzert, vor ein paar Monaten in Nordlondon. Laute Rockmusik, die ihr in den Ohren dröhnte, E-Gitarren, die kreischten, und Bässe, die im Magen wummerten. Auf der Tanzfläche schwitzende Leiber. Zuckendes Stroboskoplicht auf den dunklen Wänden. Und sie war mittendrin in dem ganzen Gedränge, genoss jeden Augenblick wie im Rausch. Doch plötzlich wurde sie von der Menge zur Bühne geschubst. Sie war in der Menschenmasse eingekeilt – atemlos und unfähig, sich zu befreien. Das war nicht ungefährlich: Wenn sie hinfiel, würden die anderen über sie hinwegtrampeln.

Und dann – die Rettung! Evan, der ihre Hand gepackt hatte und sie aus der Meute zog.

Erleichterung. Sie warf sich ihm an den Hals, lachte

und brüllte ihm ins Ohr: »Ich glaube, du hast mir gerade das Leben gerettet!« Und in diesem Augenblick war ihr klar geworden, dass sie sich in ihn verliebt hatte.

Die Erinnerung währte nur kurz. Schon war sie wieder zurück in der Großen Halle des Königspalasts und das Gesicht, in das sie starrte, war nicht mehr das ihres Freunds Evan, sondern das von Edric Chanticleer, dem verlogenen Diener von Gabriel Drake.

»Lass mich in Ruhe«, fauchte sie ihn an. »Ich habe dir nichts mehr zu sagen.«

Sie riss sich los und drängte sich durch die Menge, um so weit wie möglich von ihm wegzukommen. Der Gedanke, wie grausam er ihre Gefühle manipuliert hatte, machte sie wütend. Anita rief sich erneut ins Gedächtnis, dass alles nur ein Traum war, aber sie konnte nicht anders: Sie war enttäuscht und gekränkt über Evans Verhalten.

»Seid gegrüßt, Mylady!« Gabriels Stimme ließ sie abrupt innehalten. Er stand direkt vor ihr. Sie war so bedacht darauf gewesen, Abstand zwischen sich und Edric zu bringen, dass sie fast in ihn hineingerannt wäre.

»Oh! Tut mir leid«, stieß sie hervor, dankbar, dass ein freundliches Gesicht ihre düsteren Gedanken verscheuchte. Sie lächelte ihn an. »Hast du hier viel Spaß?«

»Fürwahr, es ist eine Freude«, sagte er und blickte

ihr tief in die Augen. »Aber ein Tänzchen mit meiner Lady zu wagen, würde alle anderen Vergnügen in den Schatten stellen.«

Anita zog eine Augenbraue hoch. »Du bittest mich um einen Tanz?«

Gabriel verneigte sich. »Wenn es Mylady beliebt.«

»Okay«, sagte sie. »Aber bitte nichts Schnelles.«

»Vertraut mir«, sagte er. »Ich werde Euch so gut führen wie kein anderer.«

Das klang verführerisch. Sie ging mit ihm auf die Tanzfläche, wo sie sich einander gegenüberstellten. Er verbeugte sich und hob die Arme. Sie nahm seine Hände und sie schritten in einem langsamen Kreis umeinander herum.

Sein Blick lag die ganze Zeit auf ihrem Gesicht, aber seine tief silbrigen Augen hatten einen abwesenden Glanz.

»Woran denkst du?«, fragte sie.

»Ich habe mich daran erinnert, wie wir das letzte Mal miteinander getanzt haben.«

»Das ist schon eine Weile her, nehme ich an«, sagte sie.

»Fürwahr, eine sehr, sehr lange Zeit.«

Sie schüttelte den Kopf. »Ich kann mich überhaupt nicht mehr daran erinnern.«

»Mit der Zeit wird Euer wahres Selbst zurückkehren«, versprach Gabriel.

Sie sah ihn nachdenklich an. Hatte sie ihn geliebt – vor langer, langer Zeit? Sie konnte verstehen, wie man bei so einem Mann schwach werden konnte. Er war charmant, freundlich und extrem attraktiv. Sie musste schmunzeln. Und außerdem noch reich und mächtig – obwohl sie sich nicht sicher war, ob das einer Prinzessin wichtig sein sollte.

Er erwiderte ihren Blick. Und jetzt waren seine Augen nur auf sie gerichtet, als wäre sie das einzig Interessante auf der ganzen Welt.

Er hatte seltsame Augen. Silbergrau. Wie Mondlicht, das auf einen tiefen dunklen See fällt. Oder eine weiße Flamme, die sich in poliertem Stahl spiegelt. Der Raum drehte sich um sie und sie merkte, dass sie nicht wegsehen konnte.

Die Intimität ihres Blickkontakts verursachte ihr Unbehagen, als müsste sie sich von ihm losreißen, ehe irgendetwas Bedeutsames geschah. Sie versuchte ihm ihre Hände zu entziehen.

»Lasst meine Hände nicht los«, sagte er sanft.

Seine Augen schienen immer größer zu werden, bis Anita nur noch das Silber seiner Iris und das Schwarz seiner Pupillen sehen konnte. Das Silber schimmerte wie Mondlicht und das Schwarz war mit weißen Lichtpunkten durchsetzt wie ein sternenübersäter Himmel. Sie hatte das Gefühl, als würde sie von seinem Blick magisch angezogen, und sie konnte nichts dagegen tun.

»Nein«, flüsterte sie. »Ich will nicht.«

»Blickt unter Euch«, sagte er, »und habt keine Angst.«

Anita gehorchte. Der Fußboden, die Große Halle, die tanzenden Höflinge waren verschwunden. Stattdessen war nur noch der sternenübersäte Nachthimmel um sie herum, erhellt vom Mond, der hinter einem dünnen, filigranen Nebelschleier hervorlugte. Sie schwebte in der Luft – hing in Gabriels Armen und weit unter ihnen lag das nächtliche Land.

Von plötzlicher Panik übermannt klammerte sich Anita an seine Hände und stöhnte auf.

»Ihr werdet nicht fallen«, sagte er. »Vertraut mir.«

Sie schluckte schwer. Diesmal hatte sie keine Flügel – einzig und allein Gabriel hinderte sie daran zu fallen. Sie hatte keine andere Wahl, als ihm zu vertrauen.

Sie segelten durch die Nacht und der Wind wehte ihr ins Gesicht – nach der Wärme in der Großen Halle war die kühle Luft erfrischend. Der Wind erfüllte mit seiner flüsternden Stimme ihr Ohr, fuhr raschelnd durch ihr Ballkleid und zerzauste ihr Haar.

Weit unter sich konnte sie einige winzig kleiner Lichter sehen, die wie vereinzelte Diamanten funkelten – das war der Elfenpalast, der rasch in der Ferne verschwand. Die Lichter entschwanden eines nach dem anderen, bis die Nacht sie alle verschluckt hatte.

Riesige unbewohnte Flächen Heideland glitten unter ihnen hinweg, schließlich erblickte Anita dunkelrote Berge, die aussahen wie ein wogender See aus versteinerten Schatten. Am Rand der Heidelandschaft erstreckte sich, so weit das Auge reichte, ein großer dunkler Wald.

»Wohin bringst du mich?«, fragte Anita.

»Über die Berge in ferne Gefilde«, sagte Gabriel leichthin.

Er senkte die rechte Hand, hob die linke und plötzlich verloren sie rasch an Höhe.

Anita stieß einen spitzen Schrei aus. »Nein! Nicht!«, rief sie, als die Bäume auf sie zurasten. »Bitte nicht!«

Mit den Füßen streifte sie die Blätter der oberen Äste, doch da hob Gabriel erneut die rechte Hand und ihr Fall wurde abgebremst und sie stiegen langsam wieder über die Baumwipfel. Die Sterne hingen über ihr, der Mond schaukelte am schwarzen Horizont.

»Das hast du mit Absicht gemacht, oder?«, stieß sie hervor.

»Zu Eurem Vergnügen«, sagte Gabriel lächelnd.

Etwas unsicher über seine Definition von »Vergnügen« zwang sich Anita, ruhig durchzuatmen um die aufsteigende Panik zu bekämpfen. Als sie zu Boden blickte, entdeckte sie unter sich eine Lichtung im Wald, auf der sie eckige dunkle Formen und winzige gelbe und rosafarbene Lichtquadrate ausmachen konnte. Die Häuser hatten strohgedeckte Dächer und zahlreiche Wege führten von der Siedlung in den Wald hinein- und wieder heraus.

Doch im nächsten Augenblick war das alles auch schon wieder verschwunden.

Zu ihren Füßen tauchten bewaldete Hügel auf, die schließlich in ein breites Tal übergingen. Dort lag ein großer See, in dem sich die Sterne spiegelten, so dass es aussah, als existiere dort unten noch ein weiteres Elfenreich.

Wieder raste Heideland unter ihren baumelnden Füßen hinweg. Dann entdeckte Anita einen Steinkreis, der weiß im Mondlicht leuchtete und kurz darauf eine graue Hügellandschaft mit Schafen. Sie flogen über einen schimmernden Wasserfall und dunkle Flüsse, die sich durch Ackerland und Wald schlängelten.

So flogen sie immer weiter, während der laue Abendwind über die sich ständig wandelnde Landschaft des Elfenreichs strich.

Dann wurde das Land zerklüfteter – gezackte Felsen ragten aus der Erde und tiefe Täler spalteten die Berge. Raue Felswüsten aus gesprungenem und gerissenem Stein reflektierten schwach das Mondlicht. Die Gegend unter ihnen wirkte unwirtlich und kalt auf Anita und sie schauderte beim Anblick der kahlen Landschaft.

Wieder senkte Gabriel die Hand und mit einem Mal flogen sie mitten zwischen den zerklüfteten Felsspitzen, die überall aufragten, hindurch. Anita merkte, dass sich unter ihnen im Tal etwas bewegte, und sah genauer hin. Zuerst war es nur ein verschwommener grauer Fleck, aber als sie näher kamen, wurde ihr klar, dass es sich um eine Herde Tiere mit silbrigem Fell handelte, die über den felsigen Grund galoppierten. Beim Laufen wippten ihre Mähnen und Schwänze auf und ab und ihre Hufe donnerten auf den Stein nieder.

Pferde? Nein, das waren keine Pferde. Anita betrachtete die Tiere neugierig. Dann fiel das Mondlicht auf ein spiralförmiges Horn.

»Einhörner!«, stieß sie überrascht aus.

»Fürwahr«, sagte Gabriel. »Die wilden Einhörner von Caer Liel. Diese Rasse kann man nicht zähmen.« Er stimmte leise eine Melodie an, bei der Anita ein kalter Schauer über den Rücken lief.

»Reit schnell nach Haus, mein Kind,
die Einhörner sind hinter dir her,
Die Raben hocken auf fleckigem Fels
und lauern, wenn der Tag sich neigt,
vom Sturm geschüttelt die Straße bebt,
die Tore der Burg fall'n hinter dir zu,
die Pferde schwitzen vom langen Ritt
und dampfen im Hof,
du bist in Sicherheit, mein Kind – du bist in Sicherheit.«

»Was ist das?«, fragte Anita. »Das klingt so traurig.«

»Das ist ein Lied, das ich als Kind gelernt habe«, entgegnete er und blickte dann wieder in die Ferne. »Seht, Mylady«, sagte er und klang mit einem Mal aufgeregt. »Die Lichter von Burg Weir, der Sitz meiner Familie und die Wiege meiner Kindheit!«

Anita starrte auf die schroffen Berge. Hoch droben auf einer steilen Klippe ragte eine große dunkle Burg mit massiven Steinwänden und hohen Zinnen auf, an denen der Zahn der Zeit genagt hatte. Eine schmale Straße lief im Zickzack den Berg hinauf zu einem befestigten Wachhäuschen, an dem rot-schwarze Flaggen wehten. Blutrote Flammen züngelten an den Wänden hoch, die von einem Wachtfeuer stammten, die unruhig im Wind flackerten. Aus den hohen Fenstern fiel Licht in die Dunkelheit.

Die Burg sah alt aus und war durch ihre Lage beinahe uneinnehmbar, dennoch war es kein romantischer Ort, sondern wirkte eher bedrohlich auf Anita.

Sie sah Gabriel an. »Wolltest du mir das zeigen? Den Ort, an dem du geboren wurdest?«

Gabriel lächelte. »Ein Anblick, der sich lohnt, wie ich finde. Die Burg von Weir mag von außen vielleicht düster aussehen, Mylady, aber innen erwarten einen stets ein herzlicher Empfang und Tafelfreuden.«

»Gehen wir hinein, damit ich deine Familie kennenlernen kann?«

Gabriel schüttelte den Kopf. »Nein, Mylady, das

ist nicht möglich, da es meine bescheidenen Kräfte nicht vermögen.«

»Wie bitte? Was meinst du damit?«

»Das«, sagte Gabriel und plötzlich spürte sie wieder festen Boden unter den Füßen und befand sich mitten in der Großen Halle – um sie herum tanzten die Schlossbewohner ausgelassen zur Musik.

»Oh!« Sie stolperte und wäre fast hingefallen. Nur Gabriels Hände bewahrten sie davor, der Länge nach auf den Tanzboden zu stürzen.

Sie blickte benommen in seine Augen – silbern und schwarz. Jetzt erst konnte sie ihren Blick abwenden und es schien, als entließen seine Augen sie aus einer seltsamen Verzauberung.

Er führte sie von der Tanzfläche. Sie lächelte ihn dankbar an und ließ sich auf einen Stuhl sinken, während sie langsam wieder zu sich kam. »Vielen Dank«, sagte sie. »Das war ja vielleicht ein irrer Zauber!«

Er verbeugte sich und küsste ihre Hand. »Es war mir ein Vergnügen«, sagte er. »Und nun darf ich mich empfehlen – ich möchte Euch nicht länger mit Beschlag belegen, denn es gibt noch viele andere, die mit Euch zu tanzen wünschen.« Er richtete sich auf und verschwand mit einem Lächeln in der Menge.

Anita starrte ihm versonnen nach, noch immer das Sternenlicht vor Augen, das Säuseln des Windes in den Ohren.

»Abgefahren …«, hauchte sie. »Echt abgefahren.«

VII

Anita und Zara saßen auf dem Bett in Anitas Schlafgemach.

Der Ball war vorbei, aber trotz ihrer Müdigkeit waren die beiden Mädchen zu aufgedreht, um schlafen zu können. Sie hatten alle Ereignisse des Balls besprochen und viel gelacht, nur von dem herrlichen Nachtflug über das Elfenreich hatte Anita Zara nichts erzählt. Sie wollte es noch eine Weile für sich behalten.

»Ich habe dich mit Gabriel tanzen sehen«, sagte Zara. »Du schienst Gefallen an ihm zu finden. Wie du ihm in die Augen gesehen hast!« Sie sah Anita verschmitzt an. »Läuten die Hochzeitsglocken am Ende doch noch?«

»Ach, ich glaub nicht, dass das sehr wahrscheinlich ist«, entgegnete Anita ausweichend. »Ich kenne ihn ja kaum.«

»Aber du hast ihn einmal gekannt«, sagte Zara.

»Und einst hast du ihn auch geliebt.«

»Na ja, da bin ich mir nicht mehr so sicher«, sagte Anita.

»Ah, arme Tania«, seufzte Zara. »Dass du gleichzeitig dich selbst und deine wahre Liebe verloren hast, das ist wahrlich traurig.«

»Aber ich bin gar nicht traurig«, sagte Anita nachdrücklich. »Ich kann mich an nichts erinnern.«

»Das ist wohl ein Segen«, sagte Zara und unterdrückte ein Gähnen. »Und es ist eine große Freude, dich wieder zu Hause zu haben – auch wenn dein Bewusstsein vernebelt ist!« Wieder gähnte sie. »Oh weh!«, sagte sie. »Ich muss schlafen.« Sie ließ sich nach hinten aufs Bett fallen.

»Hey!«, protestierte Anita und schüttelte sie. »Aber bitte in deinem eigenen Bett!«

»Nun gut.« Zara kletterte aus dem Bett und ging zur Tür. »Ist dir aufgefallen, wie gut der Graf von Anvis heute Abend ausgesehen hat?«, sinnierte sie, während sie die Tür öffnete. »Ich könnte mir gut vorstellen, wie er mit einem weißen Schimmel angeritten kommt, um eine Lady zu entführen!«

»Ich weiß nicht mal, welcher das war. Und jetzt ab ins Bett!«, sagte Anita und lachte, während sich die Tür schloss.

Als sie endlich allein in ihrem Gemach war, zog sie ihr Nachthemd an und schlüpfte unter die Bettdecke. Sie legte den Kopf aufs Kissen, während die Musik noch immer in ihren Ohren nachklang. Sie sah aus dem Fenster in den sternenklaren Nachthimmel hinaus und dachte daran, wie Gabriel und sie in den

Himmel aufgestiegen und Hand in Hand über das schlafende Elfenreich gesegelt waren.

Obwohl das für sie der Höhepunkt des Balls gewesen war, hatte sie danach noch so manchen Tanz getanzt. Vor ihrem geistigen Auge sah sie wirbelnde Kleider in allen Regenbogenfarben vor sich. Sie dachte an ihren ersten Tanz mit dem König, sah sein glückliches Gesicht und wie er sie stolz anlächelte.

Ihr Vater, der König.

Sie grinste. Erstaunlich.

Dann dachte sie an das freundliche Gesicht ihres richtigen Vaters, der sich mit besorgtem Blick über ihr Krankenhausbett gebeugt hatte. Seine Stimme hallte in ihrer Erinnerung wider: »Wie geht's dir, mein kleines Mädchen?«

Anita setzte sich im Bett auf – einen Moment lang hätte sie fast vergessen, dass alles hier nur ein Traum war.

Das musste unbedingt aufhören.

Sie blies die Kerze aus. Durch das Fenster konnte sie Sterne am dunklen Nachthimmel sehen, die hier größer als zu Hause wirkten – heller und geheimnisvoller.

Sie legte sich hin und zog sich die Decke bis zum Kinn.

»Okay«, sagte sie zu sich selbst. »Hör mir gut zu: Du wirst jetzt schlafen. Und wenn du morgen Früh aufwachst, wirst du wieder in der wirklichen Welt sein, so wie es sich gehört. Verstehst du mich? Diese ganze Elfensache ist ja ganz nett, aber genug ist genug.«

Sie schloss die Augen und konzentrierte sich darauf, sich ins Gedächtnis zu rufen, wie die Krankenhausstation ausgesehen hatte, erinnerte sich an die Gesichter ihrer Eltern. Sie weigerte sich, Elfenbilder zuzulassen, irgendwie musste sie ja wieder aus dieser Traumwelt herauskommen.

»Wach auf,« sagte eine Frauenstimme. Anita spürte, wie jemand sie sanft an der Schulter rüttelte.

Verschlafen öffnete sie die Augen. Im Zimmer war es taghell.

»Schwester?«, murmelte sie. »Wie spät ist es?«

»Der halbe Vormittag ist schon um, Tania, und dennoch finde ich dich im tiefsten Schlummer. Komm, es ist ein wunderschöner Tag und du liegst noch im Bett, Faulpelz! Du solltest dich schämen!«

Anita wandte sich um und bemerkte, dass sie noch immer im Bett ihres Schlafgemach im Elfenreich lag. Sonnenlicht und der Duft von Blumen fluteten durch die weit aufgerissenen Fenster.

Rathina saß seitlich auf ihrem Bett und beugte sich lächelnd über sie.

»Liebste Schwester«, sagte Rathina. »Ich war dir keine gute Freundin, seit du zurückgekehrt bist, und das tut mir sehr leid. Ich dachte, du würdest mir vielleicht vorwerfen, was mit dir passiert ist. Aber zwischen uns kann es keine Kälte geben, Tania. Wir standen uns immer so nahe. Kann es wieder so werden wie früher? Wirst du mir verzeihen?«

Anita setzte sich auf und rieb sich den Schlaf aus den Augen.

»Dir was verzeihen?«, fragte sie.

Rathina ließ den Kopf hängen. »Wenn ich dich nicht dazu ermuntert hätte, die Kräfte auszuprobieren, von denen in dem alten Vers die Rede war, wärst du uns nie verloren gegangen.«

Noch immer verschlafen blinzelte Anita sie an. »Kannst du das bitte noch mal wiederholen?«, sagte sie. »Ich meine, ich verstehe nicht ganz, wovon du sprichst.«

Rathina nahm Anitas Hand. »Am Abend vor deiner Vermählung waren wir zusammen in diesem Gemach«, sagte sie. »Wir sprachen über das Gedicht, mit dem wir aufgewachsen sind, das Gedicht, das wir aus Kindertagen kennen: *Nur eine kann in beide Welten, jüngste Tochter derer sieben.*«

Anita nickte. Das war das Gedicht aus dem Buch.

»Der Gelehrte des überlieferten Wissens sagte, wenn du die siebte Tochter wärst, von der in der Strophe die Rede ist, dann würden deine Kräfte an deinem sechzehnten Geburtstag erwachen.« Rathina schaute Anita in die Augen. »Und von dem Augenblick an hättest du die Gabe, zwischen dem Elfenreich und der Welt der Sterblichen hin- und herzuwandeln.« Sie drückte Anitas Hand fester. »Du solltest an deinem sechzehnten Geburtstag mit Gabriel Drake vermählt werden. Wir warteten, bis es Mitternacht schlug und dann drängte ich dich, aus unserer Welt hinaus- und in … in den anderen Ort hinüberzutreten.« Sie schüttelte den Kopf. »Es war nur ein Spiel, Tania. Ich wollte keinen Schaden anrichten. Mir wurde ganz angst und bange, als du … als du …« Bei diesen Worten versagte ihr die Stimme.

Anita überkam Mitgefühl. Fünfhundert Jahre waren eine verdammt lange Zeit, wenn man befürchtet, dass man das Verschwinden der eigenen Schwester verschuldet hatte!

»Du konntest doch nichts dafür«, sagte sie. »Ich erinnere mich an nichts von alldem, ja, genau genommen an gar nichts aus diesem ganzen Reich, außer an ein paar seltsame Dinge, die keinen Sinn für mich ergeben. Aber ich bin sicher, du wolltest nicht, dass ich verschwinde. Ich war diejenige, die zwischen den Welten hin- und herging. Ich konnte ja nicht wissen, was passieren würde.« Sie lächelte. »Natürlich können wir Freundinnen sein. Das fände ich sehr schön.«

Rathina atmete erleichtert auf und sprang vom Bett hinunter. »Die besten Freundinnen!«

Anita nickte.

»Klingt gut!«

»Dann steh auf, du Schlafmütze!«, sagte Rathina und zog Anita die Decke weg. »Es gibt heute viel für dich zu entdecken. Du kannst dich wirklich an nichts erinnern? Dann werde ich dich überall herumführen! Wir werden uns den Palast ansehen und am Abend wird dir alles wieder vollkommen vertraut sein!«

Anita krabbelte aus dem Bett. »Okay«, sagte sie. »Abgemacht. Aber wie sieht es aus mit Frühstück? Ich verhungere gleich!«

»Fürwahr, erst Frühstück«, sagte Rathina, ging ans Fenster und breitete die Arme aus. »Und dann: Hinaus in die Welt!«

Rathina nahm sie als Erstes mit in ein kleines Esszimmer, wo Diener ihnen frisch gebackenes Brot mit Butter und Käse und frisches Obst servierten. Anita trank ein Glas Milch und aß mit Genuss.

Sie hatte gehofft, dort auch Zara oder eine der anderen Schwestern vorzufinden, aber anscheinend lag Zara noch im Bett und die anderen hatten bereits vor Stunden gefrühstückt und gingen inzwischen anderen Aufgaben nach. Die Bediensteten erzählten ihnen, dass der König und mehrere wichtige Lords und Ladys des Hofes »hinter verschlossenen Türen in Klausur« säßen – was immer das heißen sollte – und es sei nicht zu erwarten, dass sie vor der Mittagszeit wieder auftauchten.

Anita nahm an, dass es sich um eine Art hochrangiges Treffen handelte. Vielleicht war das der Rat, den Oberon erwähnt hatte. Ob sie wohl mithilfe von Magie – den Mystischen Künsten – über das Königreich herrschten?

Nach dem Frühstück begann die Palasttour.

Rathina führte Anita eine lange Wendeltreppe in einen Turm hinauf. Nachdem sie sich durch eine schmale Tür gezwängt hatten, traten sie schließlich auf das zinnengesäumte Dach des Turms hinaus. Von dort aus hatten sie einen atemberaubenden Blick über die ganze Gegend und der warme Wind blies ihnen ins Gesicht.

Anita beugte sich über die Zinnen und hielt den Atem an. Der Palast war sogar noch größer, als sie ihn sich vorgestellt hatte.

Sie hatte ihn schon mal kurz auf ihrem Flug gesehen, aber da war alles so dunkel gewesen, dass sie nicht das ganze Ausmaß des Palastes hatte erfassen können.

Die roten Backsteingebäude und Höfe direkt unter ihr waren genauso angeordnet wie in Hampton Court Palace, mit großen Rasenflächen, die zum Fluss hin sanft abfielen. Und doch war der Elfenpalast viel größer als das historische Gebäude, das Anita auf dem Schulausflug gesehen hatte. Er ging weit über die Grenzen des Hampton Court Palace im London des 21. Jahrhunderts hinaus. Die großen Backsteingebäude mit den cremefarbenen Steinornamenten, den Fensterbögen und Zinnen erstreckten sich Richtung Osten, so weit das Auge reichte. Entlang des gewundenen Flusses reihte sich Turm an Turm, Mauer an Mauer und Bastion an Bastion.

Am äußersten Rand ihres Gesichtsfeldes wurde der Fluss schließlich breiter und Anita konnte gerade noch große Anlegestege und Kais und mächtige Segelschiffe ausmachen, deren hohen Masten hoch in den Himmel ragten.

Im Süden, auf der gegenüberliegenden Uferseite, schien das Land ein einziger grüner Wald zu sein, der sich endlos weit erstreckte. Ein paar Brücken spannten sich über das dahinströmende blaue Wasser, einschließlich der mit den weißen Türmen, die Anita bereits kannte. An jeder Brücke des Flusses gab es jeweils ein paar dicht gedrängte Häuschen und Anlegeplätze und Anita glaubte sogar, Straßen zu erkennen, die unter den Baumkronen entlangliefen.

»Wie heißt der Fluss?«, fragte sie mit Blick auf das kristallklare Wasser, das unter ihr im Sonnenlicht glitzerte und funkelte.

»Tamesis«, antwortete Rathina, die Anita über die Schulter blickte.

»Tamesis?«, wiederholte Anita. »Das klingt ja ganz ähnlich wie Themse.« Sie bemerkte Rathinas fragenden Blick. »So heißt der Fluss, der durch London fließt.«

»London?«

Anita schüttelte den Kopf. »Nicht so wichtig.«

Sie ging auf die andere Seite des Dachs hinüber. Im Norden begannen direkt an den Palastmauern große kunstvolle Gärten mit bunten Blumenbeeten und Sandwegen. Dahinter lagen einzelne verstreute Waldstücke, aber auch große offene Grasflächen. Das Ganze ähnelte einer weitläufigen Parkanlage. Da gab es einen See mit klarem blauem Wasser, der von Schilf und Weiden umgeben war. Zwischen einigen hohen Bäumen entdeckte Anita ein einzelnes Gebäude mit weißen Turmspitzen, dahinter schloss sich sanft gewelltes Land mit purpurrotem Heidekraut an.

Plötzlich erregte etwas Anitas Aufmerksamkeit und sie beugte sich über die Brüstung und starrte auf einen Teil des Gartens, der direkt unterhalb des Turms war, auf dem sie standen. Es war ein dreieckig angelegtes Stück Grün, und als sie genauer hinsah, bemerkte sie, dass es ein Labyrinth aus akkurat gestutzten Hecken war.

»Ist das ein Irrgarten?«

»Ja«, sagte Rathina. »Erinnerst du dich an ihn?«

»Schon«, sagte Anita. »Aber nicht von hier.« Sie sah ihre Schwester an. »Ich kenne ihn von zu Hause. Vom Hampton Court Palace.«

Rathina lächelte unsicher. »Von so einem Ort habe ich noch nie gehört – ist er fern von hier?«

»Das weiß ich nicht«, sagte Anita. »Er scheint sehr

weit entfernt und dann doch ganz nah. Er liegt in der Welt, aus der ich komme – der wirklichen … ich meine, der Welt der Sterblichen.« Es war sonderbar, diesen Ausdruck zu benutzen.

»Ah ja, von so was habe ich schon gehört«, sagte Rathina zu Anitas Überraschung. »Sancha könnte das jetzt besser erklären.«

»Was erklären?«

Rathina legte die Handflächen aneinander, sodass sie sich fast berührten. »Das Elfenreich und die Welt der Sterblichen liegen sehr nah beieinander«, sagte sie. »Und es gibt Stellen, an denen der Schleier zwischen den beiden Welten hauchdünn ist – wo das Elfenreich und die Welt der Sterblichen sich beinahe berühren.« Sie legte die Hände aufeinander und verschränkte die Finger. »Vielleicht ist das hier so eine Stelle.«

»Das würde erklären, wie ich hier gelandet bin«, sagte Anita. *Und immer wieder zurückgleite*, dachte sie. Sie lächelte Rathina an. »Und wohin gehen wir jetzt?«

»Zu den privaten Gemächern der Königin«, sagte Rathina.

Sie gingen die Wendeltreppe wieder hinunter und Arm in Arm durch eine scheinbar endlose Aneinanderreihung von Sälen, prächtigen sonnigen Höfen, schattigen efeubewachsenen Kreuzgängen und eingefassten Gärten. Anita war einiges bereits vom

Hampton Court Palace vertraut, nur dass die Anlage des Elfenreichs viel größer war und es vieles gab, was sie noch nie gesehen hatte.

Als sie schließlich in einen großen, mit Gras bewachsenen Innenhof kamen, sah Anita dort zum ersten Mal Elfenkinder.

Sie spielten miteinander und zwei junge Frauen in himmelblauen Kleidern passten auf sie auf. Es waren kleine Babys dabei und einige größere Kinder, die ältesten schätze Anita so auf neun oder zehn Jahre. Doch was sie vor allem stutzen ließ, war der Anblick langer, hauchdünner Flügel am Rücken der Kinder, die durch Schlitze in der Kleidung herausragten.

Flügel!

Sie sahen genauso aus wie die, die ihr in jener Nacht im Krankenhaus gewachsen und wieder abgefallen waren.

Eine der beiden Frauen hatte ein Kleinkind auf dem Schoß, das ungefähr zwei Jahre alt war und mit einer Strohpuppe spielte. Ab und zu warf es die Puppe weg, klatschte in die Hände und flog mit ungelenken Flügelschlägen zu der Puppe hin, um sie sich wiederzuholen.

Einmal ließen seine kleinen Flügel es im Stich und es plumpste ins Gras und weinte so bitterlich, dass die Frau zu ihm lief, es auf den Arm nahm und tröstete.

Eine Gruppe älterer Kinder spielte mit einem Ball. Sie warfen ihn hoch in die Luft und flogen abwechselnd hinterher, um ihn zurückzuholen. Andere spielten Fangen und flatterten kreuz und quer über den ganzen Hof, um nicht gefangen zu werden, wobei ihre Flügel im Sonnenlicht schillerten.

Bei dem Anblick der tobenden Kinder wurde Anita traurig. Wie schade, dass sie keine Flügel mehr hatte – es wäre herrlich, noch einmal fliegen zu können!

Dann bemerkte sie, dass die ältesten Kinder Spiele spielten, bei denen nicht geflogen wurde. Ein oder zwei von ihnen trugen sogar Kleidung, die ihre Flügel bedeckte, sodass sich Erhebungen unter den Kleidern abzeichneten.

Neugierig wandte sich Anita an Rathina. »Du hast keine Flügel, oder?«, fragte sie.

Rathina sah sie geschockt und fast ein bisschen beleidigt an. »Aber nein, Tania«, sagte sie. »Hältst du mich etwa für ein kleines Kind?«

Anita tippte sich an die Stirn. »Keinerlei Erinnerung«, sagte sie. »Schon vergessen?«

Rathina lachte. »Dann sei dir noch einmal verziehen, aber zu vermuten, dass eine erwachsene Elfe noch ihre Flügel besitzt, ist gleichbedeutend damit, dass man sie für kindisch hält.«

»Warum?«

»Wir werden mit Flügeln geboren und die ersten zehn oder zwölf Jahre unseres Lebens wachsen die Flügel mit, aber wenn wir dann erwachsen werden, welken die Flügel und schrumpfen, bis sie schließlich ganz verschwunden sind.« Sie drückte Anitas Arme. »Ich erinnere mich noch, wie du als Kind durch die Gänge geflattert bist wie eine irre Libelle – du hattest nur Unfug im Kopf. Du hast mir mal gesagt, dass du immer fliegen möchtest.« Sie lächelte. »Doch an deinem zehnten Geburtstag hast du dir ein Kleid ohne die Flügelschlitze am Rücken bestellt und danach bist du nie wieder geflogen.« Sie nickte. »Und genau so sollte es auch sein. Wir entledigen uns solcher Kindereien, wenn wir erwachsen werden.«

Anita blickte sie wortlos an. Sie hatte Rathina eigentlich von dem wundervollen Flug erzählen wollen und davon, wie atemberaubend es gewesen war, durch die Nachtluft zu sausen. Doch jetzt beschloss sie, es lieber für sich zu behalten – sie wollte nicht, dass Rathina sie für kindisch hielt. Vielleicht würde sie es ihr später einmal erzählen, wenn sie sich schon besser kannten. Oder vielleicht sollte sie es besser Zara anvertrauen. Zara war viel unbeschwerter als Rathina und möglicherweise konnte sie ihre Sehnsucht verstehen.

Die beiden Schwestern beobachteten die Elfenkinder noch eine Weile.

Anita machte es ein wenig traurig, dass deren Freude am Fliegen bald ein Ende haben würde.

Zu guter Letzt führte Rathina Anita aus dem Hof hinaus und weiter durch das schier endlos große Areal des Königspalastes.

Über eine breite, weiße Marmortreppe gelangten sie hinauf zu einer hohen kuppelartigen Vorhalle mit strahlend weißen Wänden. Vor ihnen befand sich eine hohe, weiße Flügeltür. Rathina hatte bereits seit mehreren Minuten geschwiegen. Jetzt blieb sie mit gesenktem Kopf vor der Tür stehen.

»Die privaten Gemächer unserer Mutter«, sagte sie leise. »Wir kommen nur selten hierher. Es ist zu traurig. Doch ich denke, du solltest sie sehen.«

Sie berührte mit den Fingerspitzen die Türen, die daraufhin geräuschlos aufschwangen.

Anita trat über die Schwelle und blickte sich um. Der Raum war sehr groß, mit einer hohen stuckverzierten Decke. Die Läufer und Teppiche waren alle entweder weiß oder elfenbeinfarben, das helle Holz fast cremefarben, die gepolsterten Stühle und Sofas leuchteten so weiß wie Schnee.

Mehrere Türen gingen von dem Raum ab und auf der anderen Zimmerseite waren große Fenster, die vom Boden bis zur Decke reichten. Davor bauschten sich weiße Spitzenvorhänge, denn eines der großen Fenster stand halb offen und eine leichte Brise wehte in den Raum.

Verteilt im Raum standen persönliche Gegenstände: ein Stickrahmen mit aufgespanntem weißem Leinen, das Stickmuster war halb fertig. In einer Ecke stand eine Harfe und auf einem niedrigen Tischchen lag ein aufgeschlagenes Buch.

Rathina ging zu einer Glasglocke hinüber, die auf einem kleinen runden Tischchen stand. Unter dem durchsichtigen Glas lag eine herrliche Krone aus Kristall, die ganz mit schwarzen Edelsteinen besetzt war. Rathina berührte das Glas vorsichtig.

Anita stellte sich neben sie. Diese fein gearbeitete Krone hatte sie schon einmal gesehen, und zwar auf dem Kopf der Königin. Das war ganz zu Anfang gewesen, als sie gerade im Elfenreich angekommen war und Gabriel ihr durch seinen Zauber einen Blick auf den Palast erlaubt hatte, wie er vor dem Einbruch der Großen Dämmerung vor fünfhundert Jahren ausgesehen hatte.

Mit einem Seufzer wandte sich Rathina ab.

Anita kam es vor, als hätte die Elfenkönigin den Raum gerade erst vor ein paar Sekunden verlassen und als könnte sie jeden Augenblick hereinkommen. Es war nahezu unglaublich, dass diese wunderbaren Gemächer seit fünfhundert Jahren leer standen und ihre Eigentümerin tot sein sollte.

»Kannst du dich überhaupt noch an unsere Mutter erinnern?«, fragte Rathina mit gedämpfter Stimme.

Anita runzelte nachdenklich die Stirn. Doch sie konnte Titanias Bild nicht vor ihrem inneren Auge heraufbeschwören und auch keinen Bezug zu der Königin herstellen, die diese Gemächer einst bewohnt hatte.

Dann fiel ihr ihre eigene Mutter ein und schlagartig

überkam sie Heimweh. Wie lange es wohl noch dauern würde, bis sie aufwachte und zurück bei ihrer Familie wäre?

Sie schüttelte den Kopf. »Nein, gar nicht«, sagte sie. »Lass uns gehen.«

Sie setzten ihre Palasttour fort, aber die Melancholie der Königingemächer schwang noch eine Zeit lang nach, sodass es eine Weile dauerte, bevor Anita das Wort ergriff.

»Und jetzt?«

»Würdest du gern Cordelias Menagerie sehen?«, fragte Rathina.

»Das wäre genial.« Eine Menagerie klang faszinierend und vielleicht würde es sie etwas aufmuntern, wenn sie etwas Zeit mit den Tieren verbrachte.

Das Innere des Palasts war viel zu komplex, als dass Anita genau hätte sagen können, wo sie sich befand: Überall gab es gewundene Gänge, Räume, die wiederum in andere Räume führten, und geschwungene Treppen. Allerdings merkte Anita, dass Rathina sie auf dem gleichen Weg zurückführte, den sie gekommen waren. Als sie gerade an einigen hohen Fenstern entlanggingen, klatschten plötzlich von draußen Hände ans Fenster und ein kleines lausbübisches Gesicht erschien hinter der Glasscheibe. Anita erschrak, doch das Gesicht verschwand gleich wieder.

Als sie durch das Fenster nach unten blickte, sah sie, dass sie sich jetzt direkt über dem Hof mit den spielenden Kindern befanden. Das Kind, das sie so erschreckt hatte, flatterte gemächlich wieder zurück zum Boden, da eine der Frauen nach ihm rief.

Als die beiden Schwestern einen großen, kopfsteingepflasterten Hof mit einem Steinbrunnen in der Mitte durchquerten, erkannte Anita auf der anderen Hofseite den viereckigen, von dichtem Efeu überwucherten Turm mit dem spitz zulaufenden Dach wieder. »Ist das nicht der Turm, in dem Eden lebt?«

»Fürwahr, das ist er«, sagte Rathina. »Aber unser Weg führt durch dieses Tor hier.« Sie deutete auf einen Ausgang, der in die entgegengesetzte Richtung verlief.

Trotzdem blieb Anita stehen und blickte an dem düsteren Turm mit der efeuberankten Mauer und den kleinen dunklen Fenstern empor. Sie versuchte sich vorzustellen, wie es wohl sein mochte, fünfhundert Jahre lang an einem solchen Ort zu leben.

Sie konnte nicht verstehen, warum Eden nicht wenigstens aus dem Turm herausgekommen war, als Tania ins Elfenreich zurückgekehrt war: Alle anderen hatten sich gefreut, sie zu sehen – warum nicht Eden? Vielleicht wusste sie gar nicht, dass ihre lang verschollene Schwester zurück war. Nun, das ließ sich leicht ändern.

Anita ging näher an den Turm heran.

»Tania, komm da weg!«, rief Rathina.

Beschwichtigend hob Anita eine Hand und ging, ohne sich umzusehen, auf den Turm zu. »Bin gleich wieder da«, rief sie.

Am Fuß des Turms führten drei ausgetretene Steinstufen zu einer viereckigen schwarzen Tür hinauf, die mit langen Efeuranken halb zugewachsen war. In der Nähe des Eingangs gab es keine Fenster. Als Anita um eine Ecke ging, entdeckte sie dort ein großes rundes Fenster. Es war ebenfalls halb mit Efeu zugewuchert und das Glas war dunkel und schmutzig, aber darunter konnte man farbiges Glas erkennen – es erinnerte Anita an ein buntes Kirchenfenster. Anita stellte sich direkt darunter und versuchte in das Innere des Turms zu sehen. Der niedrige geschwungene Sims befand sich auf Schulterhöhe, aber das Fensterglas spiegelte so sehr, dass Anita zunächst kaum etwas erkennen konnte.

Sie rieb mit der Hand darüber und spähte dann abermals angestrengt hinein. Erschrocken hielt sie den Atem an, als sie eine dunkle Gestalt, die eine Art dunkler Kutte oder Umhang mit Kapuze trug, im Inneren entdeckte.

»Eden?«, flüsterte Anita kaum hörbar. Von der düsteren Gestalt ging eine derartige Verzweiflung und Trauer aus, dass ihr ein kalter Schauder über den Rücken lief. Ein beklemmendes Gefühl breitete sich in ihr aus.

Auf einmal zerrte jemand sie am Handgelenk von dem Fenster weg.

»Hier sollten wir uns nicht aufhalten«, schimpfte Rathina mit Anita, die angesichts des hellen Sonnenlichts im Hof blinzeln musste.

»Ich habe etwas gesehen«, sagte Anita, während sie von Rathina weiter über den Hof gezogen wurde. »Durch das runde Fenster. Ich bin mir nicht sicher, was es war.«

»Dieser Raum ist der heilige Ort unserer Schwester«, sagte Rathina. »Dort hat sie vor langer Zeit die Mystischen Künste praktiziert.« Ihr Tonfall klang bestimmt. »Wir gehen dort nicht hin, Tania. Diesen Ort muss man meiden.«

»Ja, verstehe. Tut mir leid.« Anita warf einen hastigen Blick zurück. Flüchtig meinte sie ein Gesicht am oberen Fenster zu sehen, aber gleich darauf war es wieder verschwunden und sie war sich nicht ganz sicher, ob es nicht vielleicht nur ein Schatten gewesen war.

Die beiden Schwestern gingen einen Gang entlang und durchquerten einen luftigen Raum, dessen Türen sich zum sonnenbeschienenen Palastgarten öffneten.

Ein Netzwerk aus gelben Wegen teilte den gestutzten Rasen und die vielen Blumenbeete, die von Statuen, Springbrunnen und Reihen schmaler, akkurat geschnittener Bäume gesäumt wurden.

Rathina führte sie einen Pfad entlang, der unterhalb der Palastmauern verlief, um hohe Rhododendronbüsche herumführte und sich schließlich vor dem Labyrinth verbreiterte.

Das Labyrinth sah dem vom Hampton Court Palace zum Verwechseln ähnlich. Es schien eine exakte Kopie zu sein, nur dass es hier keine Schilder und keine metallenen schwarzen Drehkreuze vor dem Eingang gab.

Anita spähte durch die hohen, raschelnden Hecken. »Wir waren mal auf einem Schulausflug hier«, sagte sie. »Ich bin reinmarschiert und hab schnurstracks den Weg in die Mitte gefunden, als hätte ich das schon tausendmal gemacht.« Sie sah Rathina an. »Seltsam, was?«

»Wir haben hier früher Verstecken gespielt«, sagte Rathina. »Zara, Cordelia, du und ich – als Kinder.«

»Und die anderen nicht?«

»Sancha manchmal auch, wenn wir sie von ihren Büchern weglocken konnten«, antwortete Rathina. »Aber Hopie und Eden waren schon damals viel zu erwachsen und konnte nur selten zum Spielen überredet werden.« Sie lächelte. »Du hast fast immer gewonnen – auch wenn du oft geschummelt hast, indem du einfach über die Hecken geflogen bist.«

»Ich war damals wohl ziemlich dickköpfig, was?«, sagte Anita.

»Allerdings.«

Während Anita auf den von grünen Hecken gesäumten Fußweg starrte, überkam sie eine flüchtige Erinnerung daran, wie sie zwischen den Büschen hin und her flatterte, während ihr die Schwestern kichernd hinterherjagten.

Sie schüttelte den Kopf. Das war nicht wirklich. Nicht echt.

Aus dem Inneren des Irrgartens drangen mehrere Kinderstimmen.

»Sie spielen, so wie wir früher«, sagte Rathina. »Möchtest du gern hinein?«

Anita schüttelte den Kopf. Der Anblick des Labyrinths hatte ihr den Schulausflug lebendiger als je zuvor ins Gedächtnis gerufen.

Direkt nach dem Ausflug hatte sie Evan zum ersten Mal gesehen. In dieser Traumwelt jedoch liebte Evan sie nicht – er hatte sie angelogen und sie wie eine Vollidiotin dastehen lassen, und daran wollte sie auf gar keinen Fall denken.

Die beiden Mädchen durchquerten einen Obsthain und gelangten zu ein paar niedrigen Holzhäusern mit reetgedeckten Dächern. Die Häuser standen am Rand einer weiten Fläche aus Koppeln und kleinen Teichen, die durch Bäume oder niedrige Zäune aus Korbgeflecht voneinander getrennt waren.

Anita sah Rehe, Ziegen, Schafe und Kühe mit langen Hörnern und zottelig braun-weißem Fell friedlich nebeneinander grasen. In den Teichen tummelten sich

Biber und Otter, in den Bäumen Eichhörnchen, Marder und langgliedrige Affen.

Als Anita und Rathina vorbeigingen, sahen die Tiere sie mit ihren schwarzen Knopfaugen an. Schwäne glitten auf dem Teich dahin, Gänse und Enten watschelten am Ufer auf und ab. Raben, Turmfalken und Milane hockten wachsam auf den Zäunen und graue Tauben flatterten graziös in ihren Taubenschlag hinein und heraus.

Eine kleine braune Ziege kam zu Anita und beschnupperte ihre Hand. Das Tier blickte sie mit sanften Augen an und Anita blieb kurz stehen, um ihr die langen, weichen Ohren zu streicheln.

»Tania, trödle doch nicht so«, sagte Rathina, die weitergegangen war. »Meine Güte, du hast dich kein bisschen verändert.«

»Ich mag Tiere nun mal«, verteidigte sich Anita und bemühte sich, Rathina wieder einzuholen.

Plötzlich raschelte es und Anita sah ein großes braunes, eidechsenähnliches Wesen durchs hohe Gras schießen. Anita schätzte, dass es zusammen mit dem langen, hin und her schwingenden Schwanz bestimmt über einen Meter lang war.

»Das ist ein Salamander«, erklärte Rathina ihr. »Nimm dich in Acht: Er speit Feuer. Wenn man ihm zu nahe kommt, verbrennt man sich.«

»Wirklich?« Anita starrte dem Tier überrascht nach, das hin und her zuckend verschwand.

Wenige Augenblicke später bemerkte sie einen reetgedeckten Stall mit verriegelter Tür. Durch ein kleines Fenster, das sich etwas mehr als einen Meter über dem Boden befand, schaute ein glitzerndes rotes Auge hinaus und beobachtete die beiden Mädchen.

»Was ist da drin?«, fragte Anita.

»Ein Basilisk«, sagte Rathina. »Er ist krank. Cordelia glaubt, dass sie ihn gesund pflegen kann, dann will sie ihn hinauf in die Berge bringen und wieder aussetzen.«

»Was ist ein Basilisk?«, fragte Anita und trat sofort interessiert näher ans Fenster.

Doch Rathina antwortete nicht. Als Anita sich umblickte, sah sie, dass ihre Schwester ein Stück weitergegangen war, sich über einen niedrigen Zaun beugte und einigen Ottern am schlammigen Ufer eines Teichs beim Spielen zusah.

»Hallo«, flüsterte Anita und bückte sich leicht, um durch das Fenster in der Stalltür zu sehen. »Wer bist du denn?« Sie klopfte sanft an das Glas. Das rote Auge hatte sich in die Dunkelheit zurückgezogen, aber Anita hatte noch immer das Gefühl, mit großem Misstrauen beäugt zu werden. »Hab keine Angst«, sagte sie. »Ich tu dir nichts.«

Da rumpelte es auf einmal im Stall und das Wesen machte einen Satz auf das Fenster zu. Ein scharfer gebogener Schnabel stieß gegen das Glas und ein blutrotes Auge starrte sie an.

Erschrocken wich Anita zurück, stolperte – konnte aber gleichzeitig den Blick nicht von dem Auge des Basilisken abwenden. Ihr wurde schwindlig und ihre Glieder fühlten sich mit einem Mal ganz schwer an. Sie versuchte sich aufzurappeln, aber sie hatte keine Kraft mehr in den Beinen. Anita starrte in das Auge, während das Blut in ihren Schläfen pochte.

Ihre Brust schmerzte, als würde eine Faust ihr Herz zerquetschen.

Das Rauschen in ihrem Kopf begann wieder nachzulassen. Eine rote Dunkelheit senkte sich über ihre Augen. Ihr wurde eiskalt.

»Mylady!« Aus weiter Ferne vernahm sie eine Stimme. »Mylady, seht mich an!« Ein Gesicht tauchte vor ihr auf.

»Gabriel?« Sie hatte das Gefühl, als habe man eine schwere Last von ihr genommen. Langsam kam sie wieder zu sich, überrascht über das helle Tageslicht blinzelte sie. Sie lag ausgestreckt am Boden und Gabriel kniete neben ihr, rüttelte sie an der Schulter und sah sie ängstlich an.

»Was ist denn passiert?«, stieß sie hervor.

»Könnt Ihr aufstehen?«

»Ja, ich glaube schon.«

Er half ihr auf. Ihre eingeschlafenen Beine schmerzten bei jedem Schritt, während sie mit Gabriel zu dem Pfad zurückging, wo Rathina wartete. Sie wirkte bestürzt und starrte Anita mit großen Augen an.

»Cordelia, ist das ein angemessenes Benehmen?«, schalt Rathina sie. »Das sind Arbeitstiere und keine albernen Schoßhündchen. Was würde Vater dazu sagen, dass du sie so verwöhnst?«

Cordelia lachte und versuchte die quirligen Welpen von ihrem Schoß zu schieben. »Ach, für ihre Ausbildung bleibt noch genügend Zeit, jetzt dürfen sie spielen«, sagte sie. »Tania! Bitte hilf mir – ich komme nicht mehr hoch!« Sie lachte laut auf, als die Welpen sie nicht gehen lassen wollten und immer wieder an ihr hochsprangen, sodass sie das Gleichgewicht verlor.

Anita lief zu ihnen hinüber und sank auf die Knie. Binnen weniger Sekunden saß ihr schon ein kleiner zappliger Welpe auf dem Schoß und leckte ihr mit seiner feuchten Zunge übers Gesicht. »Die sind ja total süß!«, stieß sie hervor, als von der Seite ein weiterer Welpe auf sie sprang.

»Was seid ihr doch für Kinder!«, rief Rathina lachend. »Also, ich muss mich derweil ernsteren Angelegenheiten widmen! Ich werde Maddalena im Stall satteln lassen und dann werden wir draußen im Koboldmoor ein paar Sprünge wagen.« Sie suchte Anitas Blick. »Ich überlasse dich deinen neuen Freunden«, sagte sie. »Und denkt daran, Euch vor dem Mittagessen die Hände zu waschen und Euch umzuziehen. Ich werde mich nicht an einen Tisch mit Schwestern setzen, die nach Hund stinken.« Dann ging sie mit einem letzten Kopfschütteln in Richtung der Stallungen davon.

Cordelia setzte sich auf und lächelte Anita an. »Die anderen Hunde müssen spazieren geführt werden«, sagte sie. »Würdest du gerne mitkommen?«

»Natürlich«, sagte Anita, setzte vorsichtig die Welpen ins Gras und rappelte sich auf.

Ein paar besonders wagemutige Welpen folgten ihnen, bis Cordelia sie streng ermahnte und sie folgsam zu ihrer Mutter zurücktapsten.

Die beiden Schwestern gelangten durch ein weiteres Tor in einen umzäunten Bereich voll mit langbeinigen Hunden, die bei Cordelias Anblick sofort anfingen zu bellen, um hinausgelassen zu werden.

Cordelia öffnete das Tor und plötzlich standen Anita und sie knietief zwischen lauter Hundenkörpern. Die Hunde hatten einen breiten Brustkorb, kräftige, muskulöse Flanken und dünne Schwänze. Ihre Köpfe waren klein, mit langen schmalen Schnauzen und großen klugen Augen.

Auf ein Wort von Cordelia lief das ganze Rudel los und rannte kläffend in Richtung der Felder.

Anita und Cordelia jagten hinter ihnen her. Ab und zu rief Cordelia ihnen etwas zu, sodass das Rudel entweder nach links oder rechts schwenkte oder ganz stehen blieb, während die beiden Schwestern aufholten.

Ein Hund scherte aus der Meute aus und rannte auf eine Baumgruppe zu.

»Pyewhacket!«, rief Cordelia. »Komm zurück!«

Der Hund hielt zögernd inne und trottete dann langsam mit gesenktem Kopf auf sie zu. Er setzte sich zu ihren Füßen und starrte sie mit seinen großen bernsteingelben Augen an.

»Du musst lernen, meinen Befehlen zu gehorchen«, sagte Cordelia zu dem Hund. »Möchtest du denn nicht der königlichen Meute angehören, wenn du alt genug bist?«

Der Hund winselte erst leise, dann bellte er.

»Diese Geschichte habe ich schon mal von dir gehört«, sagte Cordelia streng. »Aber für solche Welpengeschichten bist du wahrlich schon zu alt! Fort mit dir – geh und warte bei den anderen.«

Während der Hund zum Rest des Rudels hinüberlief, blickte er hin und wieder schuldbewusst zurück.

»Entschuldige, wenn ich so dumm frage«, sagte Anita. »Aber hast du gerade wirklich verstanden, was der Hund gesagt hat?«

»Fürwahr«, sagte Cordelia. »Er hat mir erzählt, dass ihn Will-o'-the-wisp und Fletch dazu angestachelt hätten – er gibt immer anderen die Schuld für seine Missetaten.« Sie lächelte. »Dass ich die Sprache aller Tiere verstehen kann, ist meine spezielle Gabe«, fügte sie hinzu.

Anita starrte sie an. Ihr fiel nichts ein, was sie darauf hätte erwidern können. Welche weiteren Überraschungen hielt diese erstaunliche Traumwelt wohl noch für sie bereit?

Sie gingen weiter und jetzt stieg der Weg durch die Wiesen in sanftem Schwung an. Es dauerte nicht lange, da hatten sie die Menagerie und die dazugehörigen Gebäude hinter sich gelassen. Anita drehte sich um, schirmte mit der Hand die Augen vor der Sonne ab und warf einen Blick zurück zum Palast. Und wie sie da so stand, den Wind in den Haaren, den Geruch nach Hunden und Gras in der Nase und das weite, offene Land des Elfenreichs im Rücken, wurde sie mit einem Mal von tiefer Zufriedenheit und einem Gefühl der Zugehörigkeit überwältigt.

Sie wandte sich an Cordelia, die ein kleines Stück entfernt neben einigen Hunden den Hang hinauflief.

»Es ist meine Bestimmung, hier zu sein!«, rief sie begeistert ihrer Schwester zu. »Gabriel hatte Recht! Das ist mein Zuhause ...«

In diesem Augenblick begann der Boden unter ihren Füßen zu brodeln und die Welt geriet ins Wanken. Die Wiese, Bäume, Hügel und der Himmel lösten sich vor ihren Augen auf. Wind toste um sie herum und ihr wurde so schwindlig, dass sie das Gleichgewicht verlor und taumelte.

»Nein!«

Das Elfenreich bebte unter ihren Füßen und mit einem Mal hörte sie lauten Verkehrslärm und unter ihren Füßen befand sich harter Asphalt.

Sie stand mitten auf einer stark befahrenen Straße zwischen lauter Fahrzeugen, die wilde Ausweichmanöver vollführten, um sie nicht zu erwischen. Ein Hupen ertönte und der Fahrer eines weißen Lieferwagens schrie sie wütend durch sein offenes Fenster an.

Anita blickte sich verzweifelt um, sie war vollkommen desorientiert und panisch. Wieder ertönte ohrenbetäubendes Hupen, diesmal hinter ihr, und sie wirbelte herum. Ein Bus kam geradewegs auf sie zu. Der Fahrer starrte sie entsetzt an und riss das Steuerrad herum. Doch es war zu spät – der Bus fuhr zu schnell. Es gab keine Möglichkeit, ihr auszuweichen.

Instinktiv hob Anita die Arme, um ihren Kopf zu schützen.

Soeben war sie aus ihrem Traum erwacht: Anscheinend war sie in einer Art Blackout aus dem Krankenhaus spaziert – und gerade noch zu Bewusstsein gekommen, bevor sie überfahren wurde.

VIII

Der Zusammenstoß fühlte sich so an, als würde Anita gegen eine heranrasende Wand prallen – der Schmerz schien sie zu zerreißen. Sie schrie auf. Dann wurde es dunkel um sie.

Sie spürte, wie sie sich überschlug, und noch während des Sturzes sah sie unter sich ein fahles Licht. Es kam rasend schnell näher und in diesem bläulichen Licht war ein Gesicht zu erkennen.

Anita kehrte mit einer Wucht ins Elfenreich zurück, die ihr den Atem nahm. Sie stand wieder auf dem grasbewachsenen Hügel, zahlreiche Hunde liefen ihr um die Beine herum und Cordelia starrte ihr sorgenvoll ins Gesicht. »Tania? Was ist los?«

Anita war abwechselnd heiß und kalt. Sie sackte zusammen und sank auf die Erde.

Cordelia kniete neben ihr. »Soll ich Hopie holen?«

»Nein«, brachte Anita krächzend hervor. »Es ist

alles in Ordnung. Mir geht's gut.« Sie sah Cordelia ins Gesicht. »War ich verschwunden?«

»Verschwunden? Das weiß ich nicht.« Cordelia befühlte Anitas Stirn. »Ich war mit den Hunden beschäftigt. Ich habe mich erst zu dir umgedreht, als ich deinen Schrei hörte. Du sahst aus, als wäre etwas Entsetzliches geschehen. Was ist passiert?«

Anita wischte sich mit dem Handrücken über den Mund und setzte sich auf. »Das ist schwer zu erklären«, sagte sie. Langsam ließ zwar das Zittern nach, aber ihre Hände und Füße kribbelten. Obwohl ihr Kopf dröhnte, lächelte sie schwach. »Hilf mir bitte auf.«

Cordelia reichte ihr die Hand und Anita stand auf. Sie atmete tief durch.

»Ich würde gern wissen, was dich plagt«, sagte Cordelia mit ernster Stimme.

»Du würdest mir nicht glauben, auch wenn ich es dir erzählte«, warnte Anita sie.

Cordelia runzelte die Stirn. »Wenn du mir die Wahrheit sagst, werde ich dir glauben.« Sie zeigte auf eine grasbewachsene Anhöhe, die von einem großen Eichenbaum überschattet wurde. »Komm, wir setzen uns dorthin und du erzählst mir alles.«

Anita lächelte ernst. »Na gut«, sagte sie. »Du hast es so gewollt.«

Sie lehnten sich mit dem Rücken an den Eichenstamm, während die Hunde um sie herumliefen und im Gras herumschnüffelten. Die Anwesenheit der Tiere war seltsam tröstlich für Anita, die mit geschlossenen Augen sprach.

»Die Sache ist die«, begann sie, »dieser Ort hier, diese ganze Welt, ist nur ein Traum. In Wirklichkeit liege ich in diesem Moment im Krankenhaus. Vielleicht bin ich in eine Art Koma gefallen. Oder sie haben mir irgendwelche Medikamente gegeben, von denen ich diese ganzen verrückten Sachen träume.« Sie hielt inne und wartete auf eine Reaktion von Cordelia, doch die schwieg. »Du denkst, ich bin verrückt, oder?«, sprach sie in die Stille hinein. Sie schlug die Augen auf und sah ihre Schwester an. »Du denkst, ich bin verrückt.«

Cordelia schüttelte langsam den Kopf. »Das denke ich nicht, Tania«, sagte sie. »Aber ein Teil von dir ist wohl noch immer verschollen.«

Anita seufzte. »Na ja, natürlich kannst du mir nicht glauben«, sagte sie. »Du gehörst ja auch in die Traumwelt. Und mir gefällt es hier, Cordelia, wirklich. Aber ich kann nicht den Rest meines Lebens in einem Traum verbringen. Ich muss aufwachen – und wenn ich aufwache, wird dies alles«, sie machte eine ausholende Geste, »verschwunden sein.« Sie schluckte schwer. »Ich werde wieder in der echten Welt sein, in der mein Freund vermisst wird.« Sie runzelte die Stirn. »In diesem Traum ist er nicht verschwunden. Er ist hier – aber ich träume alles ganz falsch. Hier liebt er mich nicht ... und ...« Ihre Stimme wurde brüchig. Ihre

Emotionen drohten sie zu überwältigen. »... und ich will nur, dass es endet. Ich möchte nach Hause!«

Cordelia blieb eine Weile stumm. »Dies ist kein Traum«, sagte sie schließlich. »Das Elfenreich ist so echt wie die Welt der Sterblichen.«

»Nein, ist es nicht«, beharrte Anita. »Ich war gerade in der echten Welt, genau das ist nämlich eben passiert. Ich bin aufgewacht!«

Cordelia blickte sie ruhig an. »Du bist nicht aufgewacht, Tania. Du bist von unserem Reich in die Welt der Sterblichen hinübergewechselt – wozu nur du allein die Fähigkeit hast.«

Anita schüttelte den Kopf. »Ich bin aufgewacht«, wiederholte sie mit Nachdruck. »Du wirst es mir nie glauben, aber genau das ist passiert.«

»Und wie ist es dir in der Welt der Sterblichen ergangen?«, fragte Cordelia.

»Nicht besonders gut«, entgegnete Anita. In ihrer Erinnerung sah sie wieder den Bus vor sich, der auf sie zuraste. »Ich bin überfahren worden von ...« Ihr versagte die Stimme. Sie hatte mitten auf der Straße gestanden und einen Unfall gehabt. »Eigentlich müsste ich tot sein«, flüsterte sie. »Normalerweise stirbt man bei so einem Aufprall.« Diesen Zusammenstoß konnte sie unmöglich überlebt haben – und doch war sie hier. Anita rollte sich zusammen wie ein Igel und verbarg das Gesicht in den Händen. »Das ist doch total verrückt«, murmelte sie. »Was geschieht bloß mit mir?«

Das musste ein Traum sein. Musste! Sonst wäre alles, woran sie sich aus ihrem Leben erinnerte – ihre Eltern, Evan, Jade und ihre anderen Freundinnen –, alles, was sie jemals gesagt oder gefühlt oder erlebt hatte, für immer verloren.

»Du gehörst ins Elfenreich«, sagte Cordelia liebevoll. »Du bist Prinzessin Tania, meine jüngste Schwester, die endlich zu uns zurückgekehrt ist.« Sie berührte Anita am Arm. »Dass du erst vor ein paar Augenblicken zwischen den Welten hin- und hergegangen bist, ist nur ein weiterer Beweis dafür, dass ich Recht habe. Im Moment bist du vielleicht noch nicht in der Lage, die Gabe zu kontrollieren, aber das wirst du lernen.«

»Nein!«, rief Anita. »Nein! Nein! Nein!« Sie rappelte sich auf. »Hör auf damit!«, schrie sie. »Du existierst nicht wirklich!«

Sie rannte blindlings den Hang herab, während ihr Tränen über die Wangen liefen. Sie hörte, wie Cordelia ihr etwas hinterherrief, aber schon bald wurde die Stimme leiser und Anita lief weiter, ohne darauf zu achten wohin. Sie durchquerte rauschende Wäldchen und weite Wiesen, rannte und rannte, bis ihre Lungen brannten und sie furchtbares Seitenstechen hatte.

Schließlich wurde das Land flacher, bis vor Anita schließlich wogendes Schilf schulterhoch aufragte. Sie kämpfte sie sich vorwärts, indem sie das Schilf mit den Händen auseinanderschob und mit den Füßen zertrampelte.

Doch egal, wie schnell sie lief, und egal, wie weit sie rannte, sie konnte diese Welt nicht verlassen – sie befand sich immer noch im Elfenreich. Irgendwann stolperte sie vor Erschöpfung und fiel mit dem Gesicht voran hin.

Ihre Hände berührten Wasser und nach einer Weile stützte sie sich auf alle viere und schob den Schilfvorhang beiseite. Vor ihr lag ein großer See. Mauersegler schossen über das ruhige Wasser. Überall um Anita herum zirpten Grillen und Insekten schwebten über der schimmernden Wasseroberfläche.

Auf der anderen Uferseite sah Anita schlanke weiße Turmspitzen aus den Baumwipfeln ragen.

Das war das Gebäude, das sie heute Nachmittag vom Dach des Turms gesehen hatte: das allein stehende weiße Gebäude.

Sie stand auf und bahnte sich den Weg zurück durch das niedergetrampelte Schilf, bis sie wieder festen Boden unter den Füßen hatte. Dann ging sie am Seeufer entlang zu dem Bau. Eine seltsame Ruhe überkam sie, als hätte ihr die Anstrengung des Laufens alle Ängste genommen. Jetzt hatte sie nur noch einen Gedanken: das einzeln stehende Gebäude zu erreichen.

Schließlich tauchte der weiße Bau vor ihr auf, umgeben von schlanken silberfarbenen Birken. Er stand auf einem glänzend weißen Marmorsockel und polierte Steinstufen führten hinauf zu einem massiven

Eingang mit einem Vordach, das von weißen Säulen gestützt wurde. Die Türmchen ragten in den Himmel über den Baumwipfeln.

Mit Herzklopfen stieg Anita die Stufen hinauf. Das Mausoleum war etwa zwölf oder fünfzehn Meter hoch, sodass Anita sich daneben ganz klein fühlte. Sie ging auf den riesigen offenen Eingang zu, der viermal so hoch war wie sie. Dort blieb sie stehen und starrte zum Türsturz hinauf, denn in den weißen Stein war etwas eingraviert:

TITANIA. GELIEBTE EHEFRAU.
GELIEBTE MUTTER. GELIEBTE KÖNIGIN.

Jetzt wusste sie, worum es sich bei diesem allein stehenden Gebäude handelte: Es war das Mausoleum, von dem ihr Sancha und Zara in Mistress Mirrlees Atelier erzählt hatten. Das große Mausoleum, das der König im Andenken an seine Frau errichtet hatte. Das leere Grabmal der Frau, die in dieser Traumwelt Anitas tote Mutter war.

Bebend betrat Anita das stille Gebäude. Direkt vor ihr stand eine lebensgroße Frauenstatue, die so bemalt war, dass sie fast lebendig wirkte.

Die Skulptur trug ein langes hellblaues Kleid. Die Frau lächelte und hatte einladend die Arme ausgebreitet. Ihr Gesicht war herzförmig mit einem breiten

Mund und hohen, schräg stehenden Wangenknochen und ihre Augen waren grün. Auf ihrem langen roten Haar saß eine mit Edelsteinen besetzte Kristallkrone.

Anita ging näher heran, betrachtete das vertraute Gesicht und blickte in die Augen.

Ihr Herz setzte einen Schlag lang aus.

Die Zeit blieb stehen.

Die Augen hatten kleine goldene Sprenkel auf der der Iris.

»Nein!«

Anita wich zurück.

Ihr fiel plötzlich wieder ein, was Oberon an jenem ersten Tag auf dem Boot zu ihr gesagt hatte: »Du bist noch genau so, wie ich dich in Erinnerung habe – das Ebenbild deiner Mutter.«

Das Gesicht der Statue hätte ihr eigenes sein können.

»Das ist total verrückt!«, rief Anita und die Worte hallten im Inneren des Mausoleums wieder. Verrückt. Verrückt. Verrückt. »Ich bin nicht deine Tochter!« Tochter. Tochter. Tochter.

Panisch drehte sie sich um und rannte von der Statue weg – sie wollte nicht länger in dieses Gesicht blicken.

Doch plötzlich gab der Boden unter ihr nach und ihr Fuß fand keinen Halt mehr. Sie bemerkte zu spät, dass sie am oberen Absatz der langen Marmortreppe angelangt war und stürzte die Stufen hinunter.

In ihrem Kopf dröhnte es. Schulter und Rippen taten ihr weh und das rechte Bein schmerzte heftig.

Hinter ihren geschlossenen Lidern war es hell.

Sie stöhnte. Der Schmerz war echt, daran gab es keinen Zweifel – so echt wie der Schmerz, den sie gespürt hatte, als sie nach dem Unfall auf der Themse zum ersten Mal aufgewacht war.

»Na endlich!« Sie zwang sich, die Augen zu öffnen, da sie davon überzeugt im Krankenhaus aufzuwachen.

Über ihr jedoch befand sich ein wolkenloser blauer Himmel und unter ihren Fingern spürte sie Gras.

»Oh nein! Bitte nicht!«

»Pst, meine Schwester«, erklang eine sanfte Stimme und ein Gesicht tauchte vor Anita auf. Sie erkannte Hopie, die sich über sie beugte, sodass das braune Haar ihr ins Gesicht fiel. Sie legte eine kühle Hand auf Anitas Stirn.

Anita schlug die Hände vors Gesicht. »Ich bin ja immer noch hier«, sagte sie leise. »Wie ist das möglich?«

»Ist sie schwer verletzt?« Das war Cordelia.

»Sie hat sich nichts gebrochen«, sagte Hopie. »Das war ein schwerer Sturz, aber es hätte schlimmer kommen können. Was hat sie hier gemacht?«

»Das weiß ich nicht«, sagte Cordelia. »Sie ist einfach losgerannt. Ich bin ihr gefolgt, aber sie ist wie eine Wilde immer weiter und weiter gelaufen. Die

Hunde haben sie dann hier am Fuß der Treppe gefunden. Sie war ohnmächtig, also habe ich ihr die Hunde zum Schutz dagelassen und dich geholt.«

»Tania? Kannst du aufstehen?«

»Lasst mich in Ruhe«, stöhnte Anita.

»Tania, komm jetzt!«, mahnte Hopie. »Du bist nicht so schwer verletzt, als dass du nicht aufstehen könntest. Cordelia und ich werden dich stützen. Wir müssen dich in mein Gemach bringen, dort habe ich Kräuter und Tränke, die dir Linderung verschaffen werden.«

»Geht weg«, flüsterte Anita leise, aber sie fühlte, wie sie aus dem Gras hochzogen wurde. Vorsichtig trat sie auf. Schulter, Rippen und Bein schmerzten noch immer, aber mit Hopies Hilfe konnte sie aufstehen.

»Gut«, sagte Hopie. »Stütz dich beim Gehen auf uns. Sei tapfer, Tania. Alles wird gut.«

Es schien eine Ewigkeit zu dauern, bis Anita sich endlich auf dem kühlen Laken in Hopies Schlafgemach ausstrecken konnte. Jemand strich ihr über die Stirn.

»Hopie ist gleich wieder da«, sagte Cordelia. »Sie hat Medikamente und Salben, um den Schmerz zu lindern.«

Anita hatte sich den Arm über die Augen gelegt. Sie

war erschöpft und hatte zu starke Schmerzen, um etwas zu erwidern.

Undeutlich bekam sie mit, dass jemand in den Raum trat, aber sie ließ die Augen geschlossen.

»Wie geht es ihr?« Das war Hopies Stimme.

»Einigermaßen«, entgegnete Cordelia.

»Hm. Hilf ihr, sich aufzusetzen – sie muss das hier trinken.«

»Lasst mich los!« Anita stöhnte, als Hände sie zum Sitzen aufrichteten. »Ich will nichts.«

Hopies Stimme klang streng. »Trink!«

Anita öffnete gehorsam den Mund. Die Flüssigkeit, die ihr eingeflößt wurde, schmeckte bitter und sie versuchte sie auszuspucken.

»Schluck's hinunter!«, befahl Hopie ihr. Gehorsam schluckte Anita das grässliche, schleimige Zeug.

Sie öffnete die Augen. Die zähe Mixtur in der Schüssel sah aus wie Entengrütze. »Was ist das?«, zischte sie und musste angesichts des Geruchs würgen.

»Silberweide und Holunder zur Linderung der Schmerzen«, sagte Hopie. »Enzianwurzel und Hamamelis zur Vorbeugung einer Infektion und etwas Mädesüß und Myrte, eingelegt in Bergamottöl, um die Prellungen abzumildern.«

»Das schmeckt ja eklig!«

»Das ist Medizin«, sagte Hopie. »Es muss nicht schmecken. Du wirst die Wirkung bald spüren.«

»Ich sollte mal langsam gehen und mich um die Hunde kümmern«, sagte Cordelia.

»Ja«, sagte Hopie. »Geh ruhig. Hier kannst du im Moment sowieso nichts tun.«

Cordelia beugte sich zu Anita hinunter und berührte ihre Wange. »Meine arme Schwester«, sagte sie. »Gute Besserung.«

»Danke«, murmelte Anita.

Cordelia verließ den Raum.

Hopie saß auf der Bettkante, die Hand auf Anitas Stirn. »Hast du noch Schmerzen?«

»Ja«, knurrte Anita. Sie funkelte Hopie wütend an. »Ich will nicht mehr hier sein. Ich möchte nach Hause!«

Hopie musterte sie mitfühlend, aber ihre Stimme klang trotzdem fest. »Du bist eine Tochter des Königshauses der Elfen«, sagte sie. »Du hast Verpflichtungen deiner Familie und diesem Königreich gegenüber. Dies ist dein Zuhause, Tania, nicht die Welt der Sterblichen. Dank deiner Dummheit haben wir bereits fünfhundert Jahre Dunkelheit durchleiden müssen.«

»Nein!«, sagte Anita böse. »Das war nicht meine Schuld. Das war, weil Titania ertrunken ist. Das kannst du mir nicht vorwerfen.«

»Wirklich nicht?« Hopie zog die Augenbrauen hoch. »Wäre unser Vater durch dein Verschwinden nicht bereits gramgebeugt gewesen, hätte der Tod unserer Mutter ihn nicht so hart getroffen.« Sie hob warnend den Zeigefinger. »Sei versichert, Schwester: Es ist einzig und allein deine Anwesenheit, die die Sonne wieder über den Himmel wandern lässt. Und du wünschst, in die Welt der Sterblichen zurückzukehren, sodass das Elfenreich erneut von der Großen Dämmerung heimgesucht wird? Wie kannst du nur so selbstsüchtig sein?«

Anita wollte etwas erwidern, aber ihr fiel nichts ein.

Hopie stand auf. »Wie ist es jetzt mit den Schmerzen?«

»Besser«, gab sie zu.

»Gut, ich werde dir den Trank ans Bett stellen – nimm ruhig mehr, wenn nötig.« Sie runzelte die Stirn. »Ich habe noch zu tun. Ruf nach mir, wenn der Schmerz nicht bis zum Zapfenstreich vergangen ist.«

Sie verließ das Zimmer und Anita sah ihr nach, zu durcheinander, um zu fragen, was »Zapfenstreich« bedeutete. Sie betastete ihre Schulter, überrascht, wie schnell der Schmerz nachließ.

Dieses Zeug mochte zwar schmecken und riechen wie direkt aus der Kanalisation geschöpft, aber es erfüllte seinen Zweck.

Sie blickte sich um: Hopies Gemach war an Wänden und Decke mit dunklem Holz getäfelt, das mit Schnitzereien übersäht war: Bäume, Farne und lange, dünne Gräser waren darauf zu erkennen. Holzranken kletterten die Bettpfosten hinauf und verteilten sich unter dem Baldachin. Von dort hingen hölzerne Weintrauben und große geschnitzte Blumen herab.

Plötzlich erregte eine kleine Bewegung ihre Aufmerksamkeit. Eine Hummel machte sich an einer der Blumen zu schaffen. Sie hatte dieselbe dunkelbraune Farbe wie das geschnitzte Holz – aber sie bewegte sich. Vor Anitas Augen erhob sich die Holzhummel in die Luft und schwebte dort einen Moment reglos, bevor sie schwerfällig zu einer anderen Blume aus Holz unter dem Rankenbaldachin flog.

Anita fiel wieder ein, was Zara am Vortag zu ihr gesagt hatte, als sie sie nach den lebenden Bildern in ihrem Schlafgemach gefragt hatte: »Hopies Gemach ist ein Wald.«

Sie setzte sich auf – ihre Schmerzen waren fast vergessen. Überall um sie herum regten und bewegten sich die getäfelten Wände sanft. Die geschnitzten Bäume schwankten leicht im Wind, doch Tania konnte die Brise nicht spüren. Grashalme zitterten, wenn kleine Lebewesen im Unterholz vorbeikrabbelten. Ein Reh spähte kurz hinter einem braunen Baumstamm hervor und verschwand dann lautlos wieder. Man sah nur noch sein Stummelschwänzchen verschwinden.

Faszinierte sah Anita zu der ebenfalls geschnitzten Kommode hinüber, die an einen großen Baumstumpf erinnerte. Auf der polierten Oberfläche mit den dicht an dicht liegenden Jahresringen lag ein kleiner Handspiegel.

Anita kam wieder in den Sinn, wie unheimlich es gewesen war, im Mausoleum in Titanias Gesicht zu blicken.

Sahen sie einander wirklich so ähnlich?

Anita kletterte mühsam aus dem Bett und humpelte zur Kommode. Erschrocken blieb sie wie angewurzelt stehen, als plötzlich eine hölzerne Libelle aus dem hölzernen Wald auftauchte, einen Augenblick zögernd direkt vor ihr in der Luft verharrte und dann zurück zu den Bäumen schwirrte.

Anita nahm den Handspiegel und setzte sich damit aufs Bett.

Sie blickte hinein.

»Wenn das ein Traum ist und der Schmerz nur Teil des Traums, warum tut es dann so weh?«, fragte sie ihr Spiegelbild laut. »Und wenn der Schmerz echt war, wieso bin ich dann nicht aufgewacht?«

Ihr Gesicht im Spiegel starrte stumm zurück.

Es war das Gesicht von Königin Titania.

Ihr Gesicht.

Sie sah ihr tatsächlich unglaublich ähnlich.

Anita hielt den Spiegel noch näher, bis sie nur noch ihre Augen sah.

Rauchig grün – mit Goldsprenkeln darin.

Als sie begriff, was das bedeutete, hielt sie erschrocken den Atem an.

Dies war kein Traum.

Sie war die Tochter von Königin Titania und König Oberon – Prinzessin des Ewigen Elfenreichs.

Fassungslos zwang sie sich, die Worte laut auszusprechen: »Ich bin nicht Anita … ich bin Tania!«

TANIA

IX

Tania erwachte mit einem Ruck. Verwirrt stellte sie fest, dass sie sich wieder in ihrem eigenen Schlafgemach im Palast befand. Dann fiel ihr ein, dass sie gestern Abend hierher zurückgekehrt war. In ihrem Gemach angekommen hatte sie sich, ohne sich auszuziehen, auf ihr Bett geworfen und war augenblicklich in einen tiefen, traumlosen Schlaf gesunken.

Sie fühlte sich seltsam erfrischt, obwohl sie zunächst nicht darauf kam, warum. Dann bemerkte sie, dass die Schmerzen fast völlig verschwunden waren. Abgesehen von schwachem Kopfweh und einem leichten Stechen in Schulter und Bein ging es ihr gut.

Sie setzte sich auf. Goldenes Sonnenlicht fiel schräg von links in den Raum, ließ die Holztäfelung schimmern und brachte die Farben der Wandteppiche zum Leuchten. Die Sonnenstrahlen hoben das Dunkelrot der Bettvorhänge hervor und ließen die Glasfläschchen auf der Kommode funkeln und glitzern.

Tania stand auf und bewegte behutsam ihr Bein – keine Schmerzen mehr.

Sie zog ihr Gewand aus und ging, nur im Unterkleid, zur Waschschüssel, goss Wasser aus dem Krug in das Becken. Dann band sie ihre Haare zusammen und tauchte ihre Gesicht ins kühle Wasser.

Während sie sich abtrocknete, blickte sie den Wandteppich an, der direkt vor ihr hing.

Überrascht hielt sie den Atem an. Das bestickte Bild zeigte wie immer Berge in der Ferne – doch jetzt bemerkte Tania plötzlich einen kleinen schmalen Umriss, der in feiner schwarzer Stickerei herausgearbeitet war – und dieser Umriss bewegte sich. Er flog über den blauen handgearbeiteten Himmel. Staunend beobachtete Tania, wie die schlanke Gestalt in einem langen, weiten Bogen auf sie zuglitt.

»Ein Adler!«, hauchte sie. Jetzt konnte sie die breite Spanne der Flügel ausmachen, die ausgefransten Federenden, die wie schwarze Finger aussahen. Tania erkannte nun auch den weißen Kopf und den prächtig gebogenen Schnabel. Der Vogel kam näher und näher und Tania wurde bewusst, dass sie ihm direkt in die glänzend schwarzen Augen blickte. Der Schnabel öffnete sich, als würde der Vogel ihr etwas zurufen. Instinktiv wich Tania einen Schritt zurück, weil sie Angst hatte, der Adler würde geradewegs aus dem Wandteppich herausschießen. Doch in letzter Sekunde schwenkte er zur Seite und stieg auf, bevor er zum Sinkflug ansetzte.

Mit klopfendem Herzen lief Tania rasch von Teppich zu Teppich. Die Eisberge spiegelten sich im kobaltblauen Meer und ein Eisbär trottete über eine Eisscholle, bevor er schwerfällig ins Wasser tauchte. Auf einem anderen Wandteppich toste ein Gewitter über ein Gebirge. Ein gezackter Blitz aus gesticktem Faden schnappte nach den Hügeln und die Berge leuchteten auf. Große schwarze Wolken zogen heran und Regen prasselte auf einen kleinen, von einem Pferd gezogenen Wagen, der sich auf einen schmalen Weg vorwärtskämpfte.

Aufgeregt rannte Tania zum dritten Wandteppich, einer Meereslandschaft mit klarem blauem Wasser. Als fliegende Fische die stille Wasseroberfläche durchbrachen, lachte Tania aus vollem Hals. Die glatten Schuppen der Fische fingen das Sonnenlicht ein und schillerten türkis, smaragdgrün und saphirblau, bevor sie zurück ins Wasser tauchten.

Ihr Zimmer war lebendig geworden.

Tania rannte ans Flügelfenster und riss es auf. Das Licht des schwindenden Tages warf lange Schatten und tauchte die Gartenanlage in einen goldenen Schein.

Tania beugte sich hinaus und bewunderte den flammend roten Sonnenuntergang am Horizont. Sie atmete den Duft von Sommerflieder und Geißblatt ein.

»Ich bin Tania!«, rief sie in die Welt hinaus. »Ich bin Prinzessin Tania!«

Sie hatte das Gefühl, als wäre sie auf wundersame Weise geheilt worden. Während sie geschlafen hatte, war der Zauber des Elfenreichs in ihr Gemach zurückgekehrt und hatte die Wandteppiche wieder zum Leben erweckt.

Aber warum gerade jetzt?

Doch insgeheim kannte Tania bereits die Antwort: weil sie endlich akzeptiert hatte, dass das Elfenreich wirklich existierte.

Lange wanderte sie in ihrem Zimmer herum, bewunderte die Schönheit der lebendig gewordenen Teppiche und versuchte sich darüber klar zu werden, was das alles für sie bedeutete. Vom Schulmädchen zur Prinzessin. Vom Krankenhaus in einen Elfenpalast. Von Anita zu Tania.

Mit einem Mal wurde ihr bewusst, dass sie ja immer noch ihr Unterkleid anhatte. Sie ging zum Schrank und wählte ein schlichtes weißes Kleid. Als sie gerade das Mieder schnürte, wurde leise an ihre Tür geklopft.

»Herein.«

Eine Dienstmagd trat ein. »Mit Verlaub, Mylady, der König erwartet Euch im privaten Speisesaal.«

»Ich fürchte, ich weiß nicht, wo das ist«, gab Tania zu.

»Ich werde Euch hingeleiten, Mylady.«

Tania hatte sich fertig angekleidet und strich über die Röcke. »Dann geh vor«, sagte sie. »Ich habe seit dem Frühstück nichts mehr gegessen – ich könnte ein ganzes Pferd verdrücken.«

Die Dienstmagd sah sie erschrocken an und führte sie aus dem Raum.

Doch das Prinzessinnen-Dasein hatte auch seine Schattenseiten, denn als sie die Schlosstreppen hinunterging, bemerkte Tania, dass die Dienstboten hastig zur Seite wichen und sie nur scheu begrüßten.

Auch die Magd, die sie zum Speisesaal geleitete zeigte sich schüchtern und zurückhaltend. Tania hatte sich bemüht, das Mädchen in ein Gespräch zu verwickeln, bekam aber nur einsilbige Antworten und jeden Satz endete auf »Mylady«. Schon bald gab Tania es auf.

Der Speisesaal der königlichen Familie war relativ klein und gemütlich, obwohl es dieselben holzgetäfelten Wände und hohe Decken wie die anderen Gemächer aufwies. Die hohen Fenster waren geöffnet, sodass man auf den kunstvoll gestalteten Garten hinaussehen konnte. Es dämmerte und man hatte an den Wegen Fackeln entzündet, die ihren sanften Schein auf den Steinboden warfen. Der Raum wurde beherrscht von einer langen Tafel aus dunklem Holz, auf die die Diener Schüsseln, Schalen und Teller stellten. Beim Anblick der köstlichen Spiesen lief Tania das Wasser im Mund zusammen.

Es roch nach Braten, Pasteten, in Butter geschwenktem Gemüse und nach frisch gebackenem Brot.

Der König saß am Kopfende der Tafel. Um ihn herum waren die meisten von Tanias Schwestern platziert sowie einige Lords und Ladys, die Tania zum Teil wiedererkannte. Gabriel saß zur Rechten des Königs.

Bei Tanias Eintreten erhoben sich Oberon und die anderen Männer.

»Komm, setz dich zu mir, Tania«, sagte der König. »Hast du dich von deinem Sturz erholt?«

»Ja, mir geht es schon viel besser, danke«, antwortete Tania und bahnte sich ihren Weg um den Tisch herum.

Als sie an Zara vorbeikam, warf diese ihr einen besorgten Blick zu und ergriff ihre Hand. Tania drückte sie.

»Mir geht es gut, wirklich«, sagte sie. Sie beugte sich dichter zu ihrer Schwester. »Meine Wandteppiche sind lebendig geworden«, flüsterte sie.

Zaras Augen leuchteten auf. »Das sind fabelhafte Neuigkeiten«, sagte sie. »Ich freue mich so.«

»Ja, ich mich auch.« Tania sah durch den Raum hinweg zu Hopie hinüber und formte stumm mit den Lippen die Worte: »Vielen Dank.«

Hopie nickte ernst.

Rathina beugte sich zu ihr. »Ich habe Maddalena heute Nachmittag über schulterhohe Hürden springen lassen und kam niemals auch nur in die Gefahr zu stürzen«, sagte sie. »Ich bin froh, dass du dir nichts getan hast – du musst besser auf dich aufpassen.«

»Ich glaube, der Sturz hatte seinen Sinn«, sagte Tania und breitete eine gestärkte Stoffserviette auf ihrem Schoß aus.

Als sie Gabriels besorgten Blick bemerkte, lächelte sie ihn an, worauf sich seine Miene aufhellte.

Die Stimme des Königs schallte über die Tafel hinweg. »Ich bitte um Eure Aufmerksamkeit, meine Freunde.« Alle wandten die Köpfe. »Verehrte Gäste und weise Berater, meine geliebten Töchter, wir sind hier zu einem Abschiedsmahl versammelt. Morgen früh werde ich zu einer Zusammenkunft mit den Lords der weit entfernten Grafschaften meines Reichs aufbrechen.«

»Du verlässt uns?«, fragte Tania überrascht. Sie hatte darauf gehofft, ihn besser kennenlernen zu können ... vor allem, da er wohl wirklich ihr Vater war.

Er legte ihr seine Hand auf die Wange. »Es muss sein, meine liebste Tochter. Schon viel zu lange habe ich meine Pflichten vernachlässigt. Ich muss mich um mein Reich kümmern. Ich gehe, um die Lords von Talebolion und Dinsel und die aus dem fernen Prydein und dem gebirgigen Minith Bannawg zu treffen. Ich habe sie für übermorgen auf Burg Ravensare bestellt, und das ist ein langer Ritt und ein beschwerlicher Marsch für Männer und Pferde. Ich werde ein Gefolge von fünfzig Höflingen mitnehmen. Und wie es am Hof Brauch ist, werde ich meine älteste Tochter Eden in meiner Abwesenheit als Regentin einsetzen.«

Stirnrunzelnd blickte er sich um und fuhr dann etwas leiser fort. »Aber sie hat sich geweigert, ihre lang währende Klausur aufzugeben, und so habe ich den edlen Lord Drake mit den höfischen Aufgaben betraut.« Er nickte Gabriel zu. »Er war mir stets treu ergeben und genießt mein volles Vetrauen.«

Tania blickte zu Gabriel, der keine Miene verzog, doch seine silbriggrauen Augen funkelten.

»Und nun, liebe Freunde – lasst uns speisen!«, verkündete der König. »Ich breche am Morgen auf!«

Tania ließ den Blick über die Tafel schweifen, die über und über mit Speisen beladen war: Geflügel und gebratenes Fleisch, pikante Pasteten, Terrinen mit Suppe und Eintopf, Schalen mit Gemüse und Körbe mit warmen Brot.

Als Tania die Gedecke auf dem Tisch musterte, bemerkte sie, dass ihr Messer aus einem Knochengriff bestand, an dem eine fein gearbeitete Klinge aus scharfem grauem Stein angebracht war. Ihre Gabel war ebenfalls aus Stein. Anita schaute sich um: Alle Teller, Schüsseln und Schalen bestanden entweder aus Holz oder Porzellan.

»Warum habt ihr denn gar kein Metall?«, flüsterte sie Sancha neben sich zu.

Ihre Schwester sah sie verwirrt an. »Das Wort kenne ich nicht«, sagte sie. »Was ist Metall?«

»Eisen und Stahl«, erklärte Tania ihr. »Gold, Silber, Blei, Zinn – es gibt tausend verschiedene Arten.

Zu Hause sind viele Dinge aus Metall.« Sie unterbrach sich. »In der Welt der Sterblichen, meine ich. Wir machen zum Beispiel Messer und Gabeln daraus. Und Schmuck und Autos und Flugzeuge und Brücken und Uhren und Computer, alles mögliche eben.«

Sancha blickte sie beklommen an. »Ich glaube, ich weiß, wovon du sprichst«, sagte sie, kam näher und senkte die Stimme: »Hier wird es Isenmort genannt. Auf uns wirkt es tödlich, es ist ein Fluch – so bösartig und stark wie Gift.« Sie schauderte. »Die Leute in der Welt der Sterblichen müssen sich mit mächtigen Sprüchen und Beschwörungen vor seiner zerstörerischen Wirkung schützen.«

»Dort braucht man das nicht«, sagte Tania. »Metall ist völlig harmlos. Wir würden gar nicht ohne auskommen.« Sie riss die Augen auf. »Oh! Gerade fällt mir was ein. Kurz vor dem Unfall – also, bevor ich hierherkam – sprühten jedes Mal, wenn ich Metall berührte, Funken. Dad sagte, das sei nur die statische Aufladung, aber ich wusste, dass mehr dahinterstecken musste.« Sie sah Sancha an. »Warum ist Metall so schlimm?«

»Weil es in dieser Welt nicht vorkommt«, antwortete Sancha. »Bei Berührung verdorrt die Haut und es frisst die lebenswichtigen Organe an.«

»Kein Wunder, dass ich einen Schlag davon bekommen habe«, flüsterte Tania. »Wahrscheinlich sollte ich dankbar sein, dass ich nicht auf der Stelle tot umgefallen bin.« Sie runzelte die Stirn. »Aber wenn ich in diese Welt gehöre und auf die Berührung von Metall reagiere, warum hat es dann erst vor ein paar Wochen angefangen, mich zu beeinträchtigen?«

»Möglicherweise ist deine Elfenseele erst langsam erwacht?«, vermutete Sancha.

Tania nickte. Ja, vielleicht.

Eine Weile aß sie stumm und dachte nach.

Allmählich begann ihr das volle Ausmaß ihrer Situation zu dämmern: Das Leben, wie sie es die letzten sechzehn Jahre gekannt hatte, lag für immer hinter ihr.

Für immer …

Eine große Träne kullerte ihr die Wange hinab.

Sie weinte um ihre Mutter und ihren Vater, um Jade und all die anderen Freunde, die sie nun nie wiedersehen würde, um das Leben, das sie sich immer ausgemalt hatte: dass sie die Julia spielen, die Schule beenden, einen Sommer lang durch Europa oder vielleicht sogar Amerika reisen würde. Danach an die Universität – und dann? Karriere machen? Eine Familie? Ein großes Haus an der Küste.

Evan Thomas …?

Weg. Alles weg.

Das alles war ihr in dem Augenblick genommen worden, als Gabriel an ihrem Krankenhausbett aufgetaucht und sie ihm gefolgt war.

Im Geist sah sie das leere Bett vor sich, die zerknautschte, zurückgeschlagene Decke. Die Krankenschwestern, die das Krankenhaus nach ihr absuchten, sie aber nicht fanden. Die Gesichter ihrer Mutter und ihres Vaters, die von Trauer gezeichnet waren. Sie hatten ja keine Ahnung, was mit ihr geschehen war. Wie sollten sie auch? Bestimmt waren sie außer sich vor Sorge.

»Mum …«, flüsterte Tania. »Dad …«

»Tania, spielst du ein Duett mit mir? Ich kann dir deine Laute bringen lassen.« Das war Zara.

Gedankenverloren blickte Tania hoch und starrte ihre Schwester verstört an.

»Unser Vater hätte gern, dass wir etwas für ihn spielen«, erklärte Zara.

Tania erhob sich. »Nein«, sagte sie und schob den Stuhl zurück. »Es tut mir leid, ich kann nicht.« Sie stolperte zur Tür und trat hinaus in den Korridor. Sie musste an die frische Luft, musste allein sein. Denn sie brauchte Zeit, um nachzudenken.

Sie war auf halbem Weg in ihr Gemach, als sie plötzlich innehielt. Das Tageslicht schwand rasch und in den Wandhalterungen flackerten bereits Kerzen.

»Ich muss zurück nach Hause«, sagte Tania laut. »Ich muss Mum und Dad wiedersehen.«

Aber wie?

Sie wusste, dass sie die Gabe hatte, sich zwischen

den Welten zu bewegen, aber bislang konnte sie ihre Abstecher in die Welt der Sterblichen nicht kontrollieren und war daher höchst beunruhigt gewesen. Ob es irgendeine Möglichkeit gab, willentlich zurückzukehren und ihre Fähigkeit zu ihrem eigenen Vorteil zu nutzen?

»Vielleicht fällt mir etwas ein, wenn ich zu dem Ort zurückgehe, den ich hier als Allererstes gesehen habe«, murmelte sie. »Einen Versuch ist es wert.« Sie machte auf dem Absatz kehrt und rannte los, während sie ihr Gedächtnis durchforstete und versuchte sich an den Weg zu erinnern, den sie anfangs mit Gabriel gekommen war.

Dann fiel es ihr ein: Sie musste zur weißen Brücke.

Sie rannte zu einem Fenster, aber es ging nach Norden auf den Garten hinaus – falsche Richtung. Nachdem sie durch eine Vielzahl verschiedener Räume und Gänge gelaufen war, fand sie endlich ein Fenster, das auf den Fluss hinausging.

Ja, das war der richtige Weg. Sie lief ins Erdgeschoss, wo sie durch eine Tür auf einen Hof hinaustrat. Der Fluss lag jetzt zu ihrer Linken und vor sich erblickte Tania die weißen Türme der Brücke, die in den Abendhimmel ragten.

Sie rannte über den Hof, nun schon etwas atemlos, aber dennoch fest entschlossen, den Weg zurück in die Welt der Sterblichen und zu ihren Eltern zu finden. Auch wenn es ihre Bestimmung war, im Elfenreich zu bleiben, musste sie ihre Eltern ein letztes Mal sehen, ihnen erklären … ihnen versuchen klarzumachen, was mit ihr geschehen war.

Mum, Dad – ratet mal, was passiert ist? Ich bin eine Elfenprinzessin!

Das war so absurd, dass sie fast laut gelacht hätte, wenn es nicht so schrecklich gewesen wäre.

Sie rannte über die Brücke. Die Abendluft kühlte ihr brennendes Gesicht. Als sie auf die andere Seite der Brücke gelangt war, machte sie sich auf den Weg hinunter zu dem Steg, auf dem sie bei ihrer Ankunft gestanden hatte.

Sie stellte sich auf dieselbe Stelle, breitete die Arme aus, legte den Kopf in den Nacken und blickte in den Himmel hinauf. »Ich möchte zurück!«, rief sie.

Die Bäume raschelten und sie hörte das Rauschen des Flusses. Über ihr schienen die Sterne am Firmament.

Tania schüttelte den Kopf. Nein, es funktionierte nicht – jedenfalls nicht so.

Aber wie dann?

Hinter ihr führte ein unebener Steinpfad von der Brücke in den Wald. Hatte Gabriel sie von dort hierhergebracht? War das der Weg zurück?

Sie sprang vom Steg hinunter und lief so schnell sie konnte auf den Wald zu. Sie atmete schwer, während ihre Füße über die festgetrampelte Erde hämmerten. Der Wald wurde immer dichter und der Pfad wurde in der Ferne immer schmaler, bis er nur noch als schwarzer Strich zu erkennen war.

Plötzlich begann die Welt sich um sie herum zu drehen wie ein Feuerrad und der Wind nahm zu. Tania sprang über Baumstämme, über Geäst, alles stand auf dem Kopf, die Blätter knirschten unter ihren Füßen und wirbelten um sie herum wie außer Kontrolle geraten.

Und dann waren die Bäume verschwunden und Tania rannte einen weißen Gang entlang.

Es roch nach Desinfektionsmittel. Über ihr flackerte Neonlicht. Sie entdeckte ein Schild:

UNFALLSTATION

Sie war wieder im Krankenhaus.

X

Eine Weile stand Tania auf dem Gang, eine Hand in die Hüfte gestützt, den Oberkörper vorgebeugt, und versuchte wieder zu Atem zu kommen.

Als sie plötzlich Stimmen vernahm, blickte sie sich verzweifelt nach einem Versteck oder einer Fluchtmöglichkeit um. An der Wand stand ein großer Wäschewagen mit Metallgestänge.

Es war mittlerweile spätabends. Wenn man Tania entdeckte, würde man sie zur Rede stellen, was sie hier trieb, und wahrscheinlich auch fragen, warum sie so ein altertümliches Kleid trug. Mit solchen Dingen wollte sie sich momentan nicht beschäftigen – sie konnte keine Zcit verlieren.

Also schlüpfte sie schnell hinter den Wäschewagen, drückte sich flach an die Wand und hielt den Atem an, während zwei Ärzte auf sie zukamen.

»Ich mache bereits mehr Überstunden als jeder andere Arzt in der Klinik«, sagte der eine gerade. »Denen scheint nicht klar zu sein, dass ich eine Familie zu Hause habe, die ich sträflich vernachlässige.«

Die Ärzte bemerkten Tania im Schatten nicht.

Als sie um die Ecke bogen, atmete Tania zitternd aus.

Sie musterte die Metallsstreben des Wäschewagens. Sollte sie es wagen? Ja, sie musste es wissen. Ganz vorsichtig streckte sie den Zeigefinger aus. Ein blauer Funke sprang über und sie schrak zurück – Schmerz durchzuckte ihre ganze Hand.

Sie steckte sich den kribbelnden Finger in den Mund – der Schlag war sogar noch heftiger als die Male vorher gewesen. *Isenmort*, dachte sie mit einem Schaudern.

Sie lauschte, ob noch mehr Stimmen zu hören waren. Aber sonst schien niemand in der Nähe zu sein. Also huschte Tania schnell durch den Gang in Richtung Unfallstation – wo sie vor kurzer Zeit noch gelegen hatte, bevor ihr Leben auf den Kopf gestellt worden war.

War das wirklich erst wenige Tage her? Während Tania durch den Vorraum lief, der zur Station gehörte, hatte sie das Gefühl, einen Ort wiederzusehen, an dem sie vor vielen Jahren gewesen war – als würde sie zu einem Lieblingsplatz ihrer Kindheit zurückkehren und diesen vollkommen verändert vorfinden. Nicht, weil der Ort sich verändert hatte, sondern sie selbst.

Die Station war schwach beleuchtet. Alles war ruhig. Tania spähte in das leere Schwesternzimmer. Sie schlich leise ans Ende des Gangs, in das Zimmer, in dem ihr Bett gestanden hatte.

Ein sonderbarer, beunruhigender Schauder durchfuhr sie, als sie merkte, dass dort jemand lag. Was, wenn sie das war?

Doch es war ein Mann mittleren Alters, der laut schnarchte.

Plötzlich näherten sich Schritte. In der Stille klangen sie überlaut.

Rasch versteckte sich Tania hinter den zugezogenen Vorhängen.

Zwei Krankenschwestern kamen herein. Eine der beiden kannte Tania: Es war die dunkelhaarige Schwester, die sie neulich nachts im Badezimmer gefunden hatte. Die andere hatte sie noch nie gesehen.

»… Bett neun im Auge behalten«, sagte die dunkelhaarige Schwester gerade. »Aber abgesehen davon müsstest du eigentlich eine ruhige Nacht haben. Den größten Spaß hast du sowieso verpasst, als du im Urlaub warst.«

»Wieso, was war los?«

»Ach, wir hatten zwei Patienten, die beide an ein und demselben Tag verschwunden sind«, erzählte die dunkelhaarige Schwester ihrer Kollegin. »Echt unglaublich. Dabei sollen doch eigentlich unten an allen Türen Sicherheitsleute stehen. Die Krankenhausleitung ist an die Decke gegangen. Seitdem sind wir in ständiger Alarmbereitschaft, obwohl keiner genau weiß, wozu das gut sein soll.«

»Wie meinst du das – sie sind verschwunden?«, hakte die andere Schwester nach.

»Na ja, da war so ein junger Kerl, der einen Unfall mit einem Motorboot hatte. Er hatte keine schweren Verletzungen, hat aber das Bewusstsein nicht wiedererlangt. Er war der Erste, der spurlos verschwand, einfach so, über Nacht. Und dann, am nächsten Morgen, mitten am helllichten Tag, verschwand auch das Mädchen, das ebenfalls auf dem Boot war und mit ihm zusammen eingeliefert worden war. Ist das zu fassen? Also, wenn du mich fragst, ist der Junge zurückgekommen, hat sie sich geschnappt, und sie sind jetzt schon auf dem Weg nach Gretna Green, um heimlich zu heiraten. Dabei ist sie erst sechzehn, die kleine Närrin. Und kein Gedanke an ihre armen Eltern. Das ist doch mal wieder typisch!«

»Hat sie denn keiner rausgehen sehen?«, wollte die andere Krankenschwester wissen.

»Ein paar Leute haben angeblich gesehen, wie sie durchs Fernsehzimmer auf den Balkon ging. Sie können sich aber nicht daran erinnern, dass sie wieder reingekommen ist – dabei kommt man vom Balkon nicht auf die Straße. Der ist viel zu hoch. Außer sie ist geflogen.« Die dunkelhaarige Krankenschwester blieb kurz stehen und nahm sich das Klemmbrett vom Fußende eines Bettes. Sie ging die Notizen durch, dann blickte sie ihre Kollegin wieder an. »Allerdings war das Mädchen schon etwas seltsam.«

»Inwiefern?«

»Na ja, in der Nacht, bevor sie verschwunden ist«, begann die dunkelhaarige Krankenschwester, »habe ich sie auf dem Boden gefunden, im ... ach du meine Güte, schon so spät – ich verpasse noch meinen Bus. Ich erzähle es dir morgen. Eine ruhige Schicht wünsche ich dir! Ach so, und da wir schon von dem Mädchen sprechen: Man hat ihre Sachen in eine Kiste gepackt und im Familienzimmer deponiert. Ihre Eltern wollen morgen früh alles abholen. Ich dachte nur, ich sage dir besser Bescheid, falls sie früher kommen als gedacht und du noch da bist.«

Sie steckte das Klemmbrett wieder ans Bett, ging rasch zum Schwesternzimmer, um ihren Mantel zu holen, und verschwand im Korridor.

Ein bisschen seltsam, sinnierte Tania. *Und ich bin mit meinem Freund durchgebrannt. Na ja, das klingt auf jeden Fall logischer als die Wahrheit.*

Sie wartete hinter dem Vorhang, bis die neue Krankenschwester hinausgegangen war. Dann schlüpfte Tania leise auf demselben Weg hinaus, den sie gekommen war. Sie wollte ins Familienzimmer.

Beim Gedanken an ihre Eltern verspürte sie ein schmerzliches Ziehen in der Brust. Was war schlimmer: Die Vorstellung, dass die eigene Tochter entführt worden oder dass sie aus freien Stücken mit einem Jungen weggelaufen war, ohne vorher auch nur die kleinste Andeutung zu machen?

Tania wollte unbedingt mit ihren Eltern sprechen, um ihnen Bescheid zu geben, dass es ihr gut ging. Aber wie sollte sie ihnen erklären, was geschehen war?

Dabei machte sich Tania gar keine Sorgen, dass ihre Eltern sie vielleicht für eine Lügnerin hielten, wenn sie ihnen vom Elfenreich erzählte. Beide würden vermutlich denken, dass sie aufgrund des Schlages auf den Kopf, den sie bei dem Bootunfall abbekommen hatte, Wahnvorstellungen hatte, übergeschnappt sei, wie ihr Dad sich ausdrücken würde.

Sie musste ihnen irgendwie beweisen, dass sie nicht verrückt war.

Ihr fiel das ledergebundene Buch ein. Bestimmt befand es sich unter ihren Sachen. Als sie es erhalten hatte, war es leer gewesen – aber kurz darauf stand die Geschichte ihrer Kindheit im Elfenreich darin, bis zu jenem Punkt, als sie in der Nacht vor ihrer Hochzeit aus dem Elfenreich verschwunden war. Sie hatte keine Ahnung, warum die Schrift, als sie das Buch zum ersten Mal aufgeschlagen hatte, entweder unsichtbar oder gar nicht vorhanden gewesen war. Aber wenn das Gedruckte nicht wieder verblasst war, konnte sie ihren Eltern das Buch zeigen und so beweisen, dass sie nicht völlig durchgedreht war.

Tania hatte noch immer keine Ahnung, wer ihr das Buch geschickt haben könnte. Gabriel hatte es nie erwähnt, deshalb war es unwahrscheinlich, dass es zu seinem Plan gehörte. Wer immer dafür verantwortlich war – das Buch stammte aus dem Elfenreich, da war sich Tania absolut sicher. Als sie noch gedacht hatte, dass sich das ganze Elfenleben nur in ihrem Kopf abspielte, hatte sie angenommen, dass das Buch sie zu diesem Traum inspiriert hatte. Doch jetzt wusste sie es besser: Das Buch war die Chronik ihres Lebens, von ihrer Geburt bis zu ihrem Verschwinden.

Doch wer hatte es ihr geschickt? Evan? Wenn ja, warum? Damit sie sich mit der Wahrheit anfreunden konnte und mehr darüber erfuhr, wer sie wirklich war? Möglich – aber warum hätte er es ihr mit der Post schicken sollen, statt es ihr einfach zu geben?

Sie spähte links und rechts den Korridor entlang – die Luft war rein. Rasch schlüpfte sie ins Familienzimmer. An den Wänden hingen bunte Plakate und Poster und unter dem Fenster stand auf einer Truhe der Pappkarton. Tania klappte ihn auf.

Obenauf lag ordentlich gefaltet ihre Jacke. Sie nahm sie heraus und betrachtete sie. Einer der Ärmel war zerrissen und an Schulter und Rücken fand sie abgewetzte Stellen. Die Jacke war wohl inzwischen gewaschen worden, denn sie roch sauber und nicht mehr nach Flusswasser, wie es bei ihrer Ankunft bestimmt noch der Fall gewesen war.

Sie legte die Jacke zur Seite und schaute wieder in den Karton. Als Nächstes kam ihre Handtasche zum Vorschein. Tania strich mit den Fingern über den ausgeblichenen Stoff. Sie wusste, dass sich darin all die normalen, alltäglichen Dinge befanden, die bewiesen, wer Anita Palmer war: ihr Schülerausweis, die Busfahrkarte, alte Kinotickets, Lippenpflegebalsam, ihr Adressbuch, Haargummis, ihr Wohnungsschlüssel und ihr Handy.

Das Handy!

Wenn der Akku noch aufgeladen war, konnte sie jetzt sofort ihre Eltern anrufen und ihnen sagen, dass mit ihr alles in Ordnung war und sie so schnell wie möglich nach Hause kommen würde. Vielleicht würden sie sie sogar mit dem Auto hier abholen.

Ihr Herz klopfte vor Aufregung. Sie nahm die Tasche heraus, darunter kam das Buch mit dem Ledereinband zum Vorschein.

Tania griff danach, aber in dem Moment, in dem sie das alte braune Leder berührte, kam ein Sturm auf, der sie ergriff und fast von den Füßen riss.

»Nein!«

Die farbig gestrichenen Wände begannen sich um sie herum zu drehen. Tania versuchte das Buch loszulassen, aber es war zu spät. Der Raum wirbelte um sie herum, die Farben verschwammen immer mehr, bis Tania nur noch von farbigen Lichtstreifen umringt war: Rot, Grün, Blau, Gelb. Rot, Grün, Blau, Gelb. Immer schneller und schneller drehte sich alles. Dann begann der Boden unter ihren Füßen hin und her zu schwanken, bis Tania das Gleichgewicht verlor und von dem Strudel mitgerissen wurde.

XI

Sie kauerte zusammengerollt am Boden, den Kopf an die Knie gezogen und die Arme um die Beine geschlungen. Irgendwo in der Nähe erklang der Ruf einer Nachtigall. Ein lauer Wind fuhr raschelnd durch die Blätter der Bäume über ihrem Kopf und es roch modrig nach Erde.

»Na toll!«, stöhnte Tania und hob den Kopf. »Echt klasse!«

Sie befand sich wieder im Wald.

Der einzige Unterschied zu ihren früheren Übertritten war, dass ihr diesmal nicht übel geworden war, aber vielleicht war sie dafür im Moment einfach zu wütend.

Sie setzte sich auf und bemerkte, dass sie das Lederbuch noch immer in den Händen hielt. Aufgebracht schleuderte sie es von sich, sodass es mit einem dumpfen Schlag in einiger Entfernung landete und aufgeschlagen liegen blieb.

Warum passiert mir das immer wieder?, dachte sie. *Was nützt mir diese Gabe, wenn ich sie nicht beherrschen kann?*

Sie knurrte frustriert.

Vor ihr lag der Waldweg und sie konnte Teile der weißen Brücke erkennen. Dann sah sie über ihre Schulter in den Wald hinter sich. Sollte sie noch einmal versuchen ins Krankenhaus zurückzukehren?

Sie schüttelte den Kopf. Nein, dazu war sie zu müde. Ihre Beine waren bleischwer, sie wollte nur noch schlafen.

Wütend starrte sie das Buch an, das vor ihr lag.

»Das ist alles deine Schuld«, fuhr sie es an. »Du blödes, dummes Buch!«

Sie kroch darauf zu.

Auf der aufgeschlagenen Seite stand das Gedicht.

Nur eine kann in beide Welten,
jüngste Tochter derer sieben,
zusammen mit dem einzig Wahren,
Hand in Hand in tiefem Lieben.

Das Buch war bloß eine Aufzeichnung des Lebens von Prinzessin Tania.

Es war nicht schuld daran, dass sie ihre Gabe nicht kontrollieren konnte. Tania hob das Buch auf, klappte es zu und strich liebevoll über den Ledereinband, als wollte sie ihren Wutanfall von vorhin wiedergutmachen.

Dann trat sie den langen, mühsamen Rückweg zum Palast an.

In der Mitte der Brücke blieb sie stehen, beugte sich über das ruhig fließende Wasser, in dem sich die Sterne spiegelten. Sie dachte daran, wie Gabriel ihr seinen Umhang umgelegt hatte, als er sie ins Elfenreich gebracht hatte – er war so liebevoll und nett gewesen, als würde er verstehen, wie verwirrt sie sein musste.

Auf der Brüstung lag ein kleiner Stein. Sie nahm ihn und warf ihn in hohem Bogen ins Wasser, wo er mit einem leisen Glucksen versank. Die Spiegelung der Sterne erzitterte und kleine Ringe breiteten sich auf der Wasseroberfläche aus.

»Die Sache ist die«, sagte sie zu sich selbst. »Wenn ich wirklich Prinzessin Tania bin – dann ist auch das Elfenreich echt.« Ein kalter Schauder lief ihr den Rücken hinunter. »Und alles was hier geschieht!«

Auch die schreckliche Wahrheit, dass Edric in Wirklichkeit Gabriels Diener war und dass er … dass Evan … sie nie geliebt hatte. Dass der Junge, den sie mehr liebte, als sie jemals jemanden geliebt hatte, niemals wirklich existiert hatte. Evan hatte sie die ganze Zeit getäuscht.

Sie wandte sich ab und ließ sich verzweifelt auf die Brücke sinken. Dort blieb sie zusammengekauert sitzen, das Buch an die Brust gepresst, und starrte in den Himmel hinauf.

Tränen liefen ihr über die Wangen und sie fühlte sich auf einmal so unglücklich wie noch nie in ihrem Leben zuvor.

Sie hatte jegliches Zeitgefühl verloren. Nach und nach versiegten die Tränen und irgendwann rappelte sie sich auf und machte sich auf den Rückweg zum Palast.

Sie war froh, dass sie auf ihrem Weg niemandem begegnete.

In ihrem Gemach angekommen öffnete sie die Tür und trat ein. Kerzen, die man in rote Glasflöten gestellt hatte, tauchten das Zimmer in einen warmen rubinroten Schein. Tania warf einen Blick auf die Wandteppiche. Die Nacht hatte sich auch auf jede der gestickten Szenen gesenkt, aber an der Bewegung der Wolken, dem Wogen der Blätter und dem Klatschen der Wellen konnte sie sehen, dass sie noch immer lebendig waren. Doch im Moment spendeten sie ihr keinen Trost. Tania legte das Lederbuch unter ihr Kopfkissen und trat dann ans Fenster, um es zu öffnen.

Plötzlich hörte sie hinter sich das Knarzen der Dielen – jemand war in ihrem Zimmer. Tania fuhr herum.

Es war Edric. Er musste hinter der Tür gewartet haben. Jetzt stand er direkt vor ihr und versperrte ihr den Weg.

Er trug ein dunkelgraues Wams und Kniehosen, das blonde Haar war aus dem Gesicht gekämmt. Das Gesicht, das sie liebte. Das Gesicht des Jungen, der sie belogen hatte.

Plötzlich wurde Tania wütend.

»Was willst du?«, fuhr sie ihn an.

»Ich muss mit dir sprechen.« Er machte einen Schritt auf sie zu.

Sie wich zurück. »Aber ich nicht mit dir, Evan«, sagte sie mit gepresster Stimme. »Oh, tut mir leid – du heißt ja gar nicht Evan, nicht? Wie ist noch mal dein richtiger Name? Edric? Ja genau, das war's. Edric.« Sie funkelte ihn zornig an. »Weißt du, was ich am schlimmsten finde, Edric? Nicht dass du engagiert worden bist, um mich hierherzubringen, ob es mir nun gefiel oder nicht, sondern dass du mich hast glauben lassen, du würdest mich lieben. Du musst mich für eine Vollidiotin gehalten haben!« Sie schluckte und atmete tief ein. »Deshalb kann ich dir nie, niemals vergeben. Ich möchte, dass du sofort aus meinem Zimmer verschwindest.« Sie erhob die Stimme, schrie jetzt fast. »Raus!«

Edric kam rasch auf sie zu. Sie wich einen weiteren Schritt zurück, spürte aber schon die getäfelte Wand in ihrem Rücken. Er legte ihr die Hände auf die Schultern, hielt sie fest.

»Du musst mir zuhören!«, sagte er.

Sie schlug seine Hand weg und rammte ihm einen Arm gegen die Brust, dass er nach hinten taumelte.

»Fass mich nicht an!«

»Tut mir leid«, keuchte er. »Aber du musst die Wahrheit erfahren.«

»Ach, was weißt du denn schon von der Wahrheit? Du hast mich doch angelogen, seit wir uns das erste Mal begegnet sind!«, schrie sie. »Raus! Raus hier!« Mit erhobenen Fäusten stürzte sie auf ihn zu.

Er wich zurück und hob die Hände, um sich notfalls verteidigen zu können.

»Was ist das hier für ein Tumult?«, fragte jemand vom anderen Ende des Raums her.

Gabriel stand in der offenen Tür. Im Halbdunkel schimmerten seine Augen wie Monde.

»Gabriel!«, stieß sie erleichtert aus.

Der Elfenlord stürmte in den Raum und blickte seinen Diener finster an. »Edric? Was treibst du hier im Schlafgemach der Prinzessin?«

Edric sank auf ein Knie nieder und neigte den Kopf. »Mylord«, sagte er. »Ich bin hergekommen, um die Prinzessin um Verzeihung zu bitten, dass ich ihr in der Welt der Sterblichen Zuneigung vorgespielt habe. Ich wollte ihr erklären, dass alles, was ich getan habe, lediglich ihrem Wohl diente.« Er blickte kurz zu Tania hoch. »Ich wünschte so sehr, Ihr könntet mir vergeben.«

Tania starrte ihn voller Verachtung und Abscheu an. »Da hast du dich aber geschnitten!«, fauchte sie.

Unwillkürlich griff sie nach dem Bernsteintränentropfen, der ihr um den Hals hing – den Anhänger, den ihr der Junge geschenkt hatte, von dem sie geglaubt hatte, er würde sie lieben. Am liebsten hätte sie sich die Kette vom Hals gerissen und Edric ins Gesicht geschleudert.

Gabriel hob die Hand, um sie daran zu hindern. »Nicht, Mylady«, sagte er. Sie starrte ihn an: Hatte er ihre Gedanken gelesen? »Der Bernstein war kein Geschenk dieses Mannes, sondern von mir. Ich wollte ihn Euch eigentlich in der Nacht vor unserer Hochzeit überreichen.«

Tania blinzelte. »Oh.«

»Nur dank dieses Bernsteins konnte ich überhaupt in die Welt der Sterblichen gelangen und Euch zurück nach Hause bringen«, sagte Gabriel. »Solange Ihr ihn tragt, werde ich Euch überall und immer finden – sowohl in dieser als auch in der anderen Welt.«

Der Anhänger glühte in ihrer Hand.

Gabriel wandte sich wieder an seinen knienden Diener. »Hinfort mit dir«, knurrte er. Seine Stimme klang jetzt eiskalt. »Wenn du dich noch einmal Prinzessin Tania aufdrängst, wird es dir schlecht ergehen.« Er zeigte warnend auf ihn. »Hüte dich vor dem Bernsteingefängnis, Master Chanticleer! Hüte dich!«

Wie ein geprügelter Hund schlich Edric aus dem Raum. Tania war froh, dass er ging, obwohl er ihrer Meinung nach mehr verdient hatte als nur einen Tadel. Als sich die Tür hinter ihm schloss, ergriff Gabriel Tanias Hände.

»Hiermit entschuldige ich mich in aller Form für das Benehmen meines Dieners«, sagte er. »Ich wollte

Euch nicht solchen Verdruss bereiten.« Er lächelte sie an. »Diese ganze Welt muss sehr verwirrend für Euch sein und sicher habt Ihr noch zahlreiche Erinnerungen an Euer sterbliches Leben. Ich wünschte, ich könnte Euer Leiden lindern.«

»Ja, irgendwie ist es schon ganz schön abgefahren«, stimmte Tania zu. »Aber ich denke, ich werde damit klarkommen, früher oder später.«

»Ich bete inständig, dass dem so sei.«

Sie blickte ihm ins Gesicht. »Das geschieht alles wirklich, nicht wahr?«, sagte sie ruhig.

»Ja.« Er sah sie an und lächelte sie aufmunternd an.

Sie runzelte die Stirn. »Da ... da, wo ich herkomme«, begann sie zögernd, »war Edric ein echter Mensch aus Fleisch und Blut. Aber du warst irgendwie nicht richtig dort – durch dich konnte ich hindurchsehen. Wie kommt das?«

»Ich habe Edric zu Euch geschickt«, entgegnete er. »Er wurde von schwarzem Bernstein beschützt – das ist ein seltener Stein, der vor Isenmort schützt.«

»Sein Armband«, sagte Tania. »Deshalb hat er es immer getragen.«

»Fürwahr«, sagte Gabriel. »Es abzunehmen, wäre lebensgefährlich für ihn gewesen. Ich hingegen, Mylady, war nur ein Bild in Eurem Kopf.«

»Aber ich habe dich doch berührt – auf dem Balkon, da habe ich deine Hand genommen.«

Gabriel lächelte sie liebevoll an. »Das war nicht mein Verdienst, Mylady, das habt Ihr durch Eure eigene Kraft geschafft: Ihr habt über die Welten hinweg nach mir gegriffen.«

Tania blickte ihn nachdenklich an.

»Ich war gerade im Begriff, dich zu heiraten, als ich verschwunden bin, nicht?«

Er zögerte kurz, bevor er erwiderte: »Sprecht nicht davon, Mylady«, sagte er. »Lassen wir die Vergangenheit ruhen.«

»Ich weiß nicht genau, was du damit sagen willst«, sagte Tania. »Aber ich würde gerne darüber reden, wenn das okay für dich ist.« Sie lächelte leicht. »Ich nehme mal an, dass wir … na ja, uns ziemlich gern hatten.«

»Ihr ward die Liebe meines Lebens«, sagte er.

»Du musst also ziemlich aufgelöst gewesen sein, als ich plötzlich verschwunden war«, sagte sie.

»Das ist wahr«, antwortete er kaum hörbar. »Ich habe Euch all die langen Jahre hindurch gesucht, bis ich Euch endlich gefunden habe.«

»Wie hast du mich eigentlich gefunden?«, fragte Tania. »Hatte das etwas mit dem Schulausflug zum Hampton Court Palace zu tun? Ich habe mich dort die ganze Zeit über sehr seltsam gefühlt – als würde ich den Ort kennen, ohne jemals dort gewesen zu sein. Und als ich hierherkam, fiel mir auf, dass er diesem Palast ähnelt.«

»Führwahr, Mylady. Es gibt Orte, an denen das Elfenreich und die Welt der Sterblichen sich sehr nahe sind.«

»Ja, das hat mir Rathina auch schon erzählt«, sagte Tania. »Hampton Court Palace und dieser Palast sind so eine Stelle. Hast du mich gesehen, auf dem Schulausflug?«

»Nein«, sagte Gabriel, »aber ich habe Eure Gegenwart gespürt.« Er legte eine Hand erst an die Stirn und dann auf die Brust. »Mit dem Geist und mit dem Herzen. Mithilfe der Mystischen Künste habe ich lange nach einen Weg gesucht, einen Abgesandten in die Welt der Sterblichen zu schicken. Ich habe Edric ausgewählt, weil er mir treu ergeben und überaus klug ist, und habe ihn durch das Portal auf die Suche nach Euch gesandt.« Er lächelte. »Und er hat seine Aufgabe erfüllt, Mylady.«

»Ja, allerdings«, sagte Tania trocken. Sie sah ihn nachdenklich an. »Es tut mir leid, wenn ich dir mit dieser Frage zu nahe trete«, sagte sie. »Aber meinst du immer noch, dass wir heiraten sollten?«

Gabriel antwortete nicht sofort. »Ich habe Euch zum Wohle des Königs und des Elfenreichs hierhergebracht«, sagte er. »An mich selbst habe ich dabei nicht gedacht. Ihr habt keine Erinnerung an uns und ich würde Euch nie darum bitten, ein Versprechen einzuhalten, das mir vor fünfhundert Jahren von einer Frau gegeben wurde, die Ihr Euch nicht einmal entsinnt, gewesen zu sein.« Er blickte über ihre Schulter aus dem Fenster.

»Jeden Morgen die Sonne über dem Reich aufgehen zu sehen und des Nachts die Sterne zu bewundern, ist mir Belohnung genug. Mehr wünsche ich nicht.«

»Sag du und Tania zu mir«, sagte sie. »Und erzähl mir mehr von einer Elfenhochzeit. Ich möchte doch zu gerne wissen, wie es ist, wenn ein Adeliger und eine Prinzessin heiraten.«

Gabriel lachte leise. »Gern«, sagte er. »Hast du einen Spiegel, Tania?«

»Ja, dort drüben.«

»Dann komm, ich zeige dir etwas wunderbares.«

Sie ging mit ihm zur Kommode und nahm den Handspiegel.

»Setz dich«, sagte er.

Sie zog sich einen Stuhl heran und nahm Platz. Gabriel stellte sich hinter sie, stützte eine Hand auf die Stuhllehne, beugte sich über sie und strich mit der Hand über den Spiegel. Dabei murmelte er einige Worte, die sie nicht verstand.

»Eine königliche Hochzeit dauert drei Tage und drei Nächte«, erzählte er schließlich. »Sie beginnt mit dem Ritual der Vereinigung der Hände, das im Lichtsaal stattfindet.«

Während er sprach, trübte sich der Spiegel ein. Als sich der Nebel verzog, erblickte Tania einen riesengroßen, hell erleuchteten Saal. Kurz darauf – ohne sich von der Stelle bewegt zu haben – hielt sie nicht mehr den Spiegel mit dem Bild in der Hand, sondern befand sich selbst in dem großen Saal.

Er hatte eine hohe gewölbte Decke und Wände mit unzähligen hohen Buntglasfenstern, in denen sich das Sonnenlicht brach, sodass der Saal in allen Farben des Regenbogens erstrahlte. Chormusik erklang und in dem Saal befanden sich viele Leute in prunkvollen Kleidern.

Die Menge hatte einen schmalen Gang gelassen, der vor einem Podest endete, auf dem ein großer Kessel auf vier gedrungenen Beinen stand. Die Luft darüber flirrte, als würde darin etwas brodeln. Daneben stand Gabriel, der sehr stattlich aussah.

Hinter dem Kessel saßen Oberon und Titania auf Thronen. Sie trugen zarte Kristallkronen und um ihre Schultern lagen pelzbesetzte weiße Umhänge aus Hermelin und Seide, die mit Edelsteinen verziert waren.

Tania blickte an sich hinunter: Sie hatte ein weißes Brautkleid mit einer langen Schleppe an.

Während sie den Gang entlangschritt schwebten weiße Rosenblütenblätter von der Decke und füllten die Luft mit ihrem schweren süßen Duft.

Als Tania sich umblickte, sah sie ihre Schwestern, die hinter ihr hergingen und die Arme voller weißer Blumen hatten.

Als Tania am Ende des Gangs angelangt war, half

ihr Gabriel auf das Podest. Bei der Berührung seiner Finger erzitterte sie vor Vorfreude. Jetzt konnte sie erkennen, dass in dem Kessel eine Flüssigkeit golden schimmerte.

Gabriel nahm einen kleinen Glaskrug vom Tisch neben dem Kessel, tauchte ihn in die wirbelnde Flüssigkeit und hob ihn heraus. Ein paar glänzende bernsteinfarbene Tropfen rannen am Krug hinab und fielen in den Kessel zurück. Tania hielt die Hand über die Flüssigkeit und spürte die aufsteigende Wärme. Gabriel ergriff ihre Hand und goss langsam die goldene Flüssigkeit über ihre Hände. Tania hatte erwartet, dass es brennen würde, aber sie war warm und so zähflüssig wie Honig. In großen goldenen Tropfen rann die Flüssigkeit von ihren vereinigten Händen.

Überrascht hielt sie den Atem an, als ihre Hand, ihr Arm und ihr ganzer Körper zu prickeln begannen. Sie wandte den Kopf und sah Gabriel an. Er sah ihr tief in die Augen und in seinem Blick lagen Liebe und Freude.

Sie hatte das Gefühl, gleich in Ohnmacht zu fallen – sie war überglücklich. Ihr war etwas schwindlig und sie schnappte nach Luft.

»Gabriel … ich …« Doch weiter kam sie nicht, denn da löste sich der Lichtsaal um sie herum auf und sie saß wieder in ihrem Schlafgemach und hielt den Handspiegel vor sich.

»Oh wow!«, hauchte sie, während der Nebel sich

verzog und sie wieder ihr eigenes Spiegelbild sah. »Das war unglaublich!« Mit zitternder Hand legte sie den Spiegel beiseite. »Und in der Nacht vor alledem bin ich also einfach verschwunden«, sagte Tania und schaute aus dem Fenster auf den sternenklaren Himmel. »Aber warum bin ich nicht zu dir zurückgekommen?«

»Diese Frage kannst nur du allein beantworten, Tania«, sagte Gabriel. »*Nur eine kann in beide Welten*. Ich vermute, es war gar nicht deine Absicht, jenen Weg auf diese Weise und zu dieser Zeit zu gehen.«

»Das hat Rathina auch schon gesagt«, gab Tania zu. »Sie meinte, wir hätten in dieser Nacht nur herumgealbert.«

»Du bist heute Nacht wieder zwischen den Welten hin- und hergewandert, nicht wahr?«, fragte Gabriel sie.

»Ja, woher weißt du das?«

»Der Bernstein hat mich gerufen«, sagte Gabriel. »Solange du ihn trägst, kannst du nicht verloren gehen. Du hast die Welt der Sterblichen betreten, um mit jenen zu sprechen, die du deine Eltern nennst – doch das Elfenreich hat dich wieder hierher zurückgezogen.«

Er klang so traurig, dass Tania plötzlich ein schlechtes Gewissen bekam, weil sie versucht hatte sich einfach davonzustehlen. Gabriel schien sehr unglücklich darüber zu sein.

»Ich bitte dich, nicht noch einmal dorthin zu gehen, Tania«, sagte er sanft. »Es ist wahrhaft gefährlich. Das Elfenreich ist dein richtiges Zuhause, hier gehörst du her.«

»Ja, das weiß ich jetzt«, sagte sie. »Aber ich muss meiner Mum und meinem Dad Bescheid geben, dass es mir gut geht.«

Gabriels Stimme war kaum mehr als ein Flüstern. »Ich möchte dich nicht noch einmal verlieren, Tania – ich will nicht, dass dir etwas zustößt.«

Tania schwieg für einen Moment. Was bedeutet Gabriel Drake ihr? Sie mochte ihn – oder war es mehr? »Das muss wirklich schlimm für dich gewesen sein«, sagte sie. »Die Person, die du liebst, in der Nacht vor der Hochzeit zu verlieren.«

Er sagte nichts.

»Es tut mir wirklich leid.« Sie reichte ihm ihre Hand über die Schulter.

Doch er ergriff sie nicht.

»Gabriel?« Sie wandte den Kopf.

Er war nicht mehr da. Dafür lag eine langstielige rote Rose auf ihrem Bett und erfüllte den Raum mit ihrem süßen Duft.

XII

Tania öffnete ein Fenster und lehnte sich hinaus um die in laue Nachtluft zu spüren. Edric würde ihr keinen unangekündigten Besuch mehr abstatten, da war sie sich sicher. Worum handelte es sich wohl bei diesem Bernsteingefängnis? Nach Edrics Gesichtsausdruck zu urteilen, war es wohl nicht gerade ein Freizeitpark.

»Wer bin ich?«, fragte sie laut, an den Sternenhimmel gewandt. »Ich weiß, dass ich Prinzessin Tania bin, zumindest bin ich mir ziemlich sicher, aber ich fühle mich nicht wirklich wie sie, sondern noch immer wie Anita Palmer.« Stirnrunzelnd wiederholte sie den Namen laut. »Anita Palmer, Eddison Terrace 19, London, Großbritannien, Europa, Erde, Sonnensystem, Milchstraße, Universum.« Sie musste lächeln, als ihr einfiel, dass sie kurz nach einem Planetariumsbesuch an ihrem achten Geburtstag ihre Adresse genau so aufgeschrieben hatte.

Und jetzt? Prinzessin Tania, Königspalast, Elfenreich. Was hatte Prinzessin Tania an ihrem achten Geburtstag gemacht? Sie hatte keine Ahnung.

Doch vielleicht würde sie es irgendwann in Erfahrung bringen.

Sie zog das Buch unter ihrem Kissen hervor, setzte sich im Schneidersitz aufs Bett und legte sich das Buch auf den Schoß.

Sie überflog die ersten Jahre auf der Suche nach den interessanten Stellen in den schier endlosen Details ihrer frühen Kindheit.

Ihre ersten Lebensjahre hatte sie ausschließlich in der Palastanlage verbracht, mit ihren Schwestern in einem Kinderzimmer voll herrlicher Spielsachen gespielt und später Lesen und Schreiben gelernt. Als sie älter war, machte sie mit ihrer Mutter – Königin Titania – lange Spaziergänge. Sie lernte auch reiten, Flöte spielen, tanzen, mit Pfeil und Bogen zu schießen und mit einem Schwert zu kämpfen – all die Dinge, die eine Prinzessin können sollte.

Im Sommer reiste die königliche Familie stets in den Veraglad-Palast, ein Schloss, das auf einer hohen Klippe direkt über dem Meer erbaut war. Tania las über das Einhorn Parzival, das ihr Haustier gewesen war, und von den glücklichen Tagen und Wochen, in denen sie mit ihm die Strände durchkämmt hatte. Jeden Abend war sie mit lauter Ketten aus den Gehäusen von Strandschnecken um den Hals in den Palast zurückgekehrt. Sie erfuhr von Picknicks am Strand mit Lagerfeuer, vom Schwimmen mit Delfinen, vom Fangen spielen mit ihren Schwestern um die Felsen und Gezeitenbecken herum, die im Schatten der weißen Klippen lagen.

Sie schien eine wunderschöne Kindheit gehabt zu haben. Tania hatte einen Kloß im Hals, als sie die schweren Seiten mit den verlorenen Erinnerungen umblätterte.

Mit zehn hatte sie ihren Vater auf der königlichen Galeone auf eine Seereise zu den entlegenen Inseln des Reichs begleitet – nach Chalcedony und Urm und zu den felsigen Landspitzen von Highmost Voltar, wo die Seevögel in dichten Schwärmen unterwegs waren.

An ihrem zwölften Geburtstag fand im gesamten Palast das Fest zu ihrer Volljährigkeit statt. Es dauerte fünf ganze Tage und Nächte, an denen Maskenbälle und andere Feiern sowie Festessen abgehalten wurden. Es gab die verschiedensten Darbietungen und Vergnügungen, Musik und mitternächtliche Feuerwerke.

Tania schluckte und versuchte die Tränen zurückzuhalten – es war so traurig, dass sie sich an nichts von alledem erinnern konnte. Sie hatte ja nicht ahnen können, wie gefährlich es sein würde, in jener Nacht vor fünfhundert Jahren ihre Gabe auszuprobieren. Sie hatte ja nicht wissen können, was geschehen würde.

Sie lehnte sich ans gepolsterte Kopfteil ihres Betts und schloss die Augen. Verzweifelt durchforstete sie ihr Gedächtnis nach irgendeinem klitzekleinen Hinweis darauf, dass sie die Dinge, die sie gerade gelesen hatte, tatsächlich erlebt hatte. Doch es war zwecklos – sie erinnerte sich an nichts.

Sie konnte sich nicht mal entsinnen, Gefühle für Gabriel gehabt zu haben – auch wenn sie überzeugt davon war, dass sie welche gehabt haben musste, trotz allem, was Sancha und Cordelia auf dem Ball gesagt hatten. Liebte sie Gabriel? Nachdenklich runzelte Tania die Stirn. Sie mochte ihn, es ging auch eine gewisse Anziehungskraft von ihm aus – aber Liebe? Nein, das nicht, zumindest noch nicht. Es würde sowieso eine ganze Zeit dauern, bevor sie sich wieder auf jemanden einlassen konnte – nach dem, was Edric ihr angetan hatte.

Aber Gabriel hatte sie geliebt, dessen war sie sich sicher. Und er liebte sie immer noch.

Sie schlug die Augen auf und starrte vor sich hin.

»Ich muss Mum und Dad Bescheid geben, dass es mir gut geht«, sagte sie und klappte das Buch zu. »Danach … na ja … dann sehen wir weiter.« Sie wusste, dass sie wieder in die Welt der Sterblichen gelangen konnte, aber sie hatte keine Ahnung, wie sie es verhindern sollte, erneut gegen ihren Willen und ohne jede Vorwarnung zurückgeholt zu werden.

Sie brauchte dringend jemanden, der ihr zeigte, wie man zwischen den Welten hin- und herging, der ihr erklärte, wie sie ihre Fähigkeit gezielt einsetzen konnte. Aber wer?

Oberon wüsste es. Er verfügte über Mystische

Kräfte. Tania erinnerte sich noch lebhaft daran, wie er den Himmel mittels einer einzigen Geste zum Leben erweckt und wie er all die Kerzen beim Ball entzündet hatte. Auch Gabriel hatte Mystische Kräfte. Und Eden – ihre sonderbare, einsiedlerische Schwester. Was hatte Sancha noch mal gesagt? Dass Eden in den Mystischen Künsten gleich an zweiter Stelle nach Oberon gekommen war, bevor sie sich in ihren efeuüberwucherten Turm zurückgezogen hatte. Auch wenn Tania nicht wirklich wusste, was man unter den Mystischen Künsten genau verstand.

Gabriel konnte sie jedenfalls nicht um Hilfe bitten. Er hatte ihr recht unmissverständlich klargemacht, dass er nicht wollte, dass sie in die Welt der Sterblichen zurückkehrte. Und Oberon würde sicher genauso denken.

Doch was war mit Eden? Ob sie ihr helfen konnte?

Denn vielleicht gab es sogar eine Möglichkeit, dass sie den Übergang in beide Welten hinein und wieder hinaus willentlich kontrollieren konnte. Bei dem Gedanken musste Tania lächeln. Vormittags in London – nachmittags im Elfenreich. Sommer in der Welt der Sterblichen – Winter im Reich der Unsterblichen. Nicht schlecht!

Sie zog ihr Nachthemd an, dann ging sie im Zimmer herum und blies die Kerzen aus. Jetzt spendeten nur noch die Sterne am Nachthimmel etwas Licht.

Sie legte Gabriels rote Rose auf das Nachttischchen, krabbelte ins Bett und zog sich die Decke bis zum Kinn.

Gleich in der Früh würde sie zu Edens Gemächern gehen und sie um Hilfe bitten.

Hoffentlich verstand ihre Schwester, wie wichtig es für sie war, in die Welt der Sterblichen zu gelangen und mit ihren Eltern zu sprechen. Wenn Tania versprach, ins Elfenreich zurückzukehren, konnte Eden aber eigentlich nichts dagegen haben.

Die Sonne hatte sich noch nicht mal über die östlichen Türme und Zinnen erhoben, als Tania schon aus dem Zimmer schlich und sich auf die Suche nach ihrer ältesten Schwester machte.

Die Morgenkühle dämpfte ihren Mut zunächst, aber sie wollte nicht umkehren, ohne es wenigstens versucht zu haben. Sie wusste, dass Zara und all die anderen Vorbehalte gegenüber ihrer älteren Schwester hatten, aber Tania wollte Eden treffen und sich ihre eigene Meinung bilden. Sie sah keinen Grund, warum Eden sich weniger als die anderen freuen sollte, sie zu sehen, und Tania wiederum hatte keinen Grund, Angst vor ihr zu haben.

Sie schaffte es, sich zweimal auf dem Weg zu verirren, bevor sie endlich in den großen kopfsteingepflasterten Hof mit dem Steinbrunnen in der Mitte hinaustrat. Der efeuumwucherte Turm ragte vor ihr auf und sah im trüben Licht kurz vor der Morgendämmerung sogar noch düsterer und abweisender aus als sonst.

Tania fröstelte. Von dem Turm ging etwas Unheimliches aus, was ihr die Nackenhaare aufstellte.

Sie richtete sich auf, ging über das Kopfsteinpflaster und stieg die drei Stufen zu der breiten schwarzen Tür hinauf. Dort blickte sie sich nach einer Art Klopfer um, fand aber nichts dergleichen und pochte mit der Faust gegen die Tür.

Es klang dumpf.

Dann fiel ihr noch etwas auf: Es gab auch keine Türklinke. Wie öffnete man von außen die Tür? Wenn Eden heraustrat, wie gelangte sie dann wieder hinein? Oder hieß das etwa, dass sie den Turm nie verließ? Tania hämmerte mit den Fingerknöcheln erneut gegen das schwarze Holz, diesmal klang es noch lauter.

Sie blies auf ihre schmerzenden Knöchel, während sie lauschte, ob drinnen vielleicht jemand kam.

Nein, nichts.

Was jetzt?

»Mist!« Nun trommelte sie mit beiden Fäusten gegen die Tür.

Mit einem Mal fuhr sie überrascht zusammen. Sie war sich sicher, dass die große Tür unter ihren Schlägen ganz leicht nachgegeben hatte. Tania stemmte sich mit der Schulter dagegen.

Lautlos schwang die Tür auf.

»Eden?«, rief sie. Ihre Stimme klang ängstlich. »Eden?«

Die Stille schien immer drückender und schwerer zu werden, während Tania in die enge kahle Diele trat. Zu ihrer Rechten befand sich ein schmaler Torbogen und dahinter sah Tania die ersten Stufen einer abgetretenen Wendeltreppe, die nach oben führte. Links befand sich eine Tür aus grobem grauem Holz.

Tania duckte sich unter den Treppenbogen und spähte in die Dunkelheit hinauf. Die Vorstellung, die Wendeltreppe im Dunkeln hinaufzusteigen, gefiel ihr ganz und gar nicht.

»E-e-e-den!« Ihre Stimme klang in der düsteren Atmosphäre halb erstickt.

Tania rieb sich wärmend die Hände und ging dann zurück zu der Tür, die mit einem Holzriegel verschlossen war. Sie hob den Riegel hoch und schob die Tür auf.

Sie trat in einen lang gezogenen Raum mit niedriger Decke und nur einem einzigen kreisrunden Fenster an der gegenüberliegenden Wand.

»Na klar!« Tania erinnerte sich, wie sie von draußen durch dieses Fenster geblickt hatte. Das war der Raum, in dem sie die einsame Gestalt gesehen hatte.

Tania ging weiter und ihre Schritte hallten auf dem Holzfußboden. Die Wände und Decke waren verrußt.

Plötzlich glaubte Tania, Umrisse im Halbdunkel zu sehen. Sie blieb stehen und starrte angestrengt auf eine Stelle an der Wand. Sie hätte schwören können, dort ein groteskes Gesicht gesehen zu haben – doch da war nichts. Gleich darauf bemerkte sie aus den Augenwinkeln ein weiteres Gesicht an einer anderen Stelle.

Der verzerrte Mund bewegte sich und eine dünne, schrille Stimme ertönte: »Der Narr, der diesen Raum betritt, wird sterben – die Krähen kratzen dir die fauligen Augen aus.«

Tania fuhr herum, doch da verschwand das Gesicht.

Aber kurz darauf erschien ein anderes Gesicht, das finstere Grimassen zog und mit durchdringender Stimme rief: »Verschwinde von hier, solange du noch kannst. Denn wenn du bleibst, wird dir das Blut in den Adern gerinnen.«

Panisch drehte Tania sich um, doch wieder sah sie nichts.

Sie holte tief Luft und nahm ihren ganzen Mut zusammen. »Ich habe keine Angst vor euch!«, sagte sie und hoffte, dass sie furchtloser klang, als sie sich fühlte. »Entweder zeigt ihr euch oder ihr haltet gefälligst die Klappe und lasst mich in Ruhe!«

Ein geisterhaftes Gelächter ertönte. Immer mehr grauenhafte Gesichter erschienen, lösten sich aber auf, sobald Tania direkt hinsah.

Sie hielt kurz innen und ging dann auf das runde Fenster zu.

Bösartige Augen starrten sie mit finsteren Mienen an und grinsten höhnisch von Wänden und Decke. Zischend und knirschend stießen sie ihre schauderhaften Drohungen aus.

Als Tania unbeschadet das Fenster erreichte, fasste sie neuen Mut: Sie war überzeugt, dass die verzerrten Gesichter, die sie finster von allen Seiten anglotzten und ihr lauter grausame Dinge androhten, nicht in der Lage waren, ihr wirklich etwas anzutun. Wahrscheinlich dienten sie als eine Art mystischer Schutz, um Unbefugte abzuschrecken. Nun, Oberons siebte Tochter ließ sich nicht so leicht ins Bockshorn jagen.

Endlich stand sie direkt vor dem runden Fenster, das so breit war wie ihre ausgestreckten Arme. Der untere Rand befand sich auf Taillenhöhe. Sie versuchte zu erkennen, welches Muster die rußigen, von Blei eingefassten bunten Glasscheiben ergaben. Sie konnte sogar die hellere Stelle in der Scheibe ausmachen, die sie am Vortag von draußen sauber gewischt hatte.

Während sie dort stand, bemerkte sie plötzlich ein Leuchten, das von einem kleinen hellen Punkt auszugehen schien und langsam größer wurde.

Überrascht trat Tania zurück. Dann wurde ihr klar,
was es war: Die Sonne war über das Palastdach gewandert und stand jetzt so hoch, dass ihre Strahlen

den Hof erreichten. Tania lächelte. Durch das Sonnenlicht sah man den Ruß und Schmutz jetzt kaum noch und die Glasscheiben erstrahlten in leuchtenden Farben.

Nun erkannte Tania auch das Muster: Es war ein vielfarbiges Labyrinth aus Glas, das so hell strahlte, dass es blendete und sie kaum hinsehen konnte.

Auf einmal erklangen Stimmen hinter dem Fenster.

»Hey, Christina! Mach mal 'n Foto von mir hier!«

»Laut dem Plan ist das hier der Brunnenhof. Das heißt, die Tudor-Küche muss da lang sein.«

»Die Bahnen fahren alle halbe Stunde von der Hampton-Court-Station weg, wir haben also alle Zeit der Welt.«

»Was für ein herrlicher Tag! Wir haben echt Glück mit dem Wetter bis jetzt.«

Tania trat näher ans Fenster – das Geplapper kam nicht aus dem Elfenreich.

Sie schirmte die Augen gegen das grelle Licht ab und blickte durch das Fenster. Der Hof sah verändert aus. Statt des Kopfsteinpflasters war da jetzt gepflegter Rasen und anstelle des Brunnens gab es ein breites Steinbecken, aus dem Wasserfontänen in die Höhe schossen. Wo die Mauern des Elfenpalastes gestanden hatten, befanden sich jetzt verzierte Kreuzgänge und Gebäude mit hohen Fenstern und dekorativen weißen Ornamenten in den Backsteinmauern.

Menschen in Jeans, mit Rucksäcken, Kameras und Baseball-Kappen tummelten sich im Hof.

Tania blickte auf die Welt der Sterblichen.

Ihr Herz setzte einen Moment lang aus. Sie legte die Finger ans Glas, das sich warm anfühlte und unter ihrer Berührung nachgab, als würde es schmelzen – ihre Hand glitt geradewegs hindurch. Die Bilder dahinter kräuselten sich und wankten, die Stimmen entfernten sich und kamen wieder näher.

Ob sie einfach durch das Fenster in die andere Welt treten konnte?

»Weg vom Fenster! Wenn dir dein Leben lieb ist, tritt beiseite!«

Schockiert wirbelte Tania herum.

Eine hochgewachsene Frau in einem schwarzen Umhang mit Kapuze stand in der offenen Tür. Ihre dunklen Augen funkelten sie an und sie machte eine rasche Armbewegung.

Tania schrie erstickt auf, als unsichtbare Hände sie von den Füßen rissen und durch den Raum wirbeln ließen. Sie krachte gegen eine Wand und rutschte keuchend zu Boden, während die Frau mit zorniger, Unheil verkündender Miene auf sie zuschritt.

XIII

Tania rappelte sich auf und starrte die Frau an. Auch wenn die Gesichtszüge der Frau wutverzerrt waren, bemerkte sie die Ähnlichkeit zu Oberon sofort – dies musste ihre älteste Schwester sein.

Sie hielt abwehrend die Hände hoch. »Eden, halt!«

»Du Närrin!«, stieß Eden hervor. »Was machst du hier? Das Pirolglas ist gefährlich.«

»Was meinst du damit?«

»Es ist ein Portal in die Welt der Sterblichen.« Eden wandte sich zum Fenster und machte eine weite Armbewegung. Sofort erlosch das Regenbogenlicht und der Raum wurde wieder grau.

»Jetzt ist es wieder zu«, sagte Eden. »Die Gefahr ist gebannt.«

»Aber ich soll doch angeblich zwischen den Welten wandeln können«, sagte Tania. »So steht es in dem Gedicht. Denn ich bin schließlich die siebte Tochter, nicht?« Sie lies ihre Schwester nicht aus den Augen und wartet gespannt auf ihre Reaktion. »Darum bin ich zu dir gekommen. Ich muss unbedingt wissen, wie ich meine Gabe kontrollieren kann. Kannst du mir das beibringen?«

Eden blickte sie an. Sie stand jetzt genau vor ihr, sodass Tania den Schmerz in ihren dunkelbraunen Augen sehen konnte.

»Niemals«, sagte Eden.

Tania trat einen Schritt auf sie zu, aber Eden wich rasch zurück, als wolle sie jede Berührung vermeiden.

»Ich muss meinen Eltern sagen, dass es mir gut geht«, bat Tania. »Sie sind bestimmt außer sich vor Sorge.« Sie blickte Eden fest entschlossen an. »Du musst mir helfen«, sagte sie. »Ich gehe hier nicht weg, ehe du's tust.«

Edens Augen blitzten auf.

Oh-oh, dachte Tania. *Das war falsch. Das hätte ich nicht sagen sollen.*

Eden streckte den Arm aus und plötzlich schien Tania gegen eine unsichtbare Wand zu prallen und etwas wickelte sich um sie herum, sodass sie sich nicht mehr rühren konnte und kaum noch Luft bekam.

Tania spürte, wie sie vom Boden hochgehoben wurde. »Eden«, röchelte sie. »Nicht ...«

Auf eine Handbewegung Edens hin wurde Tania durch die Luft gewirbelt, und ohne dass sie etwas dagegen tun konnte, flog sie durch die graue Tür in die Diele hinaus bis in den Hof.

Mit einem dumpfen Knall fiel die schwarze Tür hinter ihr ins Schloss. Tania schwebte noch einen kurzen Augenblick reglos in der Luft, bevor sie zu Boden fiel und so unsanft auf Händen und Knien aufkam, dass ihr die Luft wegblieb.

Dann rappelte sie sich auf und lief zurück zur Tür.

»Eden!«, rief sie und hämmerte mit beiden Fäusten gegen das Holz. »Du musst mich wieder reinlassen!«

Doch diesmal ließ sich die Tür nicht öffnen. Egal, wie sehr sie sich gegen die schwarze Tür warf, sie blieb fest geschlossen.

Tania setzte sich schließlich auf die oberste Treppenstufe. Nach einem letzten verzweifelten Klopfen an die Tür sank sie zusammen und verbarg das Gesicht in den Händen. Ohne Edens Hilfe würde sie wohl nie lernen, ihre Gabe zu kontrollieren, und ihre Eltern möglicherweise niemals wiedersehen.

Nach einer Weile jedoch schöpfte sie neuen Mut, erhob sich und rannte um den Turm herum zum Fenster. Sie starrte ins Innere, aber der Raum war leer – Eden war weg.

»Na, das hat du ja super hingekriegt, Tania«, sagte sie leise zu sich selbst. »Voll vergeigt.«

Sie machte kehrt und ging zurück in den Hof.

Unter dem Torbogen, der in die Gartenanlage führte, stand eine Gestalt mit gebauschtem schwarzem Umhang. Als die Person näher kam und ins Licht trat, erkannte sie Gabriel Drake.

»Hast du mich erschreckt!«, stieß Tania hervor.

»Du hättest nicht an diesen traurigen Ort kommen sollen«, sagte Gabriel sanft.

Tania zuckte mit den Schultern. »Ich dachte, Eden könnte mir vielleicht dabei helfen, Kontakt mit meinen Eltern aufzunehmen«, erklärte sie. »Mit meinen sterblichen Eltern, meine ich.«

»Komm, wir wollen diesen Ort verlassen«, sagte Gabriel.

Tania ließ sich von ihm aus dem Hof führen.

»Ich verstehe deinen Wunsch, das Leiden derer, die du zurückgelassen hast, zu lindern«, fuhr Gabriel fort. »Doch was du anstrebst, ist gefährlich.«

»Du meinst, du weißt, warum ich meine Eltern sehen will, aber du hältst es für keine Superidee, ja?«

Gabriel runzelte die Stirn. »Nein, es ist keine Superidee«, wiederholte er langsam. Er zögerte kurz, dann sprach er weiter. »Du weißt, dass ich es gut mit dir meine. Ich bin dein Freund.«

Sie berührte ihn am Arm. »Ja, natürlich.«

»Dann hör mir zu. Du solltest Prinzessin Eden nicht um Hilfe bitten – sie ist seelisch angeschlagen. Ich weiß nicht, wie es so weit kommen konnte, vielleicht hat der Tod der Königin ihr das Herz gebrochen. Ich fürchte jedoch, dass die Beschäftigung mit den Mystischen Künsten sie um den Verstand gebracht hat.«

Tania sah ihn ernst an. »Das kann passieren? Können die Mystischen Künste einen tatsächlich verrückt werden lassen?«

»Es gibt eine Redensart«, sagte Gabriel. »*Wage dich nicht so tief in die Drachenhöhle, dass du hinter dir das Licht nicht mehr sehen kannst.*«

»Oh«, sagte Tania und biss sich auf die Unterlippe. »Und du denkst, dass Eden sich zu tief in die Drachenhöhle gewagt hat und quasi vom Drachen ... gefressen wurde, ja?«

»Prinzessin Eden hat sich weit vom Licht entfernt«, sagte Gabriel. »Ich möchte nicht, dass du ihr auf diesem schrecklichen Weg folgst.«

»Verstehe.« Tania seufzte. »Ach, ich weiß nicht, was ich tun soll, Gabriel«, sagte sie. »Ich bin so durcheinander, ich weiß gar nicht mehr, wie mir geschieht. Zu Hause war mein Leben in Ordnung – aber hier?« Sie schüttelte den Kopf. »Ich habe keine Ahnung, wer ich bin oder was ich mit meinem Leben anfangen soll.« Sie runzelte die Stirn. »Ich weiß nur sicher, dass ich meine Eltern sehen muss – und wenn es das letzte Mal ist.« Sie sah ihn flehend an. »Bitte!«

»Ich weiß, dass es nicht leicht für dich ist«, sagte er voller Mitgefühl. »Doch du bist die Elfenprinzessin Tania – das ist die unabänderliche Wahrheit. Das Mädchen, das du in der Welt der Sterblichen warst, existiert nun nicht mehr. Vertrau mir, Tania – ich möchte dir nur helfen: Trauere nicht um das, was verloren ist. Vergiss besser die Welt der Sterblichen.« Er sah sie eindringlich an. »Hier im Elfenreich sind die, die dich lieben und dich schon immer geliebt haben. Kehre der Vergangenheit den Rücken zu, Tania, und akzeptiere, dass du hier die Pflichten einer Prinzessin zu erfüllen hast.«

»Was meinst du damit?«, fragte sie. »Und was für Pflichten? Mir war nicht bewusst, das ich hier welche habe.«

»Dann erfahre mehr über dein Erbe«, sagte er. »Entdecke, wer du bist, und strebe danach, das Elfenreich besser kennenzulernen.«

»Aber wie?«

»Deine Schwester Sancha mag die Antworten kennen«, sagte er. »Jeden Tag stöbert sie in alten Texten, dadurch verfügt sie über viel Weisheit. Geh in die Bibliothek und sprich mit ihr.« Er blieb stehen, legte ihr die Hände auf die Schultern und blickte ihr tief in die Augen. Ohne dass sie es gemerkt hatte, hatte er sie den ganzen Weg bis zu ihrem Schlafgemach begleitet.

»Ich muss dich jetzt verlassen, Tania«, sagte er. »Doch höre auf meine Worte: Bitte Prinzessin Eden nicht noch einmal um Hilfe. Ich möchte nicht, dass du von der Schlange ihrer Unvernunft vergiftet wirst.«

Er verneigte sich kurz und hauchte ihr einen sanften Kuss auf die Hand, ehe er auf dem Absatz kehrtmachte und mit großen Schritten davoneilte.

Tania sah ihm nach und widerstand dem plötzlichen Drang, ihm nachzulaufen.

Schließlich ging sie in ihr Zimmer und schloss die Tür. Sie grübelte darüber nach, was sie jetzt tun sollte – vielleicht hatte Gabriel ja Recht und Eden war wirklich nicht die Richtige, um ihr zu helfen.

»Aber ich werde trotzdem nicht aufgeben, meine Eltern zu suchen«, sagte sie laut. »Egal, was die anderen sagen.« Sie zog ihr Buch unter dem Kissen hervor. Sie würde mit Sancha reden und ihr das Lederbuch zeigen. Vielleicht konnte ihre kluge Schwester Licht in die Angelegenheit bringen und herausfinden, woher das Buch gekommen war oder wer es ihr geschickt hatte.

Sie fand Sancha in der Bibliothek, wo sie allein an ihrem Tisch saß, vor sich ein großes aufgeschlagenes Buch. Die elfenbeinfarbenen Seiten wurden von zarten, kunstvoll ineinander verschlungenen, leuchtend grünen, roten und gelben Linien eingerahmt. Der Text war mit leuchtendblauer Tinte geschrieben und an jedem Kapitelanfang war die Initiale mit filigranen Ranken, Blättern und Blumen verziert.

Über Sanchas Schulter gebeugt las Tania ein paar Worte.

Wir sind alle noch hier, niemand ist fortgegangen …

»Hallo«, sagte Tania. »Störe ich dich bei der Arbeit?«

Sancha lächelte sie an. »Nein, gar nicht«, sagte sie. »Ich lese gerade das Tagebuch des Grafen Marschall Cornelius über die Kriege bei Lyonesse. Geht es dir gut, Tania? Ich war in Sorge, als du gestern Abend beim Essen so schnell weggerannt bist. Wir wollten dir folgen und dich trösten, aber Gabriel sagte, es wäre klüger, dich allein zu lassen. Was war denn geschehen?«

»Ach, du weißt schon.« Tania zuckte unbestimmt die Achseln. »Halt so.«

Sancha sah verwirrt aus. »Halt so?«

Tania zeigt ihrer Schwester das Buch. »Ich dachte, du könntest mir vielleicht hierüber etwas erzählen«, sagte sie.

Verblüfft blickte Sancha das Buch an. »Sonne, Mond und Sterne!«, stieß sie aus. »Woher stammt es? Wie ist es in deinen Besitz gelangt?«

»Gute Frage«, sagte Tania. »Irgendwie hatte ich gehofft, du könntest mir das sagen.« Sie lächelte. »Ich gehe mal davon aus, du weißt, was es ist?«

»Es ist dein Seelenbuch«, sagte Sancha und streckte ihre Hand danach aus, zog sie jedoch gleich wieder zurück, ohne das Buch zu berühren. »Es fehlt seit Jahrhunderten.« Sie sah Tania an. »Es war also die ganze Zeit in deiner Obhut?«

»Nein, ich habe es vor ein paar Tagen das erste Mal gesehen«, erklärte Tania. »Ich habe es an meinem Geburtstag zugeschickt bekommen. Ohne Absender, ohne Brief, nichts.« Sie runzelte die Stirn. »Was ist ein Seelenbuch?«

»Komm«, sagte Sancha. »Nimm das Buch. Ich zeige dir, wohin es gehört.« Sie stand auf und durch eine fast unmerkliche Handbewegung ihrerseits schloss sich das Buch, indem sie gerade gelesen hatte. Erstaunt beobachtete Tania, wie es zu schweben begann, kurz über dem Tisch verharrte, bevor es durch die Bibliothek glitt, sich langsam in der Luft drehte und in eine Lücke in einem der Bücherregale schlüpfte.

Sancha war schon vorausgeeilt. Vom anderen Ende der Bibliothek aus drehte sie sich nach Tania um. »Kommst du?«, fragte sie.

Tania staunte. »Ist das deine Gabe?«, wollte sie wissen. »Du kannst Gegenstände bewegen, ohne sie zu berühren?«

Sancha lächelte. »Fürwahr«, sagte sie. »Äußerst nützlich, nicht wahr, für jemand, der sein Leben zwischen all diesen schweren Wälzern verbringt.«

»Haben wir denn alle eine Gabe?«, fragte Tania, die ihr Buch nahm und zu ihrer Schwester ging. »Ich weiß, dass Cordelia die Sprache der Tiere verstehen kann – aber was ist mit Zara und den anderen? Was ist ihr Talent?«

 »Zaras Gabe ist die Musik«, sagte Sancha. »Sie kann uns alle durch ihre Musik verzaubern. Sie bringt sogar die Sterne zum weinen!« Sie lächelte. »Hopie ist eine Heilerin«, fuhr sie fort, dann veränderte sich ihr Ton. »Und Eden hat eine große Begabung für die Mystischen Künste.«

»Und was ist mit Rathina?«

»Ihre Gabe hat sich noch nicht gezeigt«, sagte Sancha. »Doch sie ist erst siebzehn. Die Gabe offenbart sich meist im Laufe des sechzehnten Lebensjahres, manchmal aber auch erst später. Rathina hat folglich noch Zeit, ihre zu entdecken.«

Sancha führte Tania über den schwarz-weißen Boden zu einer Wendeltreppe aus Holz. Sie stiegen bis zur vierten und letzten Galerie hinauf, die hoch über dem Boden gelegen war. Überall roch es nach Leder und altem Papier, Staub kreiste im goldenen Sonnenlicht, das durch die hohen Fenster fiel. Hier oben, ganz dicht unter der Kuppeldecke, war es ganz still, und Tania hätte am liebsten den Atem angehalten und sich nur auf Zehenspitzen bewegt, um die feierliche Stimmung nicht zu stören.

Sie beugte sich über die Balustrade und blickte hinunter, doch je länger sie das spiralförmige Muster des Geländers ansah, desto schneller schien es sich zu drehen. Schnell wandte Tania den Blick ab.

Sancha betrat eine kleine Nische mit gepolsterten Lederbänken. Darin stand ein geschnitztes Lesepult in der Form eines Adlers unter einem Fenster. Die Regale waren vollgestellt mit Büchern. Sancha zeigte auf eine Lücke zwischen zwei Bänden.

»Hier müsste eigentlich dein Seelenbuch stehen«, sagte sie. »Zwischen dem Seelenbuch von Zara und dem von Graf Marschall Cornelius von Talebolion.« Sie sah Tania an. »Er ist unser Oheim, der jüngere Bruder unseres geliebten Vaters. Siehst du? Die Bücher stehen in der Rangfolge – alle Mitglieder der königlichen Familie haben Seelenbücher, in denen ihre Lebensgeschichte erzählt wird. Deines war kurz nach deinem Übertritt in die Welt der Sterblichen verschwunden. Einige dachten, du hättest es mitgenommen, aber Rathina meinte, das wäre nicht der Fall.« Sancha runzelte die Stirn. »Ist das Buch zu dir gelangt, während du noch in der Welt der Sterblichen weiltest?«

Tania nickte.

»Aber du weißt nicht, von wem es kam?«

»Ich habe keine Ahnung«, gab Tania zu. »Ich habe schon ein bisschen darin gelesen, aber die Geschichte endet mit meinem Verschwinden, und es ist nirgends eine Erklärung zu finden, was genau passiert ist.«

»Jetzt, da das Buch wieder aufgetaucht ist, wird deine Lebensgeschichte weitererzählt werden«, sagte Sancha.

»Bitte?«, sagte Tania. »Kannst du das noch mal wiederholen?«

Sancha sah sie blinzelnd an. »Das Buch gehört hierher. Jetzt, da es zurückgebracht wurde, werden neue Worte auf den Seiten erscheinen.«

»Ach ja?«, sagte Tania. »Wie das? Wer schreibt sie denn?«

»Das Buch schreibt sich selbst.«

»Du meinst also, die Geschichte wird jetzt, wo das Buch zurück ist, fortgesetzt?«, erkundigte sich Tania. »Das ist ja echt erstaunlich. Darf ich noch mal reingucken?«

Sancha nickte und deutete auf das Pult. »Leg es dort hin und du wirst sehen, was geschieht.«

Tania schlug das Buch auf dem Pult auf und blätterte bis zu der Stelle, wo ihre Lebensgeschichte bisher abrupt geendet hatte. »Oh, wow!« Sancha hatte Recht. Da stand bereits mehr als vorher.

Sie folgte mit dem Finger der neuen Schnörkelschrift, während sie laut las, was da stand.

»König Oberon und sein ganzes Königreich erfüllte große Freude über die Rückkehr von Prinzessin Tania nach den fünfhundert Jahren der Trauer«, trug sie vor. »Die trostlose Nacht verwandelte sich in herrlichsten Tag und alle waren lustig und vergnügt und kehrten dankbar zum Palast zurück, um die lange verschollene Prinzessin zu bewundern.«

Tania blätterte weiter. Sie brannte darauf herauszufinden, was zwischen ihrem Verschwinden aus dem Elfenreich und ihrer Geburt als Anita Palmer vor sechzehn Jahren geschehen war. Aber die letzten Seiten beschrieben lediglich die vergangenen Tage im Elfenreich.

Enttäuscht blätterte Tania wieder zum ursprünglichen Schluss zurück. »Da steht nichts darüber drin, was mit mir nach meinem Verschwinden passiert ist«, sagte sie. »Es fehlen fünfhundert Jahre!«

»Es könnte sein, dass nur aufgeschrieben wird, was in diesem Reich geschieht«, sagte Sancha.

»Das heißt ja, dass ich nicht weiß was in der Zwischenzeit in meiner Welt, ich meine, der Welt der Sterblichen passiert ist«, sagte Tania. »Na, toll!« Sie sah Sancha an. »Wie soll ich denn jemals herausfinden, wer ich bin, ohne zu wissen, was mit mir in den letzten fünfhundert Jahren gewesen ist?«, sagte sie niedergeschlagen. »Sancha, ich bin erst sechzehn, das beweist meine Geburtsurkunde. Das ergibt eine Differenz von vierhundertvierundachtzig Jahren, von denen ich nichts weiß. Gibt es nicht irgendeinen Weg herauszubekommen, was davor war?«

Sancha bedachte sie mit einem nervösen Blick. »Doch, es gibt vielleicht einen Weg.«

»Was muss ich tun?«

»Wenn du seelisch stark genug bist, kann ich vielleicht in Erfahrung bringen, was dir widerfahren ist«, sagte Sancha. »Doch es ist gefährlich.«

»Das Risiko gehe ich ein«, sagte Tania.

»Mag sein, doch ich bringe uns beide in Gefahr«, sagte Sancha.

»Oh.« Tania runzelte die Stirn. »Ist es wirklich so riskant?«

»Ja, fürwahr«, sagte Sancha. Ihre dunklen Augen blickten düster. »Das Seelenbuch gehört zwar ins Elfenreich, aber deine Seele ist zwischen diesem Reich und der Welt der Sterblichen gespalten. Es mag sein, dass ich mithilfe des Buches fähig bin, die zwei Hälften deiner Seele zusammenzubringen. Dann erfährst du vielleicht die verloren gegangenen Geheimnisse deiner sterblichen Vergangenheit.«

»Könnte ich es nicht allein probieren?«, wollte Tania wissen.

Sancha schüttelte den Kopf. »Nicht solange deine Seele gespalten ist«, sagte sie. »Doch ich werde dir helfen, Tania. Komm, nimm meine Hand und wir werden sehen, was geschieht.«

Sancha ergriff Tanias Hand, dann legte sie die andere Hand auf das Buch, ohne es anzusehen.

»Was auch geschieht, du darfst das Band nicht lösen«, sagte Sancha und schloss die Augen.

Eine ganze Weile passierte nichts. Tania musterte das Gesicht ihrer Schwester und wartete auf ein Zeichen, dass diese in Tanias vergangenes sterbliches Leben sehen konnte. Doch abgesehen davon, dass Sanchas Atem immer gleichmäßiger wurde, geschah nichts.

Tania wollte gerade vorschlagen, den Versuch aufzugeben, als Sancha zu flüstern begann.

»Schwäne fliegen über korallenrote Dächer«, murmelte sie. »Ineinander verschlungen mit Spitze und taubenblauen Bändern ... die Augen gen Himmel gewandt, die Gesichter blass ...«

»Sancha?«

»... das majestätische Rauschen des eisblauen Meeres ... und hoch aufragende Klippen ...« Sanchas Stimme war jetzt ein tiefer, melodischer Singsang, aber Tania verstand kein einziges Wort von dem, was sie sagte, »... verlockt von fernen dunklen Höhlen, um zu wandeln in bösen Tiefen ...« Dann verkrampfte Sancha sich plötzlich und grub die Fingernägel in Tanias Hand.

»Ah! Das ist fürwahr ein gefährlicher Ort«, sagte sie leise. »Dort lauern Krankheit, Tod, Laster und Verderbtheit.« Sie verzog schmerzlich das Gesicht und ihre Stimme wurde lauter, sie klang nun ängstlich. Die Bücherseiten unter Sanchas Hand begannen rot zu glühen, als würde das Papier glimmen und gleich in Flammen aufgehen. Dünner Rauch stieg zwischen ihren Fingern auf. Tania bereitete sich darauf vor, ihre Schwester von dem Buch wegzuziehen und dem Ganzen ein Ende zu setzen, ganz egal, was Sancha gesagt hatte.

»Welch schrecklicher Ort«, sagte Sancha mit schwacher Stimme. »Ich bin nicht Tania. Ich bin Tania. Ich bin es nicht. Ich bin. Oh, Engel des Erbarmens, verteidigt mich! Ich liege in einem kleinen dunklen Raum in einer armseligen Hütte, in einem Bett mit schmutzigen Decken – oh, welch Gestank, es ist unerträglich – am Boden liegt schmutziges Stroh – ich bin krank, schwer krank – und ich habe Schmerzen, starke Schmerzen.« Sanchas Kopf rollte von einer Seite zur anderen. »Menschen beugen sich über mich – aber in ihren Gesichtern sehe ich keine Hoffnung – ich sterbe – welch grauenhaftes Gefühl, wie das Leben aus mir entweicht – ich habe eine furchtbare, schreckliche Krankheit – eine tödliche Krankheit – ich bin sterblich.« Sancha schrie panisch auf. »Ich sterbe!«

XIV

Hastig riss Tania ihre Schwester von dem schwelenden Buch und beide fielen zu Boden. Sanchas Schrei brach augenblicklich ab, aber Tania hatte Angst, dass sie die Verbindung zu spät unterbrochen hatte.

Eine ganze Weile lag ihre Schwester zitternd auf dem Boden, sie atmete schwer und war kreidebleich. Der Schock stand ihr ins Gesicht geschrieben.

»Es tut mir so leid«, stieß Tania hervor und beugte sich über sie. »Ist alles in Ordnung mit dir?«

»Das Buch war brennend heiß«, sagte Sancha. Sie hob ihre Hand und betrachtete sie verwundert. »Doch die Schmerzen sind verschwunden – und ich bin nicht verletzt«, sagte sie und zeigte Tania ihre völlig unversehrte Handfläche. »Ich hielt die Gefahr für weit größer.« Ihr Gesicht trübte sich. »Oh weh! Das Buch!«

Die Schwestern sprangen auf. Das aufgeschlagene Buch lag unbeschädigt auf dem Pult – es gab keinerlei Brandspuren auf den elfenbeinfarbenen Seiten.

»Wie sonderbar«, sagte Tania leise.

Sancha strich sich über die Kleider. »Dies war

fürwahr eine furchterregende Erfahrung«, sagte sie. »Und keine, die ich wiederholen möchte.«

»Aber hat es geklappt?«, fragte Tania. »Hast du herausgefunden, was mir zugestoßen ist, als ich in die Welt der Sterblichen gekommen bin?«

Sancha runzelte besorgt die Stirn. »Du erinnerst dich an nichts?«

Tania schüttelte den Kopf.

»Dann ist deine Seele zu gespalten«, sagte Sancha mit einem Seufzer. »Es tut mir leid, aber ich fürchte, du wirst dich möglicherweise nie an deine sterbliche Vergangenheit erinnern.« Sie schauderte. »Welch ein grässlicher Ort, die Welt der Sterblichen – ich weiß nicht, wie du es dort so lange aushalten konntest.«

Tania blickte sie an. »Bitte erzähl mir, was dir das Seelenbuch gezeigt hat«, bat sie.

»Ich brauche einen Moment Ruhe«, sagte Sancha. »Ich bin sehr müde.« Auf unsicheren Beinen ging sie zu einer Bank und ließ sich nieder.

Tania setzte sich neben sie und legte den Arm um ihre Schultern. »Es tut mir so leid, dass du das durchmachen musstest«, murmelte sie. »Das klang schrecklich.«

Sancha hob den Kopf. »Ich glaube, ich weiß, wie es dir erging, als du in die Welt der Sterblichen kamst. Du bist fast augenblicklich einer tödlichen Seuche zum Opfer gefallen.«

»Ich bin gestorben?«, fragte Tania schaudernd.

»Fürwahr. Denn als du in die Welt der Sterblichen kamst, wurdest du anfällig für alle Krankheiten dort.« Ihre Augen füllten sich mit Tränen. »Meine arme Schwester, ganz allein mit solchem Schmerz, solchem Schmerz!«

Tania drückte Sanchas Schultern. »Es ist alles in Ordnung, mir geht es ja gut«, sagte sie. »Aber wenn ich gestorben bin … wie kommt es, dass ich noch hier bin?«

Sancha richtete sich auf und ergriff Tanias Hand. »Deine Seele wurde durch den Tod von deiner sterblichen Hülle befreit«, sagte sie. »Dann wartete deine Seele darauf, neu geboren zu werden. So ging es Baby für Baby, die lange währenden sterblichen Jahre hindurch. Wenn deine sterbliche Hülle einer Krankheit oder einem Missgeschick erlag, wurde deine Seele erneut freigesetzt, um wiedergeboren zu werden.«

Tania lehnte sich an die Wand. »Das muss ich erst mal verdauen«, sagte sie leise. »Im Prinzip habe ich also seit dem sechzehnten Jahrhundert auf die eine oder andere Weise gelebt.« Sie lachte heiser. »Wenn ich länger darüber nachdenken würde, könnte ich mir vermutlich ausrechnen, wie oft ich wiedergeboren wurde.« Sie schüttelte den Kopf. »Aber das will ich lieber gar nicht so genau wissen. Da würde mir wahrscheinlich der Kopf platzen.«

»Ich wünschte, du könntest dich an all deine Leben erinnern«, sagte Sancha. »Ich würde sehr gern mehr

sehr alten Geschichten wird von einer Zeit erzählt, da wir unser ganzes Leben lang Flügel hatten.«

»Wirklich?« Tania starrte sie an. »Und was ist dann geschehen?«

»Ach«, sagte Rathina. »Ich weiß es nicht und vielleicht ist es auch nur ein Ammenmärchen.« Sie schüttelte den Kopf wie ein Hund nach dem Schwimmen. »Aber wir sind erwachsen und haben keine Flügel. Pfui, wie hast du mich nur auf solch alberne Gedanken gebracht, Tania?« Sie drückte ihr einen flüchtigen Kuss auf die Wange. »Maddalena wartet«, sagte sie. »Lass uns Stillschweigen über diese Unterhaltung bewahren, sie soll unser Geheimnis sein!«

Tania nickte und lächelte. Es war ein gutes Gefühl, sich Rathina anvertraut zu haben – und es half zu wissen, dass sie in ihr eine wahre Freundin gefunden hatte. Mit ihren Schwestern um sich – und unterstützt von Gabriels unerschütterlicher Freundschaft – konnte sie hier vielleicht irgendwann glücklich werden … irgendwann.

Der private Garten lag verlassen da an diesem sonnigen Nachmittag. Tania schlenderte den Kiesweg zwischen den weitläufigen Rasenflächen entlang und freute sich über die Farbenpracht der gepflegten Blumenbeete. Entlang der Kieswege standen beschnittene Büsche, an denen jedes einzige Blättchen an seinem

Platz war. Außerdem gab es gestutzte Buchsbaumgruppen in Gestalt von Pferden, Vögeln und Schachfiguren und an den Wegkreuzungen standen Statuen und Springbrunnen.

Die Einzigen, denen Tania auf ihrem Weg begegnete, waren ein paar Gärtner, die ganz in ihre Arbeit versunken waren. Sie näherte sich einer Frau, die in einem Meer dunkelroter Blumen kniete und von dutzenden weißen Schmetterlingen umringt war.

»Was sind das für Blumen?«, fragte Tania sie.

»Chrysanthemen, Mylady«, antwortete die Frau.

»Die Schmetterlinge scheinen sie sehr zu mögen.«

»Fürwahr, Mylady. Sie duften herrlich, nicht wahr?«

Tania lächelte. »Wundervoll.«

Die Frau blickte sie vorsichtig an. »Mylady? Darf ich offen sprechen?«

»Aber natürlich«, erwiderte Tania.

»Ich gebe nichts auf Gerüchte und Klatsch«, setzte die Frau an. »Doch ist mir zu Ohren gekommen, dass Ihr entschlossen seid, dieses Land zu verlassen und in die andere Welt zurückzukehren.« Sie schauderte und verzog das Gesicht. »Mylady, es steht mir nicht zu, diese Bitte vorzubringen, das ist mir wohl bewusst – aber ich bitte Euch, uns nicht zu verlassen. Der König würde es nicht ertragen.« Sie berührte eine der roten Blüten. »Und ich möchte nicht, dass diese Blüten abermals fünfhundert Jahre des Dämmerlicht ertragen müssen und verdorren. Wahrlich, das möchte ich nicht.«

Tania blickte die Frau eine Weile wortlos an.

»Ich habe nie vorgehabt, für immer wegzugehen«, sagte sie schließlich. »Ich wollte nur meine Eltern wiedersehen, mehr nicht.«

Die Frau starrte sie überrascht an. »Euer Vater weilt in diesem Reich, Mylady«, sagte sie. »Und Eure Mutter ist tot. Aus welchem Grund solltet Ihr zu jenen Wesen zurückkehren wollen, die Euch in der anderen Welt gefangen hielten?« Jetzt war ihr Blick voller Abscheu. »Sicherlich fühlt Ihr Euch nicht verwandt mit jenen verderbten Dämonen?«

»Das sind doch keine Dämonen!«, rief Tania aus.

Die Frau kniff missbilligend die Lippen zusammen, senkte dann den Kopf und sagte keinen Ton mehr.

Tania schluckte, plötzlich hatte sie einen Kloß im Hals. Niemand hier verstand, wie schwer es für sie war! Alle benahmen sich gerade so, als wäre sie einem Gefängnis entronnen – als müsste sie dankbar dafür sein, dass man sie aus der Welt der Sterblichen entführt und an diesen verrückten Ort gebracht hatte.

Sie wandte sich ab und entfernte sich rasch von der Gärtnerin. Ihr kam es vor, als würde jeder im Elfenreich Forderungen an sie stellen und das gefiel ihr nicht – sie hatte schließlich nicht darum gebeten, eine Prinzessin zu sein!

Sie wollte doch nur das Leben einer ganz normalen Sechzehnjährigen führen: In ihrem Zimmer mit einer Dose Cola und einer großen Tüte Chips mit ihren Freundinnen DVDs gucken. Die Treppen in einem Satz hinunterspringen und über die schwachen Witze ihres Vaters stöhnen. Den Kühlschrank plündern, Milch aus der Tüte trinken und die Pizzareste in sich reinstopfen. Neue Schuhe kaufen gehen. Die halbe Nacht mit Jade telefonieren und einen ganzen Nachmittag lang in der Einkaufspassage ausgefallene Klamotten anprobieren, die sie nie im Leben kaufen würde.

Wütend stürmte sie durch den Garten, ohne darauf zu achten, wohin sie ging. Plötzlich erblickte sie in der Ferne ein paar Gestalten.

Es waren Männer, die um einen Brunnen herumstanden und miteinander sprachen. Als Tania näher kam, merkte sie, dass sich Gabriel unter ihnen befand. Sie hielt es für das Beste, ihm im Moment aus dem Weg zu gehen – zumindest, bis sich ihre Laune etwas gebessert hatte. Deshalb machte sie kehrt und ging denselben Weg zurück, den sie gekommen war.

Als sie hinter sich hastige Schritte vernahm, blieb sie resigniert stehen.

»Tania?« In Gabriels Stimme schwang Besorgnis mit. »Warum kommst du nicht näher?«

Sie blickte ihm in die Augen und fand dort nichts als Zuneigung und Güte. »Es ist nichts«, sagte sie.

Stirnrunzelnd kam er näher und legte ihr sanft eine Hand auf die Schulter. »Das glaube ich dir nicht«, sagte er. »Kann ich nicht helfen? Ich möchte gern dein Freund sein.«

»Du bist doch mein Freund«, sagte Tania voller Inbrunst. »Wirklich! Aber ich muss nachdenken – und dabei kannst du mir nicht helfen.« Sie sah ihm ins Gesicht. »Ich weiß, was du sagen wirst – ich weiß, was ich deiner Meinung nach tun sollte. Aber es ist einfach unfair.«

Er strich ihr sanft über die Wange. »Ich würde alles darum geben, dir solchen Gram und Kummer zu ersparen!«, flüsterte er.

»Ich weiß.« Sie spürte plötzlich ein unendliches Verlangen, im Arm gehalten und getröstet zu werden. Etwas unbeholfen ging sie auf ihn zu und schmiegte sich an ihn.

»Tania ...«

Sie spürte seinen Atem in ihrem Haar, als er ihre Umarmung erwiderte.

Nach einigen Augenblicken entzog sie sich ihm wieder. »Mir geht es gut«, sagte sie. Doch sie mied seinen Blick. »Bitte folge mir nicht.« Sie legte ihm flüchtig die Hand auf die Brust, dann ging sie rasch davon.

Sie versuchte, jeden Gedanken an Gabriel Drake zu verdrängen. In ihrem Kopf herrschte schon genug Durcheinander, auch ohne Gabriel.

Tania spazierte alleine in der Gartenanlage herum, fand aber trotzdem keine Ruhe.

Zu guter Letzt gelangte sie zu einer Steinbrücke, die über einen Bach führte. Auf der anderen Seite bemerkte sie eine hohe Hecke mit einem Holztor darin. Dahinter befand sich das leicht ansteigende Parkgelände und in weiter Ferne erspähte sie eine einsame Gestalt, die von einer Schar Hunde umringt war.

»Cordelia«, sagte sie leise zu sich selbst und plötzlich wollte sie nicht länger alleine sein.

Sie lief über die Brücke und durch das Tor und rannte mit wehenden Röcken den sanft ansteigenden Hang hinauf.

Die beiden Schwestern schlenderten, umgeben von einem Rudel Hunden, durch den höher liegenden nördlichen Park. Zu Tanias Erleichterung stellte Cordelia keinerlei Fragen und so wanderten sie schweigend über die Wiesen.

Vor ihnen tauchten einige Bäume auf und Tanias Laune besserte sich schlagartig – sie rannte los, die Hunde folgten ihr. Im grünen Licht der Blätter wirkte ihr Fell wie gesprenkelt.

Als Cordelia pfiff, kehrten die Hunde um und stürmten den Hang hinunter auf sie zu. Lachend beobachtete Tania, wie die Tiere um ihre Herrin herumwuselten.

Sie ging zum Rand des Wäldchens und winkte. Cordelia winkte zurück. Tania wollte gerade zu ihr laufen, als sie hinter sich eine Stimme vernahm. Sie blieb wie angewurzelt stehen und spähte angestrengt in das Wäldchen.

Plötzlich trat Edric hinter einem Baum hervor. »Tania, ich bin's.«

Tania runzelte die Stirn und ihre Stimmung sank augenblicklich.

»Bitte«, flehte er und ging einen Schritt auf sie zu. »Du musst mich anhören.«

Tania stolzierte zu ihm hinüber, gab ihm eine schallende Ohrfeige und bevor er noch etwas sagen konnte, machte sie auf dem Absatz kehrt und lief den grasbewachsenen Hang hinunter zu ihrer Schwester und den Hunden.

Cordelia blickte sie verblüfft an. »Was hat Master Chanticleer denn verbrochen, dass du ihn so behandelst?«

»Er?« Tania schaute sich um, aber von Edric war keine Spur mehr zu sehen. »Ach, er ist einfach hundsgemein. Frag lieber nicht!«

»Ich habe bereits gefragt«, sagte Cordelia.

»Ich erzähl's dir aber nicht. Er hat es verdient, das ist alles, was ich dazu sagen kann.« Tania bückte sich nach einem Stock, warf ihn weit von sich und rannte den Hunden hinterher.

Mit etwas Glück musste sie Edric nie wiedersehen.

Er hatte sie an der Nase herumgeführt und ihr Herz gebrochen – und das alles auf Geheiß seines Herrn. Und jetzt versuchte er, sich wieder bei ihr einzuschmeicheln! Warum? Um sein Gewissen zu erleichtern? Keine Chance! Und wenn er auf Knien angerutscht käme – sie würde ihm nicht verzeihen!

XV

»*Ich weile nicht, wo die zarten Knospen
zieren das Land.
Noch werde ich irr'n, wo zu spüren ist
der Griff von Winters Hand.
Und wenn des Sommers Au beschienen wird
vom Himmelsblau,
bin ich weit weg von hier und nah bei dir.*«

Am Nachmittag fanden sich vier der Schwestern im Gemach der Prinzessinnen unter dem Dach ein. Tania und Zara sangen eine alte Weise und begleiteten sich dabei auf dem Spinett und der Laute. Zara übernahm die zweite Stimme, während Tania die Melodie sang und dazu, ohne zu zögern, die Töne auf der Laute zupfte. Das Instrument fühlte sich vertraut an, der birnenförmige Körper lag in ihrem Schoß, der Hals ruhte sicher in der Beuge von Daumen und Zeigefinger und ihre Finger tanzten über die Saiten.

Sancha hatte ein Buch auf dem Schoß, blickte aber häufig von den Seiten auf und beobachtete ihre Schwestern. Cordelia hielt eine feine Knochennadel, in den ein grüner Seidenfaden eingefädelt war, in der Hand. Sie arbeitete an einer Stickerei, hatte aber ebenfalls innegehalten, um dem Duett ihrer Schwestern zu lauschen.

Zara spielte schließlich einen letzten Triller auf dem Spinett, den Tania mit ihrer Laute aufnahm und Cordelia und Sancha klatschten, als das Lied zu Ende war.

»Ach, wie sehr habe ich euer Musizieren vermisst«, sagte Sancha. »Und dies ist eine wunderbare Melodie.«

»Und ein äußerst liebreizender Text«, fügte Cordelia hinzu. *»Bin ich weit weg von hier und nah bei dir.«* Sie lächelte. »Wohl kaum ein Satz, den Master Chanticleer jemals von Tanias Lippen vernehmen wird.«

Tania sah sie an. »Darüber wollten wir doch nicht mehr reden.« Sie hatte Cordelia gebeten, niemandem von ihrer Begegnung mit Edric zu erzählen.

Zara blickte interessiert auf. »Warum? Erzähl«, drängte sie. »Was ist mit Gabriels Diener?«

Cordelia grinste. »Ich darf nichts sagen«, erklärte sie. »Ich habe geschworen, Stillschweigen zu bewahren.«

»Oh, danke«, sagte Tania und verdrehte die Augen. »Du hast das Geheimnis ja sehr lange für dich behalten!«

Zara rutschte von ihrem Hocker und setzte sich neben Tania. »Du hast zwei Möglichkeiten«, sagte sie und legte ihr einen Arm um die Schultern. »Entweder erzählst du es sofort oder du musst bis in alle Ewigkeiten meine neugierigen Sticheleien ertragen. Du hast die Wahl.«

Tania sah Cordelia an. »Siehst du, was du angerichtet hast?«

»Du solltest besser alles gestehen«, sagte Sancha mit einem Lachen. »Zara ist unerbittlich, wenn sie Klatsch und Tratsch wittert.«

Tania schüttelte resigniert den Kopf. Schwestern! Das war ja schlimmer als in der Schule, anscheinend konnte niemand etwas für sich behalten.

»Handelt es sich um einen großen Skandal?«, fragte Zara vergnügt. »Hat er dir unschickliche Avancen gemacht? Vielleicht ein Kuss an einem lauschigen Ort? Oder gar Liebesschwüre bei einem mitternächtlichen Treffen?«

»Nein! Nichts dergleichen!«, gab Tania scharf zurück. »Also, wenn ihr's denn unbedingt wissen wollt, mir hat nicht gefallen, auf welche Art und Weise er Gabriel geholfen hat, mich hierherzubringen.«

Sancha klappte ihr Buch zu und beugte sich interessiert vor. »Von welchen Handlungsweisen sprichst du?«

»Er hat mich angelogen«, sagte Tania. »Er hat mir gesagt … ach, ist ja auch egal, was er genau gesagt hat. Ich halte einfach nichts davon, das ist alles.«

»Er hat gelogen?«, wiederholte Sancha verwirrt.

»Das verstehe ich nicht. Welche Unwahrheiten kann er geäußert haben?«

Zara sprang plötzlich auf. »Hat er dir etwa seine Liebe erklärt?«, fragte sie atemlos. »Und dann hat er dich mit leidenschaftlichen Worten übertölpelt, um dich aus der Welt der Sterblichen wegzulocken ... Welch ein Schurke!«

Tania spürte, wie sie rot wurde. »Na ja«, murmelte sie. »So in etwa.« Sie schüttelte Zaras Arm ab und stand hastig auf. »Können wir jetzt bitte über etwas anderes reden?«

»Aber nein!«, rief Zara aus. »Ich muss alles von Master Chanticleers Niedertracht wissen – bis ins kleinste Detail, sonst kann ich nicht ruhig schlafen!«

Tania sah sie an. Die arglose Neugier ihrer Schwester störte sie gar nicht so sehr, aber die Erinnerung an Edrics Verhalten tat immer noch zu weh – sie wollte nicht darüber reden.

»Dann, fürchte ich, wirst du wohl nächtelang wach liegen müssen«, sagte sie mit einem halben Lächeln. »Ich werde zu Rathina gehen – sie macht sich wenigstens nicht über mich lustig.«

Cordelia sah sie an. »Sei nicht böse«, sagte sie. »Zara hat doch nur gescherzt.«

Tania lächelte. »Ja, das weiß ich doch«, sagte sie.

»Ich bin auch nicht sauer.« Sie ging zur Tür. »Bis später, Leute.«

Sie stieg die lange Wendeltreppe hinab und freute

sich darauf, Rathina zu sehen. Vielleicht wäre sie die Richtige, bei der sie sich ihre ganzen Ängste und Sorgen von der Seele reden könnte – Tania würde die Freundschaft zu ihr gern wiederbeleben.

Vor Rathinas Zimmer angekommen klopfte sie an die Tür – doch es kam keine Antwort. Enttäuscht wollte sie wieder gehen, doch dann drückte sie die Klinke hinunter. Die Tür glitt geräuschlos auf. Der Raum dahinter war in ein dämmriges Rot getaucht und überall sah Tania düstere Schattenfiguren.

»Rathina?«, fragte Tania. Noch immer keine Reaktion. Sie trat über die Schwelle und blickte sich um. Die Decke und Wände waren mit Bahnen roter Seide behängt, die sich bauschten, als würde ein leichter Wind gehen, doch alle Fenster im Raum waren verschlossen. Das einzige Licht kam von einem großen Kronleuchter an der Decke und das Kerzenlicht verbreitete eine schaurig-sinnlich Atmosphäre.

Wo das Licht auf die Vorhänge fiel, schimmerte die Seide scharlachrot auf, während die Teile des Stoffs, die im Dunkeln lagen, weinrot waren.

Auch der Baldachin über Rathinas Bett bestand aus dunkelroter Seide und die Vorhänge waren am Kopfende zusammengebunden. Auch von den Möbeln hingen lange Bahnen aus Seide, die fließend auf die rötlich braunen Bodendielen herabfielen.

Tania bemerkte, dass sich dunkle Schatten über die Seidenbahnen bewegten: menschliche Gestalten, die in einem langsamen Tanz dahinglitten. Beim Anblick der dunklen, geisterhaften Umrisse schauderte Tania und die Nackenhärchen stellten sich ihr auf. Eine beunruhigende Atmosphäre herrschte in diesem Zimmer. Mit leichtem Unbehagen ging sie näher an die wogenden Seidenbahnen heran. Die Tänzer hielten sich an den Händen und glitten langsam mit gesenkten Köpfen über die Seide. Plötzlich hob eine der Gestalten den Kopf und blickte Tania kurz an: Das Gesicht war ausgemergelt und blass und die Augen lagen tief in den Höhlen. Die Gestalt streckte die Hand nach ihr aus und winkte sie heran. Die Finger sahen aus wie die eines Skeletts und Tania wich erschrocken zurück.

Da hörte sie hinter sich ein Geräusch.

»Tania!« Rathina rauschte herein. Sie zog die Vorhänge auf und öffnete die Fensterläden, sodass warmes Abendlicht ins Zimmer fiel und vertrieb die Schatten.

»Ich war auf der Suche nach dir«, stieß Tania hervor, die im Licht blinzeln musste.

»Und ich nach dir, meine liebe Schwester«, sagte Rathina lächeln. »Haben meine Tänzer dich beunruhigt? Fürchte dich nicht: Wenn ich nicht da bin, sind sie immer traurig. Sieh nur, wie sie jetzt tanzen!«

Tania betrachtete die fließenden Seidenbahnen.

Statt des melancholischen langsamen Tanzes sprangen die Figuren nun fröhlich und leichtfüßig durch den Raum.

»Was wolltest du denn von mir?«, fragte Tania.

»Es wird Zeit, dass du Maddalena kennenlernst«, sagte Rathina, hakte Tania unter und führte sie aus dem Raum. »Und vielleicht können wir gleich morgen früh mit deinen Reitstunden beginnen.«

»Das wäre schön«, sagte Tania. »Sehr sogar.« Sie sah ihre Schwester zärtlich an. »Und es gibt da ein paar Dinge, über die ich gerne mit dir sprechen würde, wenn das okay ist.«

»Das ist absolut ... okay«, sagte Rathina langsam, dann lächelte sie. »Siehst du? Ich übe – schon bald habe ich all deine seltsamen neuen Wörter gelernt.«

Tania lachte und drückte Rathinas Arm. »Großartig!«

Es dämmerte bereits, als die Schwestern durch den Garten gingen. Dies würde Tanias erster Besuch in den königlichen Ställen sein. Rathina führte sie zu einem riesigen Komplex aus Holzgebäuden westlich des Labyrinths. Viele intelligente Pferdeaugenpaare beobachteten die Prinzessinnen neugierig. Die letzten Strahlen der untergehenden Sonne fielen auf die kopfsteingepflasterten Höfe. Überall liefen Stallburschen und Stallmädchen geschäftig umher, streuten Stroh für die Pferde zur Nacht ein und zündeten die Laternen an den Giebeln an.

Da Tania die letzten sechzehn Jahre in der Stadt gewohnt hatte, schüchterten die großen Tiere sie etwas ein, und so war sie vorsichtig und wachsam, als Rathina sie zu der Box ihres Lieblingspferdes führte.

»Dies ist meine unerschrockene Schönheit Maddalena«, sagte Rathina und tätschelte der glänzenden kastanienbraunen Stute den Hals. »Ist sie nicht wunderbar? Habe keine Angst, du kannst sie streicheln – sie tut dir nichts.«

Tania streckte zögernd die Hand aus und berührte sanft Maddalenas Maul. Die Stute war tatsächlich ein stattliches Tier mit einer fließenden schwarzen Mähne und großen, klugen Augen.

Maddalena schnaubte, nickte mit dem Kopf und scharrte mit den Hufen.

»Sie ist wunderschön«, sagte Tania.

»Ich werde dir meinen edelsten Sattel mit Zaumzeug und allem Putz zeigen«, sagte Rathina. »Unser Vater hat ihn mir zum sechzehnten Geburtstag geschenkt. Sie stammen von den besten Lederhandwerkern aus ganz Dinsel. Komm!« Sie öffnete das Stalltor und Tania folgte ihr hinaus.

»Leb wohl, mein Liebling«, rief Rathina Maddalena zu, während sie das Tor schloss. »Wir sehen uns bald wieder.« Das Pferd wieherte.

»Bin ich denn … äh … früher viel geritten?«, fragte Tania und schnupperte an ihrer Hand. Sie mochte den Geruch der Pferde.

»Ja, fürwahr«, sagte Rathina. »Aber du hingst im Sattel wie ein Sack Mehl und klammertest dich die meiste Zeit an dein Ross wie ein Blatt im Herbststurm.«

»Oh! Wie schade.« Sie hatte gehofft, sie wäre eine gute Reiterin gewesen.

»Ich werde dir etwas Nachhilfe geben, wenn ich darf«, bot Rathina an. »Gib mir sechs Wochen und ich mache einen Zentauren aus dir!«

»Ach, das wäre toll«, sagte Tania und meinte es auch so.

Sie durchquerten einen weiteren kopfsteingepflasterten Hof, dann gelangten sie in ein niedriges strohgedecktes Häuschen mit weißem Putz und schwarzen Holzbalken.

An den Wänden hingen Zaumzeug, Zügel, Sattelgurte, Halfter und Gebissstangen. Auf Holzpodesten lagen Sättel, zusammengefaltete Decken, Säcke mit Futter und Holzkisten mit verschiedenen Gegenständen, die Tania unbekannt waren. Ein starker Geruch nach Leder und Getreide lag in der Luft.

In der Mitte des Raums stutzte Tania. Sie hatte bemerkt, dass Rathina an der Tür stehen geblieben war, und drehte sich zu ihr um. Ein seltsamer Ausdruck lag auf Rathinas Gesicht, den Tania nicht deuten konnte – es war eine Mischung aus Entschlossenheit und Unbehagen.

»Was ist los?«, fragte Tania.

Rathinas Blick schien auf etwas hinter Tania gerichtet zu sein. Sie drehte sich um und sah, dass Edric hinter einer hölzernen Trennwand aufgetaucht war.

Tania erstarrte. »Was geht hier vor?«

»Er hat mich gebeten, dich hierherzubringen«, erklärte Rathina. »Du musst dir anhören, was er zu sagen hat.« Sie ging rückwärts hinaus und zog die Tür hinter sich zu. »Vergib mir, Tania – es ist zu deinem Wohl.«

Die Tür fiel ins Schloss und der Riegel wurde von außen vorgelegt.

Fassungslos starrte Tania einen Moment lang auf die geschlossene Tür, bevor sie sich langsam zu Edric umdrehte.

»Und?«

Sie sah, wie er schluckte. »Ich will, dass du die Wahrheit erfährst«, begann er. »Du musst mir zuhören. Wenn du nicht glaubst, was ich sage, verspreche ich, dass ich dich nie mehr belästigen werde.« Er lächelte und legte eine Hand an die Wange. »Du kannst mich sogar noch einmal ohrfeigen, wenn es dir dann besser geht – aber bitte, höre mich zuerst an.«

»Wenn ich mich recht erinnere, habe ich dir zu Hause ziemlich viel zugehört«, sagte sie eisig. »Jetzt habe ich deine Lügen satt.« Es ärgerte sie, dass ihre

Stimme zitterte. Am liebsten wäre sie hinausgerannt, bevor sie in Tränen ausbrach.

Sie drehte sich auf dem Absatz um und lief zur Tür, eine Hand bereits nach dem Riegel ausgestreckt.

»Du bist noch immer meine Sonne!« Bei diesen Worten drehte sie sich zitternd um und blickte ihn wieder an. »Weißt du noch?«, sprach er weiter. »Romeo und Julia. *Doch still, was schimmert durch das Fenster dort? Es ist der Ost und Julia ist meine Sonne*!«

»Hör auf!«, fauchte Tania. »Sag das nicht.« Gegen ihren Willen kamen die alten Gefühle für ihn wieder hoch. »Sprich nicht so mit mir – du hast mich doch von hinten bis vorne belogen!«

»Nein, das stimmt nicht«, sagte Edric und trat einen Schritt auf sie zu.

»Komm nicht näher!« Sie wich zurück.

Er blieb stehen. »Ich liebe dich.« Er sah sie flehend an. »Aber das war nicht vorgesehen. Ich wurde in deine Welt gesandt, um dich hierher zurückzubringen. Und ja, zuerst habe ich nur mit dir angebändelt, um Drakes Auftrag auszuführen. Doch als ich dich dann besser kennengelernt habe, wurde mir klar, dass mir seine Pläne nicht mehr wichtig waren – ich wollte nur noch eins: mit dir zusammen sein.«

Sie starrte ihn sprachlos an. Sie konnte nicht glauben, dass er ihr so schamlos ins Gesicht log. »Du hast mein Leben zerstört …«

»Ich weiß, dass du so denkst«, sagte er. »Und ich weiß, ich habe dir wehgetan. Aber an jenem Tag am Fluss wollte ich dir die Wahrheit sagen. Die ganze Wahrheit darüber, wer ich bin und wer du wirklich bist.«

Tania fiel ein, dass er gesagt hatte, er müsse ihr etwas Wichtiges mitteilen – sie war so nervös gewesen, weil sie glaubte, er würde ihr womöglich sagen, dass er sie liebe! Wie viel einfacher wäre das gewesen als die Wahrheit.

»Und dann«, sprach Edric weiter, »dann wollte ich dir auch die Wahrheit über Drake sagen.«

»Was meinst du damit? Was ist mit Gabriel?«

»Er hat dich nie geliebt«, sagte Edric und blickte sie eindringlich an. »Nicht heute – und nicht damals, bevor du verschwunden bist. Er wollte dich immer nur heiraten, weil er deine Gabe wollte, in beiden Welten zu wandeln. All die Jahre suchte er nur einen Weg in die Welt der Sterblichen.« Er ging wieder auf sie zu und diesmal wich sie nicht zurück. »An dem Tag am Fluss – weißt du noch, was da geschah?«

Sie nickte.

»Kurz bevor wir den Unfall hatten«, drängte er. »Ist dir da irgendetwas auf dem Wasser aufgefallen? Irgendetwas Seltsames?«

Sie zwang sich, an jene Momente auf dem Boot zurückzudenken, als Edric verkündet hatte, ihr etwas Wichtiges sagen zu wollen. Plötzlich erinnerte sich wieder an den Schatten, der auf einmal über sie gefallen war. Evan hatte sich ganz erschrocken umgesehen. Die Angst stand ihm damals deutlich ins Gesicht geschrieben.

Sie hatte auf den Fluss geschaut und … etwas bemerkt.

»Da war ein Boot neben uns«, flüsterte sie und sah wieder alles vor sich. »Ein großes Boot auf dem Wasser. Nein, kein Boot – eine Barkasse. Ich habe sie nur ganz kurz gesehen, sie lag sehr tief im Wasser.« Tania riss die Augen auf. »Sie sah genauso aus wie die von Oberon.«

Und dann erinnerte sie sich auch wieder an die letzten Worte, die Evan vor dem Aufprall gerufen hatte.

»Nein! Er weiß, dass wir hier sind. Er wird dich mir wegnehmen!«

Sie hielt erschrocken den Atem an. Kurz danach war sie aus dem Boot geschleudert worden und vom Fluss geschluckt worden. Sie starrte Edric an.

»Das war die Barkasse des Königs«, sagte Edric, der ihrem Blick standhielt. »Mit Drake an Bord.« Er zeigte auf den Bernsteinanhänger an ihrem Hals. »Den sollte ich dir an deinem Geburtstag geben«, sagte er mit zitternder Stimme. »Sobald du diese Kette tragen würdest, wäre Drake imstande, dich aus deiner Welt herauszuziehen.« Er verzog das Gesicht. »Ich wollte den Anhänger zerstören, aber natürlich hätte Drake dann sofort gewusst, dass ich ihn betrogen hatte, also musste ich dich vorher warnen. Das alles wollte ich dir an jenem Tag sagen – und das hätte ich auch getan, wenn wir nicht den Unfall gehabt hätten.«

In Tanias Kopf drehte sich alles. Gabriel war die ganze Zeit so nett zu ihr gewesen, aber hatte er ihr das alles vielleicht nur vorgespielt? Hatte auch Gabriel sie getäuscht?

Sie schluckte. »Hier will doch aber niemand etwas mit der Welt der Sterblichen zu tun haben«, sagte sie. »Warum sollte Gabriel so interessiert daran sein?«

»Wegen Isenmort«, antwortete Edric. »Er glaubt zu wissen, wie er Metall beherrschen und wie er es ins Elfenreich bringen kann, ohne dass es ihn dabei vernichtet.«

»Aber wozu?«

Edric blickte sie düster an. »Wegen der Macht, die es ihm verleihen würde.«

Tania runzelte die Stirn. »Aber er hat doch schon jede Menge Macht. Oberon hat ihn während seiner Abwesenheit zum stellvertretenden Herrscher ernannt. Was kann er denn noch wollen?«

Edric legte ihr die Hände auf die Schultern. »Drake ist geradezu wahnsinnig machthungrig«, sagte er. »Du musst mir glauben, wenn ich dir sage, dass man ihm nicht trauen darf.«

Tania zwang sich, ihm in die Augen zu sehen. Wenn Edric die Wahrheit sagte, dann versuchte Gabriel, nicht nur sie zu hintergehen, sondern auch den König, ihre Familie, den ganzen Elfenhof.

Aber sagte er wirklich die Wahrheit? Und wer stand da vor ihr: Evan, ihr Freund? Oder Edric, der treue Diener Gabriel Drakes? Doch vielleicht wollte sie ihm nur gerne glauben, weil ein Teil von ihr immer noch hoffte, dass er sie in der Welt der Sterblichen tatsächlich geliebt hatte. Sie schlug seine Arme weg und stolperte rückwärts. »Ich kann nicht!«, sagte sie. »Das ist mir alles zu viel! Ich kann nicht mehr klar denken!«

Edric deutete auf den Bernsteinanhänger und rief: »Warte! Wir sind in Gefahr!«

Tania bemerkte plötzlich, dass der Anhänger sich warm auf ihrer Haut anfühlte Und als sie genauer hinsah, fiel ihr auf, dass der Stein glühte und Lichtfunken sprühte.

Edric packte sie am Handgelenk. »Schnell! Wir müssen fort von hier!«

Doch kaum hatte Edric zu Ende gesprochen, zersplitterte das Holz der Tür und sie flog auf. Ein Sturmwind ergriff sie und riss sie beinahe um. Gabriel stand in der Tür. Sein Umhang flatterte und sein Umriss hob sich dunkel gegen den Himmel ab.

XVI

»Welch Verrat wird hier verübt?«, zischte Gabriel hasserfüllt. Tania erschrak – dies war nicht der freundliche und sanfte Gabriel, den sie bisher gekannt hatte.

Edric stellte sich vor sie. »Ich habe ihr alles erzählt!«, sagte er. »Sie will nun nichts mehr mit Euch zu tun haben!«

Gabriel machte eine Handbewegung und Edric wurde plötzlich durch den Raum gewirbelt. Tania zuckte zusammen, als sein Kopf mit einem dumpfen Schlag gegen die Wand krachte. Er fiel auf dem Boden und schnappte nach Luft.

»Tu ihm nichts!«, rief Tania.

»Ihm etwas tun?«, wiederholte Gabriel voller Zorn. »Ich werde ihn vernichten und am Ende wird nichts von ihm übrig bleiben – selbst die Krähen werden nichts finden, woran sie sich gütlich tun können!«

Entsetzt rannte Tania zu Edric hinüber und stellte sich schützend vor ihn. Er war bei Bewusstsein, wirkte aber benommen und schien zudem starke Schmerzen zu haben.

»Nein!«, sagte sie. »Das wirst du nicht.«

Gabriels Augen loderten auf und mit einem Mal war Tania überzeugt, dass er ihr etwas Schreckliches antun würde. Doch dann schien er sich zu besinnen und die Wut wich aus seinem Gesicht. Er lächelte sie an, doch ihn ihm brodelte es immer noch – die funkelnden Augen verrieten es.

»Vergib mir, Tania«, sagte er. »Mein Zorn war so groß, dass ich mich für kurze Zeit vergessen habe – aber er ist verflogen.« Er blickte düster auf Edric hinunter. »Warum hintergehst du mich so, Edric?«, murmelte er. »Welche Lügen hast du verbreitet?«

Edric wischte sich mit der Hand über den Mund. »Keine Lügen, Mylord«, sagte er. »Ich habe der Prinzessin nur den wahren Grund offenbart, weswegen Ihr sie zu heiraten wünscht.«

Gabriel schien überrascht. »Ach wirklich?« Er sah Tania an. »Und was sind das für Gründe?«

»Ihr strebt nach Macht«, sagte Edric.

Gabriel sah Tania an. »Das ist doch Unsinn«, sagte er ruhig. »Siehst du nicht, dass er nicht bei Verstand ist?« Er seufzte bedauernd. »Ich habe es geahnt, aber ich hatte gehofft, es dir zu ersparen. Ich fürchte, seine Seele hat durch die Zeit in der Welt der Sterblichen Schaden erlitten. Edric, Edric. Wenn ein Mann nach der Sonne greift, verbrennt er sich lediglich die Finger. Man sollte nicht nach Dingen streben, die man niemals erreichen kann.«

Tania runzelte die Stirn. »Wovon sprichst du?«

»Verstehst du es denn nicht?«, sagte Gabriel. »Dieser Mann glaubt, dich zu lieben, und er möchte dich für sich haben. Er würde alles sagen, um dich gegen mich aufzubringen, um dich an mir zweifeln zu lassen.«

Tania starrte Edric verunsichert an.

»Wann habe ich dir jemals die Unwahrheit erzählt, Tania?«, fuhr Gabriel sanft fort. »Habe ich versucht, dir den Hof zu machen – oder wieder an unsere alte Liebe anzuknüpfen?«

Tania schüttelte den Kopf. »Nein …«

»Und so sollte es auch nicht sein, Tania. Ich habe dich heimgebracht um deines Vaters, meines Königs, und seines Reiches willen.« Er streckte ihr seine Hand entgegen. »Komm fort von hier«, drängte er. »Lass uns diesen Unsinn rasch beenden.«

Da rappelte sich Edric auf. Er schwankte, Blut lief aus einer Wunde an der Stirn über sein Gesicht. »Nein!«, rief er. »Geh nicht mit ihm – glaub ihm nicht.« Er stolperte auf Gabriel zu.

Der Lord hob die Hand und Edric blieb abrupt stehen, als wäre er gegen eine Wand geprallt. Gabriel machte eine weitere Handbewegung und Edric griff sich mit beiden Händen an den Hals – aus seinem Mund kam ein ersticktes Röcheln. Entsetzt beobachtete Tania, wie Edric langsam vom Boden hoch schwebte und strampelnd in der Luft hing.

Tania warf sich auf Gabriel und zerrte an seinem Arm.

Mit einem erstickten Schrei fiel Edric zu Boden.

»Lass ihn in Ruhe!«, schrie Tania.

Gabriels Augen blitzten. »Was soll das, Tania?«, sagte er. »Was bedeutet dir dieser Mann? Er ist ein Nichts! Ein Sklave, beweglicher Besitz – ein wertloses Stück Treibgut, das ich entzweireißen und in alle vier Winde verstreuen kann, wenn mir danach ist.«

Tania schüttelte den Kopf.

»Nein!«, sagte sie. »Das kannst du nicht machen. Auch wenn das, was du über ihn gesagt hast, wahr ist.«

»Dir wäre es also lieber, wenn er weiterhin im ganzen Reich ungehindert seine Boshaftigkeiten verbreiten kann?«, sagte Gabriel. »Ich bin der Stellvertreter des Königs und lasse nicht zu, dass diese Kreatur mir schadet. Eher liegt er tot zu meinen Füßen.«

»Hier müssen doch irgendwelche Gesetze gelten«, sagte Tania verzweifelt. »Wenn er etwas Falsches getan hat, dann muss er vor Gericht gestellt werden. Du kannst ihn doch nicht einfach so mir nichts, dir nichts töten.«

Gabriel sah sie lange wortlos an. »Dein Mitgefühl spricht für dich, Tania«, sagte er schließlich. »Dir zuliebe werde ich Gnade vor Recht ergehen lassen. Denk daran: Das, was ich jetzt tue, geschieht auf deinen ausdrücklichen Wunsch hin.« Er zog eine kleine, leuchtende Bernsteinkugel unter dem Umhang hervor, die er zwischen Daumen und Zeigefinger hielt, sodass Edric sie gut sehen konnte. Die Oberfläche der Kugel waberte wie flüssiges Öl und Rauchschwaden stiegen auf.

»Nein!«, stöhnte Edric.

Gabriel warf Tania einen Blick zu. »Ich tue es für dich«, erinnerte er sie. Er rief so laut, dass es von den Dachbalken wiederhallte. »Edric Chanticleer, bis in alle Ewigkeit verbanne ich dich ins Bernsteingefängnis!« Damit schleuderte er Edric die Kugel vor die Füße.

Die Kugel zerbarst in einem blendend weißen Funkenregen und Tania wich mit erhobenen Armen zurück, um die Augen vor dem grellen Licht zu schützen. Sie hörte einen verzweifelten Schrei, der plötzlich erstarb.

Als sie die Augen öffnete, sah sie nur noch schwelenden Rauch und Flammen.

»Was hast du getan?«, flüsterte Tania.

»Ich habe Master Chanticleer verurteilt«, sagte Gabriel. »Auf deinen Wunsch hin ist er nicht tot. Wahrlich, habe keine Furcht, Tania – denn er wird nie sterben.«

Langsam verzog sich der Qualm und Tania konnte

wieder etwas erkennen: Mitten im Raum schwebte eine große bernsteinfarbene Lichtkugel über dem Boden, wobei die Oberfläche in Bewegung war wie die hauchdünne Haut einer Seifenblase – und innendrin kauerte Edric. Er schien wie mitten in der Bewegung erstarrt – seine Hand griff nach der Hülle, seine angstvolle Miene war versteinert, sein Blick ausdruckslos.

Entsetzt machte Tania einen Schritt auf die leuchtende Kugel zu und streckte eine Hand danach aus, aber die Oberfläche war glühend heiß. Immer noch stieg Rauch auf, denn der Boden direkt unter der Kugel war versengt.

Tania starrte Gabriel an, der triumphierend auf den gefangenen Edric blickte. »Lass ihn raus.«

»Das ist unmöglich«, erwiderte Gabriel. »Aus dem Bernsteingefängnis gibt es kein Entrinnen.«

»Aber er lebt da drinnen doch noch?«

»Ja, sicher«, sagte Gabriel. »Siehst du, wie ich dir jeden Wunsch erfülle, Tania? Ich stehe zu deiner Verfügung.« Er wandte sich zur Tür und rief: »Wachen!«

»Du meinst, du wirst ihn für immer lebendig da drin lassen?«, stieß Tania hervor. »Wie kannst du nur?«

Gabriel antwortete nicht.

Zwei Männer in dunkelroten Livreen betraten den Raum.

»Schafft dieses Stück Dreck fort«, sagte Gabriel zu ihnen. »Sein Anblick macht mich krank.«

Die Männer zogen weiße Kristallschwerter aus ihren Gürteln und Tania sah bestürzt zu, wie sie das

Bernsteingefängnis mit den Schwertspitzen hochhoben, in der Luft balancierten und durch die offene Tür schoben.

»Wohin bringen sie ihn?«, fragte sie schockiert.

»Ins Verlies«, sagte Gabriel. »Verbann ihn aus deinen Gedanken, Tania. Ihn gibt es nicht mehr.«

Sie zitterte am ganze Körper und sie konnte kaum ein Wort hervorbringen: »Hat er gelogen? Bitte, ich muss es wissen.«

»Diese Frage ist deiner unwürdig, Tania«, entgegnete Gabriel sanft. »Der Mann ist nur ein niedriger Diener – du bist eine Prinzessin. Vergiss ihn.«

»Nein«, sagte sie ruhig. »Das kann ich nicht. Wenn du ihn nicht fair behandelst, dann gehe ich zu Oberon.« Sie zitterte inzwischen so sehr, dass sie sich kaum auf den Beinen halten konnte.

»Der König ist weit weg, Tania«, erwiderte Gabriel. »Ich herrsche an seiner Stelle – und mein Wort ist Gesetz.«

Tania wollte nichts mehr hören, konnte seine Anwesenheit nicht mehr ertragen. Wie konnte er Edric nur dermaßen grausam bestrafen? Das hatte er nicht verdient.

Was, wenn Edric die Wahrheit sagte?

Sie wollte an Gabriel vorbei zur Tür, doch er hielt

sie unsanft am Arm fest. »Wohin willst du, meine Tania?«

»Lass mich los!«, stieß sie hervor, aber seine Finger

gruben sich tiefer in ihren Arm und seine Augen glitzerten unheimlich.

»Wahrlich, wie schade«, sagte er sanft. »Hätte ich die Wahl, so hätte ich dich langsam, ganz langsam umworben, bis ich abermals dein Herz für mich gewonnen hätte. Aber ich sehe schon, das Geschwätz von Master Chanticleer hat dir den Kopf verdreht.« Er lächelte und seine Finger bohrten sich noch tiefer in ihren Arm, bis sie vor Schmerzen nach Luft schnappte. »Wir werden heiraten, Tania – ob es dir nun beliebt oder nicht.«

»Niemals!«, sagte sie ruhig. »Du kannst mich nicht zwingen, dich zu heiraten, und sobald ich hier rauskomme, werde ich meinen Schwestern erzählen, was du vorhast! Gemeinsam werden wir einen Weg finden, wie wir mit so einer falschen Ratte wie dir fertig werden!«

Gabriel lachte eiskalt. »Deine Schwestern?«, sagte er. »Deine liebenden Schwestern?«

Verwirrt über den Hohn in seiner Stimme starrte Tania ihn an.

Er wandte sich zur Tür. »Kommt her, Mylady!«, rief er. »Zeigt Euch.«

Rathina trat in die offene Tür. Sie hielt den Kopf hoch erhoben, mied aber Tanias Blick.

»Rathina?«, hauchte Tania. »Was geht hier vor?«

»Du und Gabriel, ihr müsst heiraten«, sagte Rathina knapp. »Das ist das Beste.«

Tania sah sie eine Weile wortlos an, zu schockiert, um etwas zu sagen. Warum stellte sich Rathina auf Gabriels Seite?

»Pass auf deine Schwester auf«, wies Gabriel Rathina an. »Und sorge dafür, dass sie einsieht, was das Beste für sie ist.« An Tania gewandt sagte er: »Wenn du dich mir widersetzt, wird Edric sterben. Wenn du einwilligst, mich zu heiraten, werde ich ihn freilassen. Sein Schicksal liegt in deiner Hand. Wähle weise!« Damit ließ er Tanias schmerzenden Arm los und rauschte aus dem Raum.

Zwei Wachen von Gabriel begleiteten Tania und Rathina in Tanias Schlafgemach. Die Dunkelheit war hereingebrochen und der Raum war nur von einigen Kerzen erleuchtet. Direkt hinter der Tür blieb Tania stehen. Sie hörte, wie mit einem lauten Klicken der Schlüssel im Schloss gedreht wurde, und bebte vor Wut.

Rathina öffnete ein Fenster. »Hier drinnen ist es stickig«, sagte sie. »Etwas frische Luft wird uns guttun.«

»Warum hast du Gabriel verraten, wo wir sind?«, wollte Tania wissen. Sie war so aufgebracht, dass sie sich kaum beherrschen konnte.

Rathina war am Fenster stehen geblieben und antwortete, ohne ihre Schwester anzusehen. »Ich habe es ihm nicht verraten. Gabriel braucht keine Spione, die ihn zu dir führen, Tania.« Sie zeigte auf den Anhänger. »Du trägst den Schlüssel zu deinem Gefängnis um den Hals. Solange du den Bernstein umhast, kannst du ihm nicht entfliehen.«

Tania riss sich den Anhänger vom Hals, warf ihn zu Boden und zertrat ihn hastig bis nur noch ein kleines Häufchen bräunlicher Puder übrig war.

»Das hättest du schon lange machen sollen«, sagte Rathina trocken. Sie setzte sich auf einen der Stühle. »Jetzt ist es bereits zu spät, fürchte ich. Gabriels Wachen stehen draußen – du kannst nicht mehr fliehen. Ich an deiner Stelle würde mein Schicksal so würdevoll wie möglich tragen.«

»Du denkst also wirklich, ich sollte ihn heiraten?«

»Das wäre das Klügste.«

»Das glaube ich nicht!«, zischte Tania. »Warum hilfst du ihm?«

»Weil es deine einzige Möglichkeit ist, Edrics Leben zu retten.« Rathina legte den Kopf schief. »Möchtest du das nicht? Edric hat mir seine Liebe zu dir gestanden. Er glaubt, dass du seine Liebe erwiderst und hatte mich gebeten, das Treffen zwischen euch zu arrangieren.« Sie sah Tania mit zusammengekniffenen Augen an. »Hast du Gefühle für diesen Bediensteten oder nicht?«

»Ja«, flüsterte Tania. »Doch.«

Sie hatte nie aufgehört, Evan zu lieben. Es war Edric, der sie verraten hatte und den sie verabscheute. Doch bei den Stallungen hatte sie wieder Evan vor sich gesehen, der sagte, dass er sie nie betrügen würde – und sie hatte ihm geglaubt.

Sie schloss die Augen und schlug die Hände vors Gesicht – sie konnte die Tränen nicht länger zurückhalten. Sie merkte, wie Rathina näher kam und sie tröstend in die Arme nahm.

»Ruhig, kleine Schwester«, murmelte Rathina. »Du darfst nicht den Mut verlieren. Verzeih mir – ich hätte Gabriel nicht geholfen, wenn ich gewusst hätte, wie grausam er Edric behandeln würde.«

Tania legte die Arme um Rathinas Hals, zu unglücklich, um etwas zu sagen.

»Hör mir zu, Tania«, fuhr Rathina fort. »Es gibt einen Weg, wie du Gabriel entfliehen kannst.«

»Wie denn?«, fragte Tania mit erstickter Stimme.

»Indem du in die Welt der Sterblichen gehst.«

Tania stockte der Atem. Sie blickte auf und wischte sich die Tränen aus den Augen. »Was?«

Rathina nickte ernst. »Das hast du hier schon mal getan«, sagte sie. »In genau diesem Zimmer – vor fünfhundert Jahren.«

Tania starrte ihre Schwester an. »Du meinst, du weißt, wie es mir damals gelungen ist, in die andere Welt zu wechseln?«

Rathina schüttelte den Kopf. »Ich weiß nicht, welche Kräfte du aufgeboten hast – aber ich habe gesehen, wie du verschwunden bist. Wir brauchen nur zu wiederholen, was wir in jener Nacht getan haben. Dann kannst du dem Elfenreich für immer den Rücken kehren.«

»Nein«, sagte Tania. »Das kommt nicht infrage. Ich muss Edric retten – und wie kann ich ihm helfen, wenn ich einfach in die Welt der Sterblichen verschwinde?«

Rathina nahm Tanias heißes Gesicht zwischen ihre kühlen Handflächen. »Wenn du erst mal weg bist, hat Gabriel keinen Grund mehr, Edric gefangen zu halten. Ich schwöre dir, dass ich alles in meiner Macht Stehende tun werde, dass er freikommt.« Ihre Stimme wurde drängender. »Doch das kann nur geschehen, wenn du fort bist – irgendwo, wohin dir niemand folgen kann.« Mit großen Augen schaute sie Tania an. »Hör mir gut zu: Du gehörst nicht in diese Welt. Tief im Herzen weißt du, dass ich Recht habe. Du gehörst in die Welt der Sterblichen – die Welt, in die du hineingeboren wurdest ... die Welt, die du so viel besser kennst, als du jemals das Elfenreich kennen wirst.« Sie senkte die Stimme zu einem Flüstern. »Du weißt, dass ich die Wahrheit sage ... Anita.«

Tania blinzelte. Es war das erste Mal seit ihrer Ankunft im Palast, dass jemand ihren sterblichen Namen benutzt hatte.

»Dir kam das Leben hier immer wie ein Traum vor«, sagte Rathina. »Geh zurück – nach Hause.«

»Ich muss Edric helfen«, sagte Tania leise.

Rathina lächelte sie mitfühlend an. »Und wie willst du das anstellen?«, fragte sie. »Willst du einfach ins Verlies marschieren und das Bernsteingefängnis mit bloßer Willenskraft zerstören?« Sie schüttelte den Kopf. »Versteh doch, Anita: Das Bernsteingefängnis kann nur von jenen geöffnet werden, die die Mystischen Künste beherrschen. Glaub mir, Anita, wenn ich dir sage, dass es im ganzen Elfenreich keine einzige Macht gibt, mit deren Hilfe du die Fesseln des Bernsteingefängnisses lösen könntest. Die einzige Möglichkeit, Edric zu helfen, ist es, nach Hause zurückzukehren.«

Tania starrte ihre Schwester lange an. Ihr Instinkt sagte ihr, dass sie Edric nicht im Stich lassen konnte, doch Rathinas Worte ergaben einen Sinn. Und was konnte sie schon groß tun? Wenn sie bliebe, würde Gabriel sie zwingen, ihn zu heiraten. Wenn sie ginge, würde sie Edric für immer verlieren.

Plötzlich fiel ihr etwas ein.

»Du hast gerade gesagt, dass es im ganzen Elfenreich nichts gibt, womit ich das Bernsteingefängnis aufbrechen kann, oder?«

»Fürwahr«, sagte Rathina. »Es ist vollkommen nutzlos, es zu probieren.«

»Nichts im Elfenreich!«, wiederholte Tania. »Aber wie steht es mit der Welt der Sterblichen? Wenn ich mich nur erinnern könnte, wie man zwischen den

Welten hin- und herwandelt. Wenn ich wüsste was das Gefängnis ausbrechen kann, könnte ich es aus London mitbringen.« Rathina war deutlich anzusehen, dass sie nicht begriff.

»Isenmort!«, rief Tania. »Sancha hat mir erzählt, dass Isenmort hier wirklich gefährlich ist. Wenn ich etwas aus Metall mitbringe, könnte es mächtig genug sein, um ein Bernsteingefängnis aufzubrechen!«

Rathina schauderte. »Aber Isenmort bedeutet Tod«, sagte sie. »Du kannst doch nicht etwas derart Gefährliches in dieses Reich bringen – das wäre unser Verhängnis!«

»Ich werde so vorsichtig wie möglich vorgehen«, sagte Tania. »Aber ich muss es versuchen. Und du hast Recht«, fuhr sie fort. »Ich sollte meine Kraft nutzen, um das Elfenreich zu verlassen – jedoch nur, um wiederzukommen.« Sie nahm ein paar tiefe Atemzüge, um sich zu beruhigen. »Das schaffe ich«, sagte sie sich. »Ich weiß, dass ich es kann.« Sie schloss die Augen und konzentrierte sich auf zu Hause – auf ihre Mutter und ihren Vater, auf ihr Heim. Auf ihr richtiges – nein, ihr anderes – Zimmer. Während sie sich dies alles so lebhaft wie möglich vorstellte, ging sie mit ausgestreckten Armen vorwärts.

Aber kein Lüftchen regte sich und der Boden schmolz nicht unter ihren Füßen.

Sie öffnete die Augen: Sie befand sich noch immer im Elfenreich.

Ihre Schwester musterte sie schweigend.

»Hilf mir, Rathina«, bat Tania. «Sag mir, was ich in jener Nacht gemacht habe. Wie bin ich in die Welt der Sterblichen gelangt?"

«Das ist lange her", murmelte Rathina. «Gib mir einen Moment, mich zu erinnern.«

Sie setzte sich auf einen Stuhl und stützte den Kopf in die Hände.

Die Zeit verstrich.

»Rathina, bitte?«

Rathina hob den Kopf. »Glaub mir, ich will dir wirklich helfen.« Sie holte tief Luft. »Es schlug gerade Mitternacht«, sagte sie und starrte mit geistesabwesendem Blick vor sich. »Ich saß auf deinem Bett. Du standest dort drüben mit dem Rücken an der Wand.« Sie deutete auf die Stelle, wo der Schrank stand. »Du bist auf mich zugegangen und plötzlich sah die Luft aus wie Wasser und es klang, als würde sich in der Ferne ein Wind erheben – und dann warst du verschwunden.«

»Ich bin einfach auf dich zugegangen?«, fragte Tania nach. »So einfach war das?«

»Daran erinnere ich mich zumindest.«

»Okay, lass es uns versuchen.« Tania stellte sich mit dem Rücken vor den Schrank. Wieder dachte sie ganz fest an ihr anderes Zuhause: An Mum und Dad, an Jade und ihre Clique, an die Schule und an Romeo und Julia.

Langsam und bedächtig ging sie über den Boden. Kurz darauf stieß sie mit den Knien gegen das Bett. Nichts war geschehen.

Ratlos sah sie Rathina an. »Bist du dir sicher, dass das alles war, was ich getan habe?«

»An mehr kann ich mich jedenfalls nicht erinnern«, sagte Rathina. Sie runzelte die Stirn. »Du musst es noch mal versuchen.«

Tania nickte.

Erneut stellte sie sich mit dem Rücken an den Schrank, diesmal jedoch etwas weiter vom Bett entfernt, sodass sie sich nicht wieder daran stoßen würde. Sie konnte Rathinas Blick auf sich spüren, während sie abermals durch den Raum marschierte.

Sie kam bis zur gegenüberliegenden Wand und war noch immer im Elfenreich.

»Noch mal!«, sagte Rathina. »Gib nicht auf!«

Mit geballten Fäusten drehte sich Tania frustriert um und ging zurück – diesmal konzentrierte sie sich noch stärker und vergegenwärtigte sich das Gesicht ihres Vaters. Ihr Kopf schmerzte vor Anstrengung. Ihr Vater. Seine Augen, Nase, Mund, Haare. Der Klang seiner Stimme. Tania kniff die Augen zusammen und atmete tief durch – sie musste den Sprung in die andere Welt zu schaffen.

Wieder stieß sie mit dem Fuß gegen etwas – ein niedriger Hocker, der am Fuß des Bettes stand. Sie stolperte, macht einen Schritt zur Seite und fiel hin.

»Ach, es ist hoffnungslos, Rathina!«, rief sie ärgerlich. »Das klappt doch nie!«

Keine Antwort.

Sie schlug die Augen auf.

Sie befand sich noch im selben Raum und doch war alles anders – Rathina war nicht mehr da.

Diesmal hatte sie weder den Wind verspürt, noch die Übelkeit und es hatte sich auch nicht angefühlt, als würde die Welt um sie herum sich auflösen.

Doch sie war zurück in der Welt der Sterblichen.

XVII

Tania sah sich in dem dunklen Raum um und versuchte herauszufinden, wo sie war. Es dauerte eine Weile, bis sich ihre Augen an das Dämmerlicht gewöhnt hatten.

Und dann erkannte sie den Raum: Sie war im Schlafgemach der Queen in den Staatsgemächern des Hampton Court Palace.

Zittrig stand sie auf.

So einfach war das also? Nur ein kleiner Schritt seitwärts – und schon war sie wieder in der Welt der Sterblichen.

»Oh ja!« Sie strich sich das Haar aus dem Gesicht. »So gefällt mir das schon besser.«

Sie ging ans Fenster und sah hinaus. Unter einem sternenklaren Himmel lag die Gartenanlage, ähnlich wie der Garten im Elfenpalast, aber kleiner und nicht annähernd so bezaubernd. Auch die Sterne ähnelten denen im Elfenreich, doch sie waren nicht so hell. Ein seltsames Leuchten war knapp über dem Horizont am Himmel zu sehen – ein Leuchten, das Tania im Elfenreich so nie wahrgenommen hatte. Dann musste sie plötzlich lächeln: dieses entfernte Glimmen von Tausenden und Abertausenden elektrischer Lichter war London.

Sehnsucht nach zu Hause überkam sie.

Nein, nicht nach zu Hause. Das Elfenreich war ihr Zuhause. Dies war die Welt der Sterblichen.

Sie war sich nicht sicher, ob sie das wirklich glaubte – aber nur so konnte sie sich auf das konzentrieren, was sie vorhatte.

»Ich werde meine Eltern wiedersehen, aber noch nicht jetzt«, sagte sie laut. »Vorher muss ich etwas erledigen.«

Sie wandte sich vom Fenster ab und ging zu der offenen Tür. Dahinter lag ein leerer Raum mit gerahmten Wandteppichen. Hier stimmte die Architektur nicht mit dem des Elfenpalasts überein: Eigentlich hätte ein Korridor vor der Tür sein müssen.

Tania durchquerte den unmöblierten Raum. Ihre Schritte hallten gespenstisch in der Stille. Eine weitere Tür führte in einen wesentlich kleineren Raum, der keinen anderen Ausgang hatte. Stirnrunzelnd ging Tania denselben Weg zurück ins Schlafgemach und verließ dieses durch eine Tür in der gegenüberliegenden Wand – eine Tür, die im Elfenpalast ebenfalls nicht existierte. Tania kam durch drei weitere Zimmer, die alle für Besucher aus dem 21. Jahrhundert ausstaffiert waren: Glasplatten bedeckten die Teile der Wandteppiche, die in Reichweite waren, und es gab kleine Schilder, auf denen stand, dass es verboten war, die Ausstellungsgegenstände zu berühren oder sich auf die Stühle zu setzen. Einige Bereiche waren mit roten Seilen abgesperrt.

Tania gelangte in einen großen Raum mit Ölgemälden, auf denen blasse Menschen mit ausdruckslosen Gesichtern in feierlichen georgianischen Kleidern zu sehen waren – eindeutig keine Elfengemälde. Es war seltsam, wie die Gegenstände der Elfenwelt durchmischt waren mit Objekten aus anderen Jahrhunderten der sterblichen Welt. Ein bisschen wie ein Puzzle, bei dem alle Stücke einigermaßen zusammenpassten, aber einige Teile eigentlich zu einem komplett anderen Bild gehörten.

Und dann entdeckte Tania, was sie gesucht hatte.

In der gegenüberliegenden Zimmerecke stand im Dunkeln eine Rüstung, in deren Panzerhandschuhen ein langen Schwertes ruhte.

»Ausgezeichnet!«, flüsterte sie, lief hin und griff nach dem Schwert.

In dem Moment, in dem sie das Schwert berührte, sprühten Funken und Tania bekam einen so heftigen Schlag, dass sie nach hinten geworfen wurde und rücklings über den glänzenden Boden schlitterte.

Als sie sich aufsetzte, prickelte ihr Arm und sie war wie geblendet. Sie schüttelte den Kopf, um das Klingeln in ihren Ohren loszuwerden. »So schlimm war es ja noch nie«, murmelte sie. Sie war wütend auf sich selbst, weil sie nicht daran gedacht hatte, was passieren würde, wenn sie Metall berührte. Sie rieb sich den Arm. »Das kommt wohl daher, dass ich jetzt schon eine Weile im Elfenreich bin.«

Nachdenklich betrachtete sie das Schwert. Sie konnte es nicht mit bloßen Händen anfassen, aber vielleicht konnte sie sich irgendwie schützen. Sie hob den Saum ihres Rocks und zog fest am Futter bis sich ein Stück vom Seidenstoff löste. Tania riss einen langen Streifen ab, den sie in zwei Hälften teilte. Dann wickelte sie sich den Stoff sorgsam um die Hände, bis nicht mal mehr ihre Fingerspitzen herausschauten.

»Hoffentlich klappt das«, murmelte sie. »Sonst wird's echt schwierig.« Sie starrte auf den geschlossenen Helm. »Jetzt sei aber schön artig, ja?«, sagte sie streng.

Wieder griff sie nach dem Schwert und fuhr zusammen, als sie mit den bandagierten Händen das Metall berührte. Diesmal spürte sie jedoch nur ein leichtes Kribbeln in den Fingern.

»Schon besser!«, sagte sie. Vorsichtig hob sie die eisernen Handschuhe hoch und zog das Schwert vorsichtig heraus.

Schließlich hielt sie es in den Händen. Es war schwerer als erwartet und beinahe wäre es ihr aus den Händen geglitten. Die kannelierte Klinge glänzte in der Dunkelheit. »Damit wird es gehen«, murmelte sie.

Sie versuchte sich zu vergegenwärtigen, wie sie von der einen in die andere Welt gelangt war. Sie war vorwärtsgegangen. Sie war gestolpert. Sie hatte einen Schritt zur Seite gemacht …

War das alles, was es brauchte, um zwischen den Welten zu wandeln? Ein einfacher Schritt zur Seite?

»Es gibt nur eine Möglichkeit, das herauszufinden«, sagte sie.

Doch dann hielt sie inne – der Hampton Court Palace und der Elfenpalast waren nicht identisch. Wenn sie von einem unbekannten Raum ins Elfenreich zurückging, würde sie vielleicht irgendwo außerhalb des Palastgebäudes herauskommen, eventuell sogar in der Luft landen, ohne Boden unter den Füßen!

Sie musste das Elfenreich von einer Stelle aus betreten, die in beiden Welten existierte. Also ging sie zurück in das Zimmer der Queen.

In ihrem Schlafgemach wiederaufzutauchen, war sicher nicht das Klügste. Dann wäre sie wieder eingesperrt, und selbst wenn sie mit dem Schwert die Tür zertrümmern könnte, würde der Lärm Gabriels Wachen warnen und ihnen so Zeit geben, ihre Flucht zu verhindern.

Sie durchquerte den Raum der Queen und trat in das Zimmer mit den Wandteppichen – im Elfenreich war dies der Korridor vor ihrem Zimmer.

Tania holte tief Luft und hielt das Schwert fest umklammert. Sie ging drei Schritte vor, dann trat sie nach links zur Seite. Die Wände um sie herum wankten und in ihren Ohren summte es.

Sie befand sich in dem kerzenerleuchteten Korridor genau vor ihrem Schlafgemach. Sie seufzte erleichtert – es hatte funktioniert!

Die Wachen, die vor ihrer Zimmertür standen, starrten sie völlig überrascht an. Dann rief einer der beiden etwas und machte einen Satz auf sie zu, während er gleichzeitig sein Kristallschwert zückte.

Tania wich zurück und hob schützend die Arme – doch ihre Hände waren leer.

Das Schwert war nicht mit ihr ins Elfenreich gelangt.

Was jetzt? Bleib ganz ruhig. Denk nach.

Sie wirbelte herum und machte einen schnellen Schritt nach links. Das Kerzenlicht flackerte und ging aus. Sie glaubte, ein Krachen zu vernehmen, als die Wache auf die Stelle zuhechtete, wo sie gerade noch gestanden hatte. Tania befand sich wieder in der Welt der Sterblichen. Das Schwert lag vor ihr auf dem Boden.

Sie hob es auf. Das durfte ihr nicht noch mal passieren, diesmal würde sie es ganz fest halten.

Sie ging an das andere Ende des Zimmers, damit sie nicht zu nahe an den Wachen im Elfenreich auftauchte und verstärkte den Griff um das Schwert.

»Okay«, sagte sie. »Diesmal machen wir es aber richtig.«

Doch kaum trat sie wieder zur Seite, löste sich das Schwert sofort in ihren Händen auf und fiel mit einem schwachen Klirren in der Welt der Sterblichen zu Boden. Dann vernahm Tania rufende Stimmen.

»Sie ist verschwunden! Hast du sie gesehen? Was war das – ein Trugbild?«

»Mich dünkt, das war Prinzessin Tania!«

»Nein, das war der Geist der toten Königin!«

»Bleib du hier! Ich hole Lord Drake – das kann nichts Gutes bedeuten. Heute Nacht ist irgendein Spuk im Gange!«

Tania sah, wie eine der beiden Wachen durch den Korridor davonlief. Der andere Wachmann drehte sich um und schrie erschrocken auf, als er sie entdeckte.

»Es ist zurückgekehrt!«, rief er und schwang sein kristallenes Schwert. »Ich habe keine Angst vor dir«, schwor er. »Einerlei, ob du ein Dämon oder böser Geist bist, ich werde dich niederschlagen!«

Als das Kristallschwert gefährlich nahe kam, machte Tania wieder einen Schritt zur Seite.

Niedergeschlagen blickte Tania um sich – sie war zurück im 21. Jahrhundert. Das Schwert lag zu ihren Füßen und sie bückte sich danach.

»Ich habe keine Ahnung, wie das gehen soll«, sagte sie verzweifelt und starrte die glänzende Metallklinge an. »Wie bekomme ich dich nur ins Elfenreich?«

Plötzlich huschte ein heller Lichtstrahl durch den Raum.

»Stehen bleiben!«

Tania fuhr herum. Das Licht blendete sie, doch schemenhaft nahm sie einen Mann in Uniform wahr.

»Bleiben Sie ruhig stehen, Miss, dann passiert Ihnen nichts.« Sie hörte das leise Klicken eines Walkie-Talkies. »Mike? Hier ist Gerry, ich bin oben in der Achtundvierzig. Hier ist ein Mädchen. Du rufst besser die Polizei.«

Tania hob den Arm, um ihre Augen vor dem grellen Licht zu schützen. »Nehmen sie doch bitte die Taschenlampe runter!«

Der Lichtstrahl wanderte zu ihren Kleidern hinunter. Tania sah den verwirrten Gesichtsausdruck des Mannes, als er ihre Elfenkleidung entdeckte. Als er die Schwertklinge bemerkte, befahl er barsch: »Legen Sie das hin, Miss. Machen Sie keine Dummheiten.«

»Das geht nicht«, sagte sie. »Es tut mir leid, aber das kann ich nicht tun.«

Sie wich zurück. Sie musste von ihm wegkommen und herausfinden, wie sie das Schwert mit ins Elfenreich nehmen konnte.

»Bleiben Sie stehen!«, sagte der Wachmann.

Doch sie machte auf dem Absatz kehrt und rannte los.

»He! Stopp!«

Sie hielt das Schwert beim Laufen eng am Körper.

Sie vernahm hastige Schritte hinter sich und der Lichtstrahl der Taschenlampe tanzte über die Wände, sodass ihr Schatten vor ihr auf den Boden fiel.

Der Wachmann rief in sein Walkie-Talkie. »Die Verdächtige nimmt Reißaus. Komm hoch, Gerry – sie hat ein Schwert.«

Tania rannte wie wild durch die Zimmer, bis sie eine zickzackförmige Treppe erreichte. Sie stürmte hinab und nahm immer zwei Stufen auf einmal. Unten angekommen gab es mehrere Fluchtmöglichkeiten. Der Wachmann war ihr immer noch auf den Fersen, seine Stiefel polterten auf den Stufen. Der Strahl der Taschenlampe flackerte wieder vor ihr auf.

Schwer atmend drückte Tania eine Flügeltür auf und gelangte in eine Art Vorhalle, geradeaus führten Türen mit Glasscheiben in einen Hof.

Tania rannte darauf zu und schob die Türen mit der Schulter auf – sofort schrillte der Alarm los. Tania stolperte auf eine quadratische Grasfläche hinaus. Ein großes Becken mit dunklem Wasser stand in der Hofmitte.

Diesen Ort kannte sie – sie hatte ihn schon mal gesehen. Aber wann – und wo?

»Tania! Hierher!«

Der Zuruf kam so unerwartet, dass Tania zuerst dachte, sie hätte ihn sich nur eingebildet.

»Tania!«

»Eden?«

»Komm zum Licht!«, rief Eden wieder. Ihre Stimme schien zwar weit entfernt, war aber trotzdem klar und deutlich zu hören. Sie kam von der gegenüberliegenden Hofseite und Tania ging zögerlich einige Schritte auf das Wasserbecken zu.

»Welches Licht?«, rief Tania. »Ich kann nichts sehen!«

Hinter ihr flog krachend die Tür auf. Tania warf einen Blick über die Schulter – die Wache war nur noch zehn Schritte entfernt.

Rasch lief sie über das Gras, umrundete das Becken und suchte Edens Licht.

Und dann sah sie es: ein schwaches farbiges Glühen unter einem überdachten Kreuzgang an der Wand.

»Schnell!«, drängte Eden sie.

Tania rannte auf den bunten Lichtkreis zu.

Jetzt wusste sie ganz genau, wo sie war – und auch, um welches Licht es sich handelte: Es war das Pirolglas, das Fenster in Edens Turm.

Tania sprang über einen niedrigen Maschendrahtzaun und flitzte unter den Kreuzgang. Das runde Fenster schimmerte jetzt hell vor ihr und durch die bunten Glasscheiben konnte sie das Gesicht ihrer Schwester erkennen.

Der Wachmann hinter ihr rief etwas. Er hatte sie fast erreicht, seine Finger streiften ihre Schulter.

»Hab ich dich!«

Verzweifelt riss Tania sich los und legte einen Endspurt hin – das bunte Fenster vor sich fest im Blick. Sie rannte darauf zu, plötzlich spürte sie, dass sie durch die Luft flog und auf das Licht zusauste. Sie stürzte durch das Fenster, ohne einen Zusammenstoß zu spüren oder das Glas zu zerbrechen.

Tania kugelte über den Boden und schnappte nach Luft – ihr war etwas schwindelig.

Doch das Verblüffendste war, dass sie noch immer das Schwert in beiden Händen hielt. Hinter ihr verblasste das helle Licht, und die Wände, die eben noch in allen Regenbogenfarben geleuchtet hatten, wurden wieder grau. Tania rappelte sich auf.

Eden stand mit einer Laterne in der Hand vor dem Pirolglas. Sie trug ihre schwarze Kutte mit der Kapuze, sodass ihr schmales Gesicht im Schatten lag.

»Du hast Glück, dass ich nur noch einen sehr leichten Schlaf habe«, sagte sie. »Ich weiß zwar nicht, wie oder warum, aber das Pirolglas wusste um die Gefahr, in der du schwebtest und hat dich ins Elfenreich zurückgeholt.« Eden runzelte die Stirn. »Wie bist du in die Welt der Sterblichen gelangt?«

Tania sah sie an. »Ich habe mich daran erinnert, wie es geht«, antwortete sie. »Wie man zwischen den Welten wandelt. Es war ganz einfach.«

Eden zog eine Augenbraue hoch. »Und doch wurdest du verfolgt und konntest den Rückweg ins Elfenreich nicht finden?«

Tania schüttelte den Kopf. »Das stimmt nicht. Ich konnte schon zurück«, sagte sie. Sie hob das Schwert hoch. »Aber ich habe es nicht geschafft, das hier mitzunehmen.«

Beim Anblick der glänzenden Metallklinge wich Eden zurück.

»Halte mir dieses tödliche Ding vom Leib!«, stieß sie hervor.

Tania legte das Schwert hinter sich.

»Ich habe die Wachen draußen gehört«, sagte Eden. »Sie haben nach dir gesucht. Was hast du getan, um Gabriels Zorn auf dich zu ziehen?«

Wo sollte sie anfangen? Es gab so viel zu erzählen. Tania berichtete alles: die ganze Geschichte von Edric und Gabriel und dem Bernsteingefängnis. Eden hörte ihr zu und wurde immer wütender.

»Dieser junge Mann wird uns alle hintergehen!«, fluchte sie, als Tania geendet hatte. »Hätte ich geahnt was er vorhat, hätte ich mich nie dazu überreden lassen, ihm zu helfen!«

Tania starrte sie an. »Du hast ihm geholfen?«

»Ja, das habe ich, aber gegen meinen Willen«, sagte Eden zornig. »Er hat mich gezwungen, ihn in die Mystischen Künste einzuweihen. Erst dank dieser Geheimnisse war er fähig, seinen Diener in die Welt der Sterblichen zu senden, um dich zu suchen. Über die Jahre ist er sehr mächtig geworden, aber wir müssen tun, was wir können, um ihn zu vernichten.«

»Nein!«, sagte Tania. »Darum geht es mir nicht – ich muss Edric retten.« Sie ergriff das Schwert. Eden schrak zurück, als die Klinge im Laternenlicht aufblitzte. »Genau darum habe ich es mitgebracht«, erklärte Tania. »Aber wieso hat es jetzt funktioniert? Bei meinen vorherigen Versuchen hat es nicht geklappt.«

»Das Pirolglas ist mit vielen Zaubern belegt.«

»Gut«, sagte Tania. »Und jetzt zeig mir den Weg ins Verlies.« Sie hob das Schwert hoch. »Mit seiner Hilfe werde ich die Bernsteinkugel, die Edric gefangen hält, zertrümmern.«

Edens Augen glänzten. »Fürwahr, das mag ausreichen. Komm, ich führe dich dorthin.« Sie ging voraus, wobei sie darauf achtete, dem Schwert nicht zu nahe zu kommen. Tania folgte der schlanken Gestalt mit der Kapuze durch den niedrigen Torbogen zu einer schmalen Treppe. Sie gingen einige Stufen hinauf und gelangten in einen kahlen Steinkorridor, dann gingen sie durch eine Tür und stiegen eine lange Treppe aus grob behauenen Steinen hinunter, die an einer Holztür endete.

»Gabriel hat behauptet, du seist wahnsinnig geworden«, sagte Tania, als sie einen dunklen Gang betraten.

Eden lächelte düster. »Das sieht ihm ähnlich«, sagte sie. »Doch habe keine Angst, Tania – ich bin bei klarem Verstand.« Sie seufzte und sprach dann leise weiter wie zu sich selbst. »Wie oft habe ich mir in den langen durchwachten Nächten gewünscht, es wäre anders!«

Sie befanden sich nun in einem Teil des Palastes, der Tania völlig unbekannt war. Hier gab es nur finstere, unbeleuchtete und fensterlose Gänge, die in den Stein gehauen waren. Sie kamen zu einer weiteren Tür, die mit einem Riegel aus massivem Eichenholz verschlossen war. Tania bemerkte, dass die Tür keine Klinke hatte. Eden blieb stehen, murmelte ein paar Worte und strich einige Male mit der Hand über die Tür, bis diese geräuschlos aufschwang. Dahinter empfing sie unheimliches Dämmerlicht, denn der Korridor war mit flackernden Fackeln beleuchtet. Die Decke war niedrig, gerade hoch genug, dass Tania aufrecht gehen konnte. Eden musste sich bücken.

Ein Mann in Schwarz trat aus einer dunklen Nische in der Wand. Er hielt einen langen Spieß in den Händen, dessen geschärfte Kristallspitze glitzerte.

»Halt, wer da?«

Eden ging zu ihm. »Kennst du mich nicht?«, fragte sie.

Der Mann starrte sie verwirrt an. »Doch, Mylady.«

»Gut«, sagte Eden. »Und jetzt schlaf und träume von schöneren Orten als diesem Verlies!« Mit den Fingern berührte sie seine Stirn. Sofort verstummte er und blickte mit glasigen Augen vor sich hin, während

Eden sich wieder zu Tania umdrehte. »Er wird mehrere Stunden nicht aufwachen.«

Tania ging zu dem erstarrten Mann und bewegte die Hand vor seinen Augen hin und her. Sie grinste Eden an. »Hey, ganz schön cool!«, sagte sie. »Irgendwann musst du mir mal zeigen, wie das geht.« Sie musterte sie. »Ich habe gedacht, du würdest deine Gabe nicht mehr benutzen. Mir wurde gesagt, dass du die Mystischen Kräfte nicht mehr angewandt hast, seit … als Titania ertrunken ist.«

Eden begegnete ihrem Blick und das Entsetzen und die Qual in ihren Augen ließ Tania erschaudern.

»Die Königin ist nicht ertrunken«, sagte Eden leise. »Sie starb nicht im Wasser, Tania – und ich bin schuld an ihrem Tod. Ich habe unsere Mutter getötet.«

XVIII

Tania wich vor ihrer Schwester zurück und umklammerte mit beiden Händen das Schwert. Sie hatte gesehen, wie leicht Eden mit der Wache fertig geworden war – durch eine bloße Berührung hatte ihre Schwester ihn in einem Schlafzustand versetzt. Wenn Eden so etwas bei ihr versuchen wollte, würde sie erst an dem Schwert vorbeikommen müssen.

»Aber ich habe gedacht, sie sei ertrunken«, sagte Tania voller Unbehagen.

»Nein, das ist sie nicht«, erwiderte Eden seufzend und nahm die Kapuze ab. Tania stockte der Atem: Edens langes, dichtes Haar war schlohweiß. »Fürchte dich nicht, Tania«, bat sie. »Ich wollte unserer Mutter nichts antun – und ich lebe seit fünfhundert Jahren mit der Schuld.«

»Was ist denn geschehen?«

»Die Königin und ich haben nach deinem Verschwinden lange mit Rathina gesprochen«, sagte Eden. »Du hast in jener Nacht ein törichtes und gefährliches Spiel getrieben, Tania. Wir vermuteten, dass du in die Welt der Sterblichen hinübergegangen warst – und dass du nicht mehr zurückgefunden hast.« Sie runzelte die Stirn. »Du hättest nie versuchen sollen, zwischen den Welten zu wandeln, ohne dir vorher Rat zu holen. Solche Unterfangen sind gefährlich.«

»Ja, jetzt ist mir das auch klar«, sagte Tania. »Schade, dass mir das damals keiner gesagt hat.«

»Ja.« Eden seufzte. »Wie waren nachlässig. Dabei hätte ich es besser wissen müssen – du warst ein sehr impulsives und eigensinniges Kind.«

»Weiter«, drängte Tania.

»Unsere Mutter hegte den Wunsch, dir in die Welt der Sterblichen zu folgen. Doch der König hatte es verboten, aus Angst, noch ein Familienmitglied zu verlieren. Und so kam die Königin zu mir, heimlich, weil sie wusste, dass ich in den Mystischen Künsten geübt war. Zuerst habe ich mich geweigert. Doch die Königin blieb hartnäckig und schließlich gab ich nach.« Sie schloss die Augen. »Ich habe die Geister des Pirolglases herbeigerufen und einen Anhänger aus Bernstein geformt, den die Königin tragen sollte. Ich wusste, solange sie ihn um den Hals trug, wäre ich in der Lage, sie zurückzuholen. Ich bat sie ein letztes Mal, nicht zu gehen, aber sie wollte nicht hören. Sie trat ins Licht und war verschwunden.« Eden schlug die Hände vors Gesicht. »Ich hörte sie schreien, und als das Licht erlosch, sah ich, dass der Bernstein – das schützende Amulett – ihr vom

Hals gefallen war und zu meinen Füßen am Boden lag.«

»Was hast du getan?«, flüsterte Tania.

»Viele Male habe ich das Portal geöffnet, in der vergeblichen Hoffnung, unsere Mutter wäre vielleicht in der Lage, den Heimweg zu finden«, sagte sie. »Aber dem war nicht so. Sie ist fürwahr verloren und ich fürchte, dass sie bei dem Versuch, dich zu finden, vernichtet wurde.« Sie holte schaudernd Luft. »Ich fürchtete den Zorn des Königs, deshalb habe ich die Geschichte von dem Bootsunfall erfunden. Und seit jenem Tag, als die grenzenlose Trauer unseres Vaters die Zeit stehen bleiben ließ, schwor ich für immer meinen ganzen Künsten ab. Dabei wäre es sicher auch geblieben, wäre mich Gabriel Drake nicht erpresst hätte.«

»Schon wieder Gabriel!«, murmelte Tania. »Was hat er damals getan?«

»Er erriet die Wahrheit über den Tod unserer Mutter – vermutlich aufgrund meiner Entscheidung, den Mystischen Künsten zu entsagen. Ich hatte ja keine Ahnung von seinen finsteren Ambitionen, als er kam und mich darum bat, das Pirolglas zu öffnen. Ich wusste lediglich, dass er dich unbedingt finden und zurückbringen wollte. Damals dachte ich noch, er handle aus Liebe – trotzdem habe ich mich geweigert, ihm zu helfen. Da drohte er, dem König die Wahrheit zu offenbaren, wenn ich nicht täte, worum er mich gebeten habe – und so habe ich nachgegeben. Doch selbst dann weigerte ich mich noch, direkt für ihn zu arbeiten. Ich zeigte ihm nur, wie man das Pirolfenster öffnet und die schützenden Anhänger formt.« Sie fröstelte. »Dann wartete er, geduldig wie eine Spinne in ihrem Netz, beobachtete alles und brütete die trostlosen langen Jahre hindurch, bis er dich schließlich fand und seinen Diener durch das Glas sandte, um dich zurückzubringen.«

Tania stieß langsam die Luft aus, die sie angehalten hatte. »Er ist unglaublich machtbesessen, nicht?«, sagte sie leise. »Er würde alles tun, um zu bekommen, was er will!« Sie presste das Schwert an sich, das sie in ihren verbundenen Fingern hielt. »Aber damit wird er nicht durchkommen«, schwor sie. Sie blickte Eden an, die sehr blass war – jemandem ihr quälendes Geheimnis anzuvertrauen, hatte sie sichtlich mitgenommen.

»Zeig mir, wo ich Edric finde«, sagte Tania. »Lass uns das Ganze hinter uns bringen.«

Eden nickte und führte sie weiter den düsteren Gang entlang, bis sie zu einer glänzenden Tür aus schwarzem Stein kamen.

»Das ist das Adamantin-Tor«, sagte Eden. »Hinter dieser Pforte wirst du finden, was du suchst.« Sie sah Tania an. »Doch es ist mit tödlichen Flüchen belegt und man kann es nur öffnen, wenn man die Sprüche der Macht und des Schutzes kennt. Ich habe die Tür noch nie öffnen müssen, aber ich glaube, ich kenne die Worte.« Sie trat näher und begann, etwas zu murmeln.

Tania stand neben ihrer Schwester und beobachtete sie. Mehrere Minuten schienen zu verstreichen, ohne dass die Tür sich öffnete. Tania biss sich auf die Lippe. Je länger es dauerte, desto wahrscheinlicher war es, dass Gabriel oder seine Wachen sie fanden.

Edens Stimme wurde lauter – Tania konnte ihren seltsamen Singsang jedoch nicht verstehen. Dann vollführte Eden mit beiden Händen eine Bewegung in Richtung Tür und der Boden erbebte, doch die Tür blieb zu.

»Ich fürchte, Gabriel Drake hat die Tür mit einem mächtigeren Schließzauber belegt«, sagte Eden. »Ich habe die Mystischen Künste seit Jahren nicht mehr praktiziert, ich werde mehr Zeit brauchen.«

»Wir haben es eilig und können keine Minute mehr warten«, sagte Tania und blickte die Tür wütend an. »Könntest du bitte aus dem Weg gehen? Dann wollen wir doch mal sehen, was dieses Schwert aus Isenmort ausrichten kann!«

Eden trat zur Seite. Tania stellte sich breitbeinig hin und schwang das Schwert mit beiden Händen hoch über den Kopf.

»Drei – zwei – eins – los!«, rief sie und ließ das Schwert auf die schwarze Tür niedersausen. Die Klinge glitt klirrend ab und Wellen des Schmerzes schossen durch ihren Arm. Sie schrie auf.

Ein Geruch nach fauligen Eiern breitete sich aus und eine schwarze Rauchfahne steig auf, doch die Tür öffnete sich.

Entsetzt starrte Eden mit großen Augen in die gähnende Schwärze.

»Los, gehen wir«, sagte Tania und trat über die Schwelle.

Doch Eden rührte sich nicht.

Tania warf einen Blick zu ihr zurück. »Was ist los?«

»Dieser Ort ist unheilvoll – ich kann nicht hinein«, sagte Eden. »Aber ich werde den Eingang bewachen und dafür sorgen, dass niemand dir folgt.« Sie sah Tania an. »Aber pass auf: Vielleicht gibt es drinnen auch Wachen.« Ihre Stimme wurde schärfer. »Los, geschwind!«

Tania nickte. »Es wird nicht lange dauern.« Sie spähte in die gähnende Schwärze hinter der offenen Tür. »Kann ich mir deine Laterne ausborgen?«

»Ja, natürlich. Möge es dir gut ergehen.«

Tania nahm die Laterne.

»Dann wollen wir mal«, sagte sie leise. Sie hielt die Laterne in der linken Hand, mit der Rechten umklammerte sie das Schwert.

Eiskalte Luft schlug ihr entgegen. Sie bemühte sich, den säuerlichen Gestank zu ignorieren. Wenn dieser schreckliche Geruch das Schlimmste war, was ihr hier unten begegnete, konnte sie sich wirklich glücklich schätzen.

»So weit, so gut«, rief sie zurück zu Eden, aber es kam keine Antwort.

Tania drang tiefer in das Verlies ein. Das Licht der Laterne glitt über die feuchten, tropfenden Wände aus schwarzem Stein. Der Gang war inzwischen so niedrig, dass es fast unmöglich war aufrecht zu gehen.

Der Weg endete in einem kleinen kreisrunden Gewölbe. Von hier aus gingen in alle Himmelsrichtungen weitere Gänge ab. Tania schlotterte vor Kälte und wählte willkürlich einen von ihnen aus.

Doch dann zögerte sie – sie hatte keine Ahnung, wo sie gerade war, und sie wollte sich nicht verirren. Also musste sie dafür sorgen, dass sie wieder zurückfand: Sie musste Markierungen hinterlassen. Sie stellte die Laterne ab und ritzte mit der Schwertspitze einen Pfeil in den Stein.

Der neue Gang war breiter und höher als der erste. In die Wände waren dunkle Nischen eingelassen. Als Tania sich einer der schulterbreiten Einbuchtungen näherte, sah sie, dass darin eine große schwarze Kugel bewegungslos in der Luft schwebte.

Die riesige Kugel war mit Schmutz und Spinnweben überzogen. Als Tania einen weiteren Schritt darauf zumachte, bemerkte sie ein fahles gelbliches Licht, das aus dem Inneren der Kugel zu kommen schien. Sie starrte hinein und entdeckte, dass unter der Schmutzkruste ein Mann kauerte – er war wie erstarrt.

Entsetzt wich Tania zurück. Die schwarze Kugel war ein Bernsteingefängnis. Wie lange war es hier wohl schon? Jahre? Jahrhunderte? Welches Verbrechen hatte der Mann begangen, das so eine schreckliche Strafe rechtfertigte?

Schaudernd setzte Tania ihren Weg durch den Gang fort. Zu ihrer Erleichterung waren viele der dunklen Nischen leer, dennoch enthielten viele – zu viele – von ihnen Bernsteingefängnisse, die dort in der schauerlichen Stille vor sich hin moderten.

Tania kam erneut zu einer Weggabelung. Sie kaute auf ihrer Unterlippe und starrte angestrengt in die schwarzen Tunnelöffnungen. Das Verlies war riesig – wie sollte sie Edric hier finden?

»Ich muss ihn finden«, murmelte sie laut. »Ich werde so lange suchen, bis ich ihn gefunden habe, etwas anderes bleibt mir gar nicht übrig.«

Sie wählte einen Gang, ritzte wieder einen Pfeil in den Stein und setzte ihre Suche fort.

Nicht alle Bernsteingefängnisse waren im selben Zustand. Einige waren pechschwarz, in anderen leuchtete es noch – und gelegentlich kam sie an einem vorbei, in dem der Gefangene noch als Schattenriss zu erkennen war. Das waren die schlimmsten, denn im orangefarbenen Licht konnte sie die gequälten Gesichter der Opfer erkennen, die sie mit leeren Augen ansahen. Tania ging dazu über, diese Kugeln lieber nicht allzu genau zu betrachten. Sie warf nur einen flüchtigen Blick in die Nischen, um sicherzugehen, dass Edric nicht darin saß – dann ging sie tiefer in die Dunkelheit, immer weiter und weiter …

Wie lange bin ich jetzt wohl schon hier?, dachte sie und hielt einen Moment inne. Minuten? Stunden? Hier unten verlor man jegliches Zeitgefühl. Ihre Arme schmerzte vom Tragen der Laterne und des Schwerts. Sie war bis auf die Knochen durchgefroren und ihre Beine zitterten vor Erschöpfung. Wenn es noch lange dauerte, würde sie irgendwann einfach zusammenbrechen.

»Edric!«, rief sie, aber ihre Stimme wurde von der Dunkelheit verschluckt. »Edric – wo bist du?«

… und Julia ist meine Sonne …

»Ach, ich wünschte, ich wäre es«, murmelte sie. »Hier unten könnte ich ganz gut etwas Sonnenlicht gebrauchen.« Sie umklammerte das Schwert mit festerem Griff und marschierte einen weiteren modrigen Gang entlang.

Sie zählte ihre Schritte um ein Gefühl für den zurückgelegten Weg zu bekommen. Hundert Schritte. Zweihundert. Noch eine Kreuzung. Noch ein eingeritzter Pfeil. Ein neuer Gang. Hundert. Zweihundert.

Schließlich stolperte sie nur noch mutlos voran – sie war so müde und ihre Beine waren bleischwer. Doch mit einem Mal bemerkte sie vor sich ein bernsteinfarbenes Glühen, das heller war als das aller anderen Kugeln bisher.

Edric? Bitte lass es Edric sein.

Mit klopfendem Herzen rannte sie darauf zu.

Das Licht drang aus einer der Nischen. Tania, die kaum zu hoffen wagte, sie könnte ihn zu guter Letzt doch gefunden haben, spähte um die Ecke. Die Bernsteinkugel leuchtete so hell, dass sie ihren Blick rasch abwenden musset, aber sie sah genug, um das Gesicht zu erkennen: Es war Edric.

»Geschafft!«, flüsterte sie.

Tania stellte die Laterne auf den Boden und streckte die linke Hand vorsichtig nach der fließenden gelben Oberfläche aus, doch der Bernstein war inzwischen abgekühlt. Sie legte ihre Hand auf die Kugel und schaute Edric direkt ins Gesicht.

»Ich habe dich gefunden!«, murmelte sie. »Ich wusste doch, dass ich es schaffen würde!«

Sie trat von der Kugel weg und nahm das Schwert in beide Hände.

»Wie soll ich das nur machen, ohne dich zu verletzen?«, sagte sie laut.

Doch da bemerkte sie ein neues Licht – ein rotes Flackern direkt hinter ihr.

»Halt, Eindringling in verbotenen Gefilden! Euer Leben ist verwirkt!«

Aus den Augenwinkeln sah Tania gerade noch rechtzeitig den schweren, runden Kopf eines Morgensterns aus Kristall, der auf sie zu schwang. Sie duckte sich, aber die Waffe streifte sie seitlich am Kopf und sie stürzte zu Boden, wobei ihr das Schwert aus den Händen glitt und klirrend auf den Steinboden fiel.

Tania landete auf dem Rücken. Ihr Kopf dröhnte. Ein Mann in schwarzer Livree stand über ihr, in der einen Hand eine flackernde Fackel, in der anderen die Waffe – bereit, ein zweites Mal zuzuschlagen.

XIX

Tania konnte gerade noch ausweichen als der Morgenstern nur Zentimeter von ihrem Schädel entfernt niedersauste. Sie spürte, wie sie mit der Wange über rauen Stein schrammte, als sie über den Boden rollte.

Mit einem wütenden Brummen hob der Wachmann abermals seine Hiebwaffe. Tania trat mit dem Fuß nach ihm, doch obwohl sie ihn traf, regte er sich nicht. Abermals holte er mit dem Morgenstern aus und wieder verfehlte er sie nur um Haaresbreite.

Als sie gerade zu dem Schwert hinüberkriechen wollte, trat er ihr mit dem Stiefel auf den Fußknöchel. Tania schrie auf vor Schmerzen und versuchte ihr Bein zu befreien. Sie streckte sich in Richtung Schwert, so weit es nur irgendwie ging … Sie konnte es mit den Fingern berühren, doch sie bekam es einfach nicht richtig zu fassen.

Sie drehte sich auf den Rücken. Der Wachmann hatte den Morgenstern über den Kopf geschwungen, um erneut zuzuschlagen.

Tania trat blitzschnell mit ihrem freien Fuß nach

seinem Schienbein. Er heulte auf und taumelte rückwärts, wodurch ihr Knöchel freikam. Sofort stürzte Tania sich auf das Schwert und packte es mit beiden Händen. In dem Moment in dem sie es hochgehoben hatte, raste der Morgenstern auf sie nieder. Tanias Arm zitterte unter der Wucht des Schlags – aber die scharfe Schwertklinge hatte den Streitkolben in zwei Teile gespalten. Die abgetrennte Kugel fiel neben ihr zu Boden und der Wachmann stürzte und prallte gegen die Wand.

Tania rappelte sich auf. »Hau ab!«, rief sie und fuchtelte mit dem Schwert vor ihm herum. »Sonst schlage ich dir den Kopf ab. Wirklich, das tue ich!«

Der Wachmann beäugte sie argwöhnisch, immer noch den Stumpf seines Streitkolbens in der Hand. Tania machte mit dem Schwert eine Bewegung auf ihn zu. Sofort streckte er die Hand aus und rief irgendwelche Worte, die sie nicht verstand. Daraufhin schossen bernsteinfarbene Blitze aus seinen Fingern.

Instinktiv hielt Tania das Schwert vor sich, um die Lichtblitze abzuwehren. Diese trafen Funken sprühend auf die Klinge, wo sie augenblicklich zischend verlöschten.

Der Wachposten fluchte, drehte sich hastig um und floh. Die rote Flamme seiner Fackel wurde schon bald von der Dunkelheit verschluckt. Tania hörte noch, wie seine Schritte über die kalten Steinplatten hämmerten, dann herrschte Stille.

Tania holte tief Luft. Sie hatte keine Ahnung, ob sie im Notfall wirklich Gebrauch von dem Schwert gemacht hätte. Sie wandte sich wieder dem Bernsteingefängnis zu. Edric starrte sie immer noch an und sie fragte sich, ob er gesehen hatte, wie sie für ihn gekämpft hatte?

Früher oder später würde sie das herausfinden.

Sie überprüfte die Seidenwickel um ihre Hände – ihre Haut war immer noch geschützt. Dann ergriff sie das Schwert.

»Sachte, sachte«, flüsterte sie. Sie hatte erlebt, welche Wirkung Isenmort auf die Verliestür und auf den Morgenstern der Wache gehabt hatte. Sie musste das Bernsteingefängnis zerschlagen, ohne Edric dabei zu verletzen.

Sie führte das Schwert nahe an die Kugel heran und berührte vorsichtig die Oberfläche des Bernsteins mit der Metallspitze.

Ein greller Blitz schoss aus dem Schwert und erleuchtete den Gang. Tania kniff die Augen zusammen und taumelte zurück, das Schwert in ihren zitternden Händen. Plötzlich vernahm sie ein Geräusch, das wie Flügelschlagen klang.

Dann schlug ihr ein glühendheißer Luftschwall entgegen, der sie von den Beinen riss.

Schwer atmend landete sie auf dem Boden, das Schwert lag in einiger Entfernung. Die Laterne war umgestürzt, aber glücklicherweise brannte sie noch.

Tania nahm sie in die Hand und kauerte sich hin. Heißer bernsteinfarbener Rauch kroch durch den Gang und raubte Tania die Sicht. Der Gestank war so atemberaubend, dass sich ihr der Magen umdrehte. Trotzdem rappelte sie sich auf und watete langsam in den Rauch hinein.

Edric lag zusammengerollt auf dem Boden.

Sie kniete sich neben ihn. »Edric?«

Keine Reaktion.

Sie legte ihm eine Hand auf die Schulter. »Edric?«

Er stöhnte leise und seine Lider bewegten sich.

Er lebte.

Sie stellte die Laterne ab und bemühte sich, ihn aufzurichten. Es gelang ihr immerhin, ihn in eine sitzende Position zu bringen, wobei sein Kopf schwer an ihrer Schulter lehnte.

Sie legte ihre Wange an sein Haar. »Edric?«, sagte sie. »Du musst mir helfen. Ich schaffe das nicht alleine.«

Seine Stimme war so leise, dass sie sie kaum hörte. »Tania?«

Ein freudiger Schauder durchfuhr sie. »Ja! Ja – ich bin's«, hauchte sie. »Ich habe dich aus dem Bernsteingefängnis befreit – aber wir sind noch im Verlies und es ist ein weiter Weg hinaus.« Sie umarmte ihn fest. »Ich würde dich ja tragen, wenn ich könnte, aber es geht nicht. Du musst aufwachen.«

Er hob den Kopf und blickte ihr mit seinen braunen Augen ins Gesicht. *»Doch still … was schimmert durch … das Fenster dort?«*, murmelte er. *»Es ist der Ost … und Julia ist meine Sonne.«*

Sie lächelte. »Das stimmt nicht ganz«, sagte sie sanft. »Romeo sagt: … *und Julia die Sonne*, nicht *meine Sonne.*«

»Das werde ich wohl nie hinkriegen.« Er setzte sich auf, wobei er vor Schmerzen stöhnte.

»Bist du verletzt?«, fragte sie daraufhin und sah ihn ängstlich an.

»Nur etwas steif«, sagte er. »Und durchgefroren.« Er lächelte sie an. »Ich habe gesehen, wie du mit der Wache gekämpft hast«, sagte er. »Mit dir verscherze ich es mir lieber nicht.«

»Das hast du gesehen?«

Edric nickte. »Ich konnte mich da drinnen zwar nicht bewegen, aber ich war trotzdem hellwach.« Seine Stimme bebte. »Das macht den wahren Schrecken des Bernsteingefängnisses aus: Dein Gehirn funktioniert die ganze Zeit über und du schläfst nie – nicht mal für einen kurzen Augenblick.«

Sie starrte ihn an. »Ich habe hier viele weitere Gefängnisse gesehen. Einige davon sahen ziemlich alt aus. Sicher leben die Leute dort drin nicht mehr.«

Er lächelte schief. »Ein Häftling lebt im Bernstein weiter, ist aber für immer gefangen.«

»Sollten wir dann nicht versuchen die anderen zu befreien?«

»Oberon würde niemand ohne guten Grund einsperren«, sagte Edric. »Diese Leute sind zu gefährlich, um frei zu sein. Der König von Lyonesse und viele seiner unheilvollsten Ritter sind hier eingekerkert – und sie waren die schlimmsten Feinde, die das Elfenreich je gesehen hat.«

Lyonesse? Den Namen hatte Tania schon mal gehört. Dann fiel es ihr ein: »Sancha hat ein Buch über die Kriege von Lyonesse gelesen«, sagte Tania. »Sind diese Männer Kriegsgefangene?«

»Ja«, bestätigte Edric. »Der Krieg währte tausend Jahre – und das Elfenreich wurde beinahe unterjocht, doch schließlich gelang es Oberon, den König zu besiegen. Darum dürfen diese Männer nie wieder in die Freiheit entlassen werden.« Er sah sie an. »Die Wache wird Verstärkung holen. Wenn wir nicht einem ganzen Trupp gegenüberstehen wollen, sollten wir zusehen, dass wir hier rauskommen.«

Tania legte seinen Arm um ihre Schultern und half ihm auf die Beine. Sie schlang einen Arm um seine Taille, mit der anderen Hand hielt sie die Laterne. Er war etwas wacklig auf den Beinen, aber immerhin konnte er stehen. Er machte vorsichtig ein paar Schritte, doch blieb er sofort wieder stehen. Er sah aus, als würde er gleich zusammenbrechen.

Erschrocken blickte sie ihn an. Wie sollte sie ihn so den ganzen langen Weg zurück bis zum Adamantin-Tor bringen?

Sie hatte keine andere Wahl. Es musste gehen.

»Komm«, sagte sie aufmunternd. »Dann wollen wir mal.«

Er legte seinen Arm um ihre Schultern und stützte sich schwer atmend auf sie.

»Hier entlang«, sagte sie und zeigte in die Richtung, aus der sie gekommen war. Sie beschloss, ihm nicht zu sagen, wie weit es war.

»Nein«, sagte er. »Es ist genau die andere Richtung.«

Sie runzelte die Stirn. »Woher weißt du das?«

»Ich konnte es sehen, als sie mich hergebracht haben«, erklärte er ihr.

»Oh ja, natürlich.« Sie wandte sich um und gemeinsam gingen sie Schritt für Schritt den Gang entlang. Das war dieselbe Richtung, in die der Wachposten gerannt war. Sie hoffte, dass sie nicht geradewegs in eine Schar bewaffneter Wachen liefen.

Edric konnte nur sehr langsam gehen, manchmal stützte er sich mit seinem ganzen Gewicht auf Tania. Zuerst sprachen sie noch miteinander, aber nach kurzer Zeit verstummte er.

Vor sich sah Tania Licht. Eine schwarze Steintür stand weit offen: das Adamantin-Tor.

»Ich fasse es nicht«, flüsterte sie und hätte fast laut aufgelacht. »Ich muss einen totalen Umweg gelaufen sein.«

»Ich muss … mich … ausruhen«, murmelte Edric.

»Jetzt nicht«, sagte sie. »Wir haben es fast geschafft, Edric. Aber bald.« Sie half ihm durch die Tür in den fackelerleuchteten Gang.

»Eden?« Sie sah sich um. Der Gang war leer. Das war nicht gut – sie hatte auf Edens Hilfe gezählt um Edric herauszubringen. Die Gabe ihrer Schwester, die Wachen mit einer zarten Berührung in Schlaf zu versetzen, wäre wirklich hilfreich gewesen. Sie hoffte nur, dass Eden nicht von Gabriels Wachen überrumpelt und gefangen genommen worden war oder gar von Gabriel persönlich.

»Dann müssen wir es eben allein schaffen«, sagte Tania. Ihr wurde plötzlich bewusst, dass sie das Schwert im Verlies liegen gelassen hatte. Sie war so beschäftigt damit gewesen, Edric in Sicherheit zu bringen, dass sie es vergessen hatte – nicht dass sie es überhaupt hätte tragen können, mit Edric, den sie stützen musste, und der Laterne in der anderen Hand.

Sie warf einen Blick zurück. Konnte sie es riskieren, Edric hier allein zu lassen, während sie ins Verlies zurückging, um es zu holen?

Sie schüttelte den Kopf. Nein – jetzt, da sie Edric endlich gefunden hatte, würde sie ihn nicht noch einmal verlassen. Sie mussten es also ohne Schwert schaffen.

Sie hoffte nur, dass sie sich an den Weg in Edens Gemächer erinnern konnte. Durch eine Tür, einen

Korridor entlang, dann eine lange Treppe hinauf. Noch eine Tür? Stimmte das? Ach, hätte sie doch besser aufgepasst!

Mit einem Mal erklangen Schritte auf dem Gang, die näher kamen. Tania erstarrte und hielt den Atem an -- sie hatten keine Möglichkeit zu fliehen, denn Edric war völlig erschöpft.

Die Schritte kamen näher. Nicht das laute Stampfen von Stiefeln, sondern rasche, leichte Schritte. Eine Gestalt kam auf sie zu. Tania sah ein rotes Kleid, lange schwarze Haare, ein vertrautes Gesicht.

»Rathina!«

Ihre Schwester rannte los. »Tania – wie schön!«, sagte sie. »Mir war so bang, als du verschwunden bist. Wahrhaftig, ich freue mich, dass du wohlbehalten zurückgekehrt bist. Keine Angst, ich habe Eden getroffen, sie hat mir alles erzählt. Geschwind, ich werde dir helfen. Wir müssen hier raus, bevor die Wachen kommen.«

Sie legte sich Edrics freien Arm um ihre Schultern und so trugen ihn die beiden Schwestern beinahe durch den Gang.

»Wo ist Eden denn?«, fragte Tania.

»Keine Ahnung«, antwortete Rathina. »Sie sagte nur, ich solle herkommen und dir helfen. Dann musste sie schnell fort, um etwas zu erledigen.« Rathina sah Tania an. »Ihr Haar, Tania, hast du ihr Haar gesehen: Es war schlohweiß!«

Tania nickte. »Ja, ich hab's gesehen«, sagte sie.

»Dabei ist es immer kohlrabenschwarz gewesen«, flüsterte Rathina. »So etwas habe ich noch nie gesehen.«

Sie gelangten zu der Holztür, die in den fackelerleuchteten Gang führte, und schafften es, sich zusammen mit Edric hindurchzuzwängen. Tania machte sich zunehmend Sorgen, denn mit jedem Schritt schien er schwächer zu werden.

»Wir brauchen irgendein Versteck«, sagte sie zu Rathina. »Ich bin mir nicht sicher, ob ich den Weg zu Eden finde.«

»Ich weiß etwas Besseres«, sagte Rathina. »Ich kenne einen geheimen Ort, wo uns keiner findet.«

»Edric ist krank«, sagte Tania. »Wir brauchen Hopies Hilfe.«

»Sobald wir in Sicherheit sind, werde ich sie holen«, sagte Rathina. Sie lächelte. »Keine Angst, kleine Schwester, ich werde dich führen.«

Rathina führte sie einen ganz anderen Weg als den, den Eden genommen hatte. Tania verlor rasch die Orientierung, aber sie war sehr erleichtert, als sie die dunklen Gänge und Treppen hinter sich gelassen hatten.

Edric war zwar in der Lage, einen Fuß vor den anderen zu setzen, aber er atmete schwer. Selbst mit

Rathinas Hilfe war sich Tania nicht sicher, ob sie ihn noch viel länger stützen konnte.

»Wir sind fast da«, sagte Rathina keuchend. »Siehst du die Tür?« Sie deutete auf einen kleinen Torbogen vor sich. »Das wird eure Zuflucht sein, während ich Hilfe hole.«

»Gott sei Dank«, stieß Tania hervor.

Rathina sah sie an. »Verzweifle nicht, liebe Schwester, bald ist alles vorbei.«

Die Tür führte in eine kleine fensterlose Kammer mit schmucklosen weißen Wänden und spärlicher Möblierung. Rathina zeigte auf eine weitere Tür am oberen Absatz einer kurzen Treppe.

»Dieses Gemach ist unser Ziel«, sagte sie.

Sie zerrten Edric die Stufen hinauf und Rathina öffnete die Tür.

Als Tania in den unbeleuchteten Raum trat, hatte sie den Eindruck, als wäre er riesengroß, als öffneten sich Wände und Decke in unbekannte Weiten.

»Wo sind wir?«, wollte Tania wissen.

Bevor Rathina etwas erwiderte, schloss sie die Tür hinter sich.

Ein Schlüssel drehte sich klickend im Schloss und plötzlich lastete Edrics gesamtes Gewicht auf Tania.

»Im Lichtsaal«, sagte Rathina mit ungewohnter Schärfe in der Stimme. »Du hast dich deiner Bestimmung schon zu lange entzogen, Tania – aber du kannst sie nicht länger verleugnen.«

Fassungslos setzte Tania Edric auf dem Boden ab und lehnte ihn mit dem Rücken gegen die Wand. Dann richtete sie sich auf und leuchtete ihrer Schwester mit der Laterne ins Gesicht. Rathina stand mit dem Rücken zur Tür und lächelte düster, ihre Augen funkelten wie Diamanten.

»Wovon redest du?«, fragte Tania.

»Kannst du das nicht erraten?« Rathina streckte den Arm aus. »Siehe da, dein Bräutigam wartet schon!«

Bernsteinfarbenes Licht breitete sich plötzlich in der Dunkelheit aus und Tania fuhr herum.

Das Licht stammte von einem Kessel auf einem niedrigen Podest. Daneben stand Gabriel Drake und lächelte Tania triumphierend an. Sie bemerkte, dass seine Augen dunklen Teichen glichen, in denen silberne Funken glitzerten, und ihr schauderte.

»Wie schön, Mylady«, sagte er. »Noch nie musste ein Bräutigam so lange auf seine widerspenstige Braut warten.«

Das schimmernde Licht aus dem Kessel reichte zwar nicht aus, um die Wände und die hohe Decke zu beleuchten, aber Tania wusste dennoch, wo sie war: Dies war der Saal, den Gabriel ihr im Handspiegel gezeigt hatte. An diesem Ort wurde die erste Zeremonie einer Elfenhochzeit vollzogen hatte: das Ritual der Vereinigung der Hände.

Sprachlos blickte Tania zu Rathina hinüber. Sie

konnte nicht glauben, dass ihre eigene Schwester sie derart hintergangen hatte. Statt ihr und Edric zur Flucht zu verhelfen, hatte Rathina sie beide geradewegs in die Falle geführt.

Rathina hielt ihrem Blick stand. »Habe ich nicht gesagt, dass es klug wäre, Gabriels Wünsche zu erfüllen?«, sagte sie. »Du wärst niemals freiwillig mit mir gekommen, so musste ich dich hierherbringen.«

Tania starrte zu Gabriel hinüber, der auf sie wartete. Es gab keinen Ausweg, keine Möglichkeit zu fliehen. Edric war zu geschwächt, Rathina bewachte die Tür und Gabriel Drake beherrschte die Mystischen Künste und würde jeden Fluchtversuch zu verhindern wissen.

Gabriel streckte ihr nun auffordernd seine Hand entgegen.

Da erklang plötzlich eine sanfte Frauenstimme an Tanias Ohr, und flüsterten ihr leise ins Ohr:

»Erinnere dich an das Gedicht …«

Ein Schauder überlief sie. Sie kannte diese Stimme.

Obwohl es unmöglich schien, war sie sich ganz sicher: Es war die Stimme ihrer Mutter, Königin Titanias.

An das Gedicht erinnern …? Nur eine kann in beide Welten, jüngste Tochter derer sieben, zusammen mit dem einzig Wahren, Hand in Hand in tiefem Lieben.

Auf einmal hatte Tania keine Angst mehr. Sie wusste, was sie zu tun hatte.

Sie stellte die Laterne ab, schritt mit hoch erhobenem Kopf und festem Blick auf Gabriel zu. Ohne zu zögern trat sie in das glänzende bernsteinfarbene Licht. Die Luft über dem Kessel flirrte über der brodelnden bernsteinfarbenen Flüssigkeit.

»Bist du sicher, dass du das willst?«, fragte sie ruhig. »Bist du dir wirklich ganz sicher?«

Gabriel hob den gläsernen Krug, den sie früher schon im Spiegel gesehen hatte, und tauchte ihn in den Kessel.

»Von ganzem Herzen«, sagte er.

»Na«, sagte Tania, »dann lass es uns tun.«

Da ertönte ein gedämpfter Schrei und Tania wandte sich um. Edric hatte sich auf die Knie erhoben und starrte sie entsetzt an. »Nein!«, stieß er hervor. »Tania, nicht!«

»Mach dir keine Sorgen, alles wird gut«, versprach sie. »Rathina hat Recht – es ist mein Schicksal. Ich bin ihm fünfhundert Jahre lang ausgewichen, aber das ist jetzt vorbei. Vertrau mir, es ist das Beste.«

»Eine kluge Entscheidung, Mylady«, sagte Gabriel sanft.

Tania drehte sich wieder um, denn sie konnte Edrics entsetzten Blick nicht ertragen. Sie konnte ihm nicht erklären, warum sie das tat – noch nicht. Sie wickelte die Seide von ihren Händen, dann hielt sie den Arm über den Kessel.

Sie unterdrückte den Ekel, als Gabriels Hand die

ihre umschloss. Als er den Krug über ihre Hände hielt, schlich sich ein triumphierendes Lächeln auf sein Gesicht. Sie sah weg.

Sie spürte, wie die warme Flüssigkeit über ihre vereinten Hände lief.

Ihre Finger kribbelten. Das seltsame Prickeln breitete sich rasch in ihrem Arm bis zur Schulter hinauf aus.

Einen Herzschlag später spürte sie, wie etwas ihre Haut von innen versengte. Es war, als würden sich ihr Körper und Geist verflüssigen und mit dem Körper und Geist von Gabriel Drake verschmelzen. Mit angehaltenem Atem blickte sie ihm ins Gesicht. Aber es war nicht mehr sein Gesicht, sondern ihr eigenes, das sie über den glühenden Kesselinhalt hinweg anstarrte. Ihr Gesicht und sein Gesicht – ihre Augen und seine Augen – vermengten sich, verschmolzen miteinander, wurden eins.

In diesem Augenblick erkannte sie das volle Ausmaß seines Strebens – sie sah es so klar wie die Bilder im Handspiegel.

Sie sah, wie Gabriel eine glänzende Waffe aus Isenmort aus der Welt der Sterblichen ins Elfenreich brachte und den König damit erstach. Wie Oberon zusammensackte und zu seinen Füßen starb. Dann bestieg Gabriel den Thron und beschuldigte andere des Mordes am König.

Sie sah, wie er sich zum Tyrannen über das ganze

Elfenreich aufschwang. Schließlich würde er die Elfenarmeen in die Welt der Sterblichen führen, um seine Schreckensherrschaft auszuweiten.

Und Tania wurde bewusst, dass es ihm dank ihrer Gabe, zwischen beiden Welten hin- und herzuwandeln, gelingen würde, all diese schrecklichen Taten umzusetzen.

XX

Bestürzt schrie Tania auf und riss sich von Gabriel los.

»Endlich!«, rief Gabriel. »Endlich!« Er legte den Kopf in den Nacken, streckte die Hände der Decke entgegen und lachte triumphierend. Sein wildes Lachen hallte durch den Lichtsaal – Tania zuckte zusammen und betrachtete ihn mit zusammengekniffenen Augen. Sie konnte noch immer spüren, wo sich seine Finger um ihre geschlossen hatten. Sie blickte auf ihre Hand: Die bernsteinfarbene Flüssigkeit schien eingezogen zu sein und hatte lediglich einen schwachen goldenen Schimmer auf ihrer Haut hinterlassen.

Lächelnd stützte Gabriel sich mit beiden Händen auf den Rand des Kessels und sah sie an. »Und nun, Mylady«, sagte er mit samtweicher Stimme. »Nun wollen wir zur Tat schreiten und es prüfen.«

»Ja«, sagte sie und hielt seinem Blick stand. »Warum nicht?«

Erinnere dich an das Gedicht …

Noch hatte er nicht gewonnen.

Er schritt in seinem wallenden schwarzen Umhang

um den Kessel herum auf sie zu und sie streckte ihre Hand aus.

Sie blieb ruhig, als er sie ergriff.

»Bereit?«, fragte sie.

Seine Augen funkelten. »Auf diesen Moment habe ich schon lange gewartet«, flüsterte er.

»Dann komm«, sagte sie. »Folge mir.« Sie ging vorwärts und Gabriel ahmte jede ihrer Bewegungen nach. Tania konzentrierte sich – und trat einen Schritt zur Seite.

Der Lichtsaal erbebte und in ihren Ohren brauste es. Das Bernsteinlicht des Elfenreiches wurde schwächer und um sie herum erstand ein dunkler Raum.

Sie fühlte, wie ihr Gabriels Finger entglitten.

Als sie sich umdrehte sah sie, wie er hinter ihr zurückfiel – sie konnte seine Gestalt nur noch verschwommen wahrnehmen, als stünde er im Nebel. Wind brauste um ihn herum und ließ seinen Umhang flattern. Gabriels Gesicht war wutverzerrt und seine Finger griffen ins Leere – dann war er verschwunden und Tania stand allein in einem dunklen Raum in der Welt der Sterblichen.

»Danke, Titania«, flüsterte sie leise. »Du hattest Recht.«

... Zusammen mit dem einzig Wahren, Hand in Hand in tiefem Lieben.

Das war es also, was mit dem Gedicht gemeint war. Nur jemand, der sie aufrichtig liebte, konnte an ihrer

Gabe teilhaben, zwischen den Welten zu wandeln. Gabriel liebte sie nicht – und deshalb konnte er trotz der Vereinigung der Hände nicht mit ihr in die Welt der Sterblichen.

Sie blickte sich um. Sie befand sich in einer Art Büro mit einem Schreibtisch, einem Computer und Aktenschränken. Vor den Fenstern hingen Jalousien und dahinter sah sie einen kleinen gepflasterten Hof, der von einer Straßenlaterne beleuchtet wurde.

Sie war frei. Gabriel konnte ihr nichts mehr anhaben. Sie konnte einfach durch die Tür hinaus in die Nacht spazieren und nie zurückblicken.

Doch das ging nicht – nicht ohne Edric.

Also trat sie mit einem Seitwärtsschritt zurück ins Elfenreich.

Sie hatte insgeheim gehofft, dass Gabriel irgendwo zwischen den Welten verloren gegangen war, aber er kniete keuchend im Lichtsaal und sah so aus, als wäre er in einen Hurrikan geraten.

Rathina lehnte kreidebleich an der Tür und starrte ihre Schwester mit großen Augen an. Ohne sie zu beachten, rannte Tania zu Edric, der immer noch am Boden lag.

Sie kniete sich neben ihn und lächelte ihn an. »Siehst du?«, sagte sie. »Ich habe dir ja gesagt, dass alles gut wird.«

Seine Hand suchte ihre. »Aber ist mit dir alles in Ordnung?«

»Ja, mach dir keine Sorgen.« Sie drehte sich zu Gabriel um, der sich in der Zwischenzeit wieder aufgerappelt hatte. Wut und Enttäuschung waren ihm ins Gesicht geschrieben: Seit fünfhundert Jahren hatte er auf diesen Augenblick hingelebt – und nun war alles umsonst gewesen.

Tania sah ihn zornig an und zum ersten Mal fühlte sie die Macht und Autorität der königlichen Elfenfamilie in sich. »Was du hier versucht hast, wirst du noch bereuen, Gabriel«, sagte sie. »Wenn mein Vater, der König, zurückkehrt, wird er sich deiner annehmen.«

Hasserfüllt blickte er sie an. »Doch wenigstens wirst du meinen Untergang nicht miterleben«, knurrte er und stürzte auf sie zu.

Edric kam schwankend auf die Füße und schob sich schützend vor Tania.

»Nein!«, rief sie.

Doch es war zu spät: Gabriel Drake setzte Edric durch einen einzigen Schlag mit dem Handrücken außer Gefecht, sodass er bewusstlos zu Boden fiel. Drake baute sich drohend vor Tania auf, sein Gesicht war vom Wahnsinn entstellt. Er zog eine kleine Bernsteinkugel aus seinen Gewändern und hielt sie über sie.

»Trinkt vom Albtraum der Schlaflosigkeit, Mylady«, zischte er. »Nehmt es als Geschenk von Eurem betrogenen Bräutigam – Leiden bis in alle Ewigkeit.«

Tania schrie auf und hielt sich schützend die Arme über den Kopf, als er die Bernsteinkugel warf.

Da erschütterte ein tiefes Donnern den Saal bis in seine Grundfesten.

Als Tania die Augen öffnete, sah sie grellweißes Licht. Die Bernsteinkugel schwebte über ihr in der Luft, drehte sich langsam und gelblicher Dampf stieg von ihr auf. Und dann – noch während Tania sich wunderte, was geschah – schrumpfte die Kugel und löste sich in Rauch auf.

Tania sah sich um. Der ganze riesige Raum wurde von einem gespenstischen Strahlen erleuchtet, das vom anderen Ende des Saals kam. Gabriel ragte noch immer vor ihr auf, aber er starrte auf etwas, was sich offenbar im Zentrum des strahlenden Lichts befand.

Tania stützte sich auf die Ellbogen und folgte seinem Blick. Die Flügeltüren am anderen Ende des Saals waren aufgerissen worden und im Türrahmen standen zwei Gestalten im weißen Licht.

Oberon rauschte in den Saal, wobei er eine Lichtspur hinter sich herzog wie ein Komet am Nachthimmel, und Tania erkannte, dass die schmale, dunkel gekleidete Gestalt an seiner Seite ihre Schwester Eden war.

Der König machte eine Handbewegung und Gabriel Drake flog sogleich wie eine Stoffpuppe durch den Raum. Tania fühlte, wie ihr auf die Füße geholfen wurde, während ihr Vater näher schritt.

»Bist du verletzt?«, fragte Oberon besorgt.

»Nein, gar nicht«, stieß Tania hervor.

»Gut!« Er drehte sich zu Gabriel um, der am Boden lag, hob die Hand und Gabriel schwebte vom Steinboden hoch, bis seine Füße in der Luft baumelten, als hinge er an einem Haken.

»Meine Tochter Eden hat mir von Eurer Niedertracht berichtet«, rief Oberon. »Gemeiner Ränkeschmied. Eure scheußlichen Intrigen haben sich zerschlagen. Ihr seid kein Lord des Elfenreichs mehr. Ihr seid nichts! Fort aus meinem Palast und aus meinem Reich! Euer Anblick beleidigt selbst die Sterne!«

Hinter Tania schrie jemand auf. »Nein!«

Rathina lief zu Gabriel, schlang ihre Arme um ihn und starrte den König an.

»Bist du dem Wahnsinn verfallen?«, fragte Oberon. »Rathina – bleib weg!«

»Niemals!«, rief sie. »Und wenn du mir das Schlimmste antust – das ist mir gleich.« Sie sah flehentlich auf zu Gabriels Gesicht. »Wo immer du hingesandt wirst, welches Schicksal du auch erleidest, ich werde mit dir kommen!«, rief sie. »Ich weiche nicht von deiner Seite. Alles, was ich getan habe, geschah aus Liebe zu dir und ich werde dich nie verlassen – nicht einmal wenn ich für alle Zeiten verbannt werden sollte!«

Tania blickte Rathina fassungslos an. Die ganze Zeit über war die Schwester, die ihr am nächsten stand, heimlich in Gabriel Drake verliebt gewesen. Rathina hatte sie hintergangen, weil sie hoffte, dadurch seine Zuneigung zu gewinnen. Das war zu viel.

Gabriel starrte voll Verachtung auf Rathina hinab. »Das ewige Exil mit Euch verbringen, Mylady?«, knurrte er. »Lieber verrotte ich im Bernsteingefängnis.«

Rathina wurde kreidebleich und taumelte, als hätte man sie geohrfeigt. Sie sah ihn entsetzt an. »Du hast mir deine Liebe erklärt«, rief sie. »Und versprochen, dass wir für immer zusammen sein würden, wenn ich dir dabei helfen würde, durch Tanias Gabe in die Welt der Sterblichen zu gelangen.«

»Habt Ihr wirklich geglaubt, dass ich Euch lieben könnte?«, zischte Gabriel. »Das war eine Täuschung, Mylady. Ich habe Euch nie geliebt.«

Rathina stieß ein verzweifeltes Wehklagen aus und sank auf die Knie.

Gabriel blickte Tania an und ein grausames Lächeln umspielte seine Lippen.

»Wie schade, dass aus meinen Hoffnungen und Plänen nichts geworden ist, Mylady«, sagte er. »Aber mich tröstet zu wissen, dass Ihr im Elfenreich nie glücklich werdet. Eure Seele ist zerrissen zwischen den Welten – Ihr werdet niemals Frieden finden!«

Tania schauderte. Seine Worte klangen wie ein Fluch.

Gabriel breitete die Arme aus und sah nun Oberon an. »Und jetzt«, sagte er, »stehe ich ganz zur Verfügung, Eurer Gnaden.«

Der König streckte eine Hand nach ihm aus und rief mit dröhnender Stimme. »Ein unglückliches Schicksal verzehre Euch, Gabriel Drake. Hiermit verbanne ich Euch!«

Gabriels Augen weiteten sich kurz vor Entsetzen, dann war er verschwunden – so lautlos als wäre er einfach weggezwinkert worden. Einige Rauchschwaden hingen noch kurz in der Luft, dann waren auch sie verschwunden.

Rathina schrie gequält auf und warf sich auf den Boden. Hasserfüllt fauchte sie Tania an: »Das ist alles deine Schuld! Du hättest in der Welt der Sterblichen umkommen sollen – ohne wiedergeboren zu werden.« Ihre Augen blitzten zornig. »Glaubst du, ich habe dich vor all den Jahren nur aus kindlicher Neugier dazu gedrängt, deine Gabe auszuprobieren? Nein, Schwester, ich tat es in der Hoffnung, du würdest sterben und ich bekäme dadurch die Chance, Gabriels Liebe zu gewinnen.«

Zu bestürzt, um zu sprechen, starrte Tania sie an.

»Ich hasse dich!«, zischte Rathina. »Ich wünschte, du wärst tot!« Sie raffte ihre Röcke und rannte hinaus.

Eden schüttelte den Kopf. »Arme Rathina«, seufzte sie. »Wir sollten Mitleid mit ihr haben, denn Gabriels

Verrat trifft sie schlimmer als irgendjemand sonst. Doch es gibt nichts, was wir für sie tun können. Sie muss ihre Schande allein ertragen.«

Traurig wandte sich Tania Oberon zu. Er hatte sich vorgebeugt und seine Hand ruhte auf Edrics goldenen Haaren. »Erhebe dich und sei geheilt«, sagte der König.

Edrics Augenlider flatterten, dann regte er sich, streckte und reckte sich, als würde er aus langem Schlaf erwachen. Er schlug die Augen auf, und als er Tanias besorgten Blick sah, breitete sich langsam ein Lächeln auf seinem Gesicht aus.

Doch still, was schimmert durch das Fenster dort …?

Oberon wandte sich an Tania und breitete die Arme aus.

Tania schlang die Arme um ihn, so weit sie reichten, und drückte ihn an sich. »Wie konntest du so schnell zurückkommen?«, fragte sie.

»Eden hat mich mithilfe der Mystischen Künste herbeigerufen«, sagte er. »Ich bin auf dem schnellfüßigen Pferd der Lüfte hergeritten, um dir beizustehen. Und das ist gut so, denn wäre ich nicht so rasch hier gewesen, wäre in dieser Nacht großes Unglück geschehen.«

Ein ersticktes Schluchzen ertönte und die beiden lösten sich voneinander und sahen sich um. Eden stand etwas abseits, Tränen liefen ihr übers Gesicht.

Plötzlich sank sie auf die Knie und ergriff Oberons Hand.

»Vergib mir, Vater«, sagte sie schluchzend. »Vergib mir, ich habe den Tod der Königin verursacht. Bitte verzeih mir meine Lüge.«

Oberon half seiner ältesten Tochter auf und betrachtete sie einen Augenblick, dann küsste er sie auf die Stirn. »Du hast all die Jahre eine schwere Last getragen«, sagte er sanft. »Ich kann dir nichts vorwerfen ... Du wolltest lediglich deiner Mutter helfen und deine verschollene Schwester finden. Du hättest das Pirolfenster nie geöffnet, hättest du gewusst, dass deine Mutter nicht zurückkommen könnte. Es gibt nichts zu vergeben.«

Eden sah zu ihm auf, sie strahlte vor Dankbarkeit und Freude.

»Eigentlich bin ich es, die sich entschuldigen sollte«, sagte Tania. »Hätte ich mich nicht von Rathina dazu überreden lassen, zwischen den Welten zu wandeln, wäre nichts von alledem passiert. Du hast doch nur versucht, alles wieder in Ordnung zu bringen.«

»Ich habe meinem Vater nicht gehorcht und den Tod meiner Mutter verursacht«, entgegnete Eden. »Auch wenn ich gute Absichten hatte – das ist nicht wieder gutzumachen.«

»Ich glaube nicht, dass Titania tot ist«, sagte Tania. »Ich denke, dass sie noch in der Welt der Sterblichen lebt. Sie kann nur nicht zurück.«

»Das ist unmöglich«, entgegnete Eden. »Sie war den Krankheiten und Gefahren der Welt der Sterblichen ausgesetzt, genau wie du. Ich glaube nicht, dass sie nach so langer Zeit noch lebt.«

»Irgendjemand hat mir zum sechzehnten Geburtstag mein Seelenbuch geschickt«, sagte Tania mit Nachdruck. »Und das muss jemand gewesen sein, der sich in der Welt der Sterblichen aufhält, aber ursprünglich aus dem Elfenreich stammt.« Sie drückte Edens Hand. »Verstehst du nicht? Wer könnte es anderes sein als Titania? Ich bin mir sicher, dass sie noch lebt.« Ihre Augen leuchteten auf. »Und das werde ich auch beweisen. Ich gehe zurück, um sie zu finden.«

Hoffnungsvoll blickte Eden auf. Doch Oberon wirkte bekümmert. »Ich möchte dich nicht noch einmal verlieren«, sagte er zu Tania. »Die Reise in die Welt der Sterblichen ist gefährlich.«

»Nicht für mich«, sagte sie. »Ich bin schließlich die siebte Tochter, oder nicht?« Sie lächelte. »Mach dir keine Sorgen«, sagte sie. »Das schaffe ich. Diesmal werde ich nicht verloren gehen. Und wenn ich zurückkomme, habe ich Titania dabei.«

Oberon umarmte sie und flüsterte ihr leise ins Ohr: »Noch nie war ein Vater so stolz auf seine Tochter – du bist sehr mutig, Tania. Ich verstehe, welche Bande dich an die Welt der Sterblichen knüpfen, aber du musst mir versprechen, dass du zu mir zurückkehrst.

Ich könnte es einfach nicht ertragen, dich abermals zu verlieren.«

»Ich komme wieder«, versprach Tania.

»Dann geh mit meinen besten Segenswünschen«, sagte Oberon. »Doch du wirst jetzt verwundbar sein – jede Berührung mit Isenmort kann dir gefährlich werden.« Er hielt ihr seine Hand hin, in der zwei schwarze Steine schimmerten.

»Das sind schwarze Bernsteine aus meiner Krone«, sagte er. »Die seltensten Mineralien im Elfenreich. Nimm sie – sie werden dich vor Isenmort schützen.«

»Vielen Dank«, sagte sie und nahm die kleinen schwarzen Steine an sich.

»Dies ist nur das Geschenk eines Vaters«, sagte er. »Möge das Glück mit dir sein, Tania, und mögest du unsere geliebte Titania zurück nach Hause bringen.«

Eden umarmte Tania. »Ich werde jeden Tag bis zu deiner Rückkehr nach dir Ausschau halten«, sagte sie. »Es wird immer ein Licht im Pirolfenster brennen, das dir den Weg nach Hause weist.«

Tania erwiderte ihre Umarmung. »Sag den anderen liebe Grüße, ja?«, bat sie. »Und dass ich bald zurück bin.«

»Das mache ich.«

Tania wandte sich an Edric. »Ich muss das tun«, sagte sie. »Es gibt andere Dinge, die mir genauso wichtig sind, aber zuerst muss ich das hier erledigen. Verstehst du das?«

»Ja, das verstehe ich«, sagte er mit unsagbar traurigem Blick. »Ich werde auf dich warten.«

»Danke.« Sie berührte seine Wange mit den Fingerspitzen. »Ich habe gehofft, dass du das sagst.«

Sie warf einen letzten liebevollen Blick auf ihren Elfenvater und ihre Schwester, dann hob sie zum Abschied die Hand und machte den Schritt zur Seite, der sie in die Welt der Sterblichen bringen würde.

Das Elfenreich begann, sich um sie herum aufzulösen – doch im allerletzten Moment griff sie hinter sich und nahm Edrics Hand.

»Worauf wartest du noch?«, rief sie ihm zu. »Auf eine förmliche Einladung?«

Sie zog ihn hinter sich her und er folgte ihr.

Eine Sekunde später war Tania wieder in dem dunklen Büro – aber diesmal hielt sie eine warme Hand in der ihren. Sie sah Edric an. Er wirkte verblüfft.

... Zusammen mit dem einzig Wahren, Hand in Hand in tiefem Lieben.

Sie lächelte ihn an. »Dir ist schon klar, was das bedeutet, oder?«

»Was?«

»Dass du mich liebst. Da kommst du jetzt nicht mehr so leicht raus.«

Er grinste. »Als ob ich das wollte!«

Sie öffnete ihre Hand. Die schwarzen Bernsteine glitzerten dunkel auf ihrer Handfläche. »Oberon hat mir zwei Edelsteine gegeben«, sinnierte sie. »Glaubst du, er wusste die ganze Zeit, dass ich dich mitnehmen würde?«

»Möglich«, sagte Edric. »Ich bin froh darüber. Drake hat nämlich den Stein, den er mir gab, als ich dich finden sollte, wieder an sich genommen.«

»Nun, dies ist der Ersatz«, sagte Tania lächelnd. »Und dieses Mal wurde er dir aus Liebe geschenkt.«

Lächelnd nahm Edric den Stein entgegen.

»Worauf wartest du?«, fragte sie.

Sie gingen zur Tür und traten gemeinsam auf den Hof hinaus. Tania schloss die Tür hinter sich und atmete die kühle Morgenluft in vollen Zügen ein.

Während sie seine Hand fest in ihrer hielt, sah sie über den Hof hinaus auf eine weite Asphaltfläche, die von Rasen und Bäumen begrenzt wurde. Sie reichte bis zu einer hohen roten Backsteinmauer mit einem schmiedeeisernen schwarzen Tor. Dahinter lagen Häuser und Bäume, die sich als dunkle Umrisse gegen den violetten Himmel abhoben. Dies war ihr alles schmerzlich vertraut – oder zumindest dem Teil von ihr, der Anita Palmer war. Sie war zurück im London des 21. Jahrhunderts.

Sie sah Edric an. »Hast du Angst?«

»Etwas schon«, gab er zu. »Das ist keine leichte Aufgabe – die Elfenkönigin nach fünfhundert Jahren aufzuspüren.«

»Wir werden sie finden«, versprach Tania. »Vertrau mir, Edric. Ich weiß, dass sie noch lebt.«

Hand in Hand gingen sie zum Tor, während die ersten Sonnenstrahlen den Himmel hinter ihnen erhellten, sodass ihre Schatten auf den Weg vor ihnen fielen.

Dank an
Susannah Drazin für das Rezept
von Hopies Medizin in Kapitel VIII
und an Rob Rudderham dafür,
dass ich die erste Strophe seines Songs
»Far From Here – Weit weg von hier«
am Anfang von Kapitel XV zitieren durfte.